西南諸峰 別樣蘇州

五龙松——著

北方联合出版传媒（集团）股份有限公司

春风文艺出版社

·沈阳·

图书在版编目（CIP）数据

西南诸峰，别样苏州 / 五龙松著 . — 沈阳：春风
文艺出版社，2024.1
ISBN 978-7-5313-6501-3

Ⅰ . ①西… Ⅱ . ①五… Ⅲ . ①散文集－中国－当代
Ⅳ . ①I267

中国国家版本馆 CIP 数据核字（2023）第 150552 号

北方联合出版传媒（集团）股份有限公司
春风文艺出版社出版发行
沈阳市和平区十一纬路 25 号　　邮编：110003
三河市华东印刷有限公司印刷

责任编辑：韩　喆　平青立　　　　责任校对：陈　杰
装帧设计：四川悟阅文化传播有限公司　幅面尺寸：145mm×210mm
字　　数：240 千字　　　　　　　　印　张：10
版　　次：2024 年 1 月第 1 版　　　印　次：2024 年 1 月第 1 次
书　　号：ISBN 978-7-5313-6501-3　定　价：78.00 元

版权专有　侵权必究　举报电话：024-23284391
如有质量问题，请拨打电话：024-23284384

前言

　　本书为文化散文，以作者定居苏州十年间的亲身游历为基础，以苏州西部山林为专题，系统描写苏州西部三十余座山岭的特色风景和人文底蕴。

　　苏州山林虽远不如苏州园林出名，但苏州历来多学者、多才人，也有一些专门描写苏州山水的学术著作和文学作品。然而本书既不同于《吴郡西山访古记》式的田野调查报告，又不同于《苏州山水》式的纯史料钩沉，也不同于《吴山点点幽》那样的私人游记随感。本书首先对苏州山林目前可见的客观景物，包括近十年来的新增景观，加以细节描摹，并配以作者实拍的照片，为读者出游提供参考便利。其次，综合对比古今大量文献书籍以及新近微信公众号中的图文资料，辨析考证，去伪存真，介绍可信度较高的苏州山水文化逸事。最后，将苏州山林中的各种风雅传奇，与文学和历史中的相关典故作联想对比，再基于现代价值观，作鉴赏与反思。希望本书能成为苏州小众山林景点的旅游指南，也能引发热爱生活之人的共鸣。

自序：

西南诸峰，林壑尤美

　　一提起苏州，绝大多数人就会想到苏州园林——粉墙黛瓦、飞檐曲廊、假山池沼、奇花异木……这当然是苏州最为鲜明的特色，是让旅人莫名惊艳的典雅风景，也是定居者津津乐道、永不枯竭的谈资。

　　但苏州并非只有这些"宛自天开"的人造胜迹，更有许多自然山色。只是苏州山林远离古城，一向不是外地游客的首选。在毗邻太湖的苏州西南地区，分布着连绵不绝的座座青山。虽然这里的山不够高，不够险，不够婀娜多姿，但竿峙于太湖之滨，一登临便可瞥见浩瀚的湖面，山辉川媚，气象万千。仿佛《醉翁亭记》所述"其西南诸峰，林壑尤美"。

　　山不在高，有"趣"则灵。苏州山林的趣味除了得益于湖光辉映，还来自葱茏的植被。野生的榆、榉、橡、榧、松、柏、竹、梅……林木荫翳，藤萝缠绕，古意盎然；更有千年古木星散其间——穹窿山的古银杏、玄墓山的古桧柏、蟠螭山的古石楠、西山的古香樟、东山的古黄杨和罗汉松……无不饱含沧桑而又生机勃勃。而低矮的蔷薇、杜鹃、山茶、火棘、薜荔、覆盆子等野生灌木，花果诱人，可观可食。哪怕是岩石上的苔藓也极具情调，翠色欲滴，蒙茸似毯。苏州的园林和盆景举世闻名，无疑是得益于苏州山林的丰富资源。文人雅士不仅可以就地取材：移栽花木，搬运石料；还可以取法自然，获得灵感——园林叠石的最佳范本环秀山庄大假山，据说是借鉴了大石山的天然构造；而惠荫园中的"小林屋"水洞假山，从名称上就可知是模仿西山的林屋洞。

苏州山林的趣味更来自厚积的人文底蕴。苏州自古地灵人杰，丘壑之中多有开山布道的高僧、结庐修行的隐者、欢歌浪游的骚人墨客，留下了数不清的故事传说、摩崖石刻、散文诗歌。游人亲临其境，一番寻觅看前朝，恍若时空穿越。纯天然的风景，譬如东北隆冬的雪原、锡林郭勒的草原、西沙群岛的海面……再怎么美不胜收，倘若没有一闪一烁的人文点缀，也容易让人审美疲劳。山川形胜，既需美学改造，也赖翰墨增辉。说到底，最耐看的风景还是能把多情的、有趣的前人故事内化其中的山河：天人合一处，触景自生情。

喜欢探幽苏州山林者，其实一直不乏其人。范仲淹出任苏州知州时，对于七里山塘上鳞次栉比的酒肆青楼、南北货铺似乎全无兴趣。所以自称"姑苏从古号繁华，却恋岩边与水涯"。在短短九个月的任期内，忙里偷闲踏遍苏州山水胜迹，写下了《苏州十咏》。登灵岩山怀古，感慨"越相烟波空去雁，吴王宫阙半啼猿"；登天平山赏泉，赞叹"灵泉在天半，狂波不能侵"；登虎丘探幽，描写"云寒不出寺，剑静未离潭"；登西山看太湖，感叹"万顷湖光里，千家橘熟时"……简直可以用东坡诗句来概括——"踏遍江南南岸山，逢山未免更流连"。

范仲淹只写苏州山林而不提苏州园林，似乎情有可原。范仲淹任职苏州时，城内大概没有什么像样的园林，号称苏州现存最古的园林"沧浪亭"，也是要等范仲淹离任几年以后才由苏舜钦修筑而成。而到了乾隆时期，城内已是名园荟萃，其中不少更是可以付费游玩。家住沧浪亭隔壁的沈复，却仍旧偏爱苏州山林。这位"凡事喜独出己见"的奇人，对于园林不惜毒舌评论："其在城中最著名之狮子林，虽曰云林手笔，且石质玲珑，中多古木；然以大势观之，竟同乱堆煤渣，积以苔藓，穿以蚁穴，全无山林气势。"而他在《浮生六记》的《浪游记快》篇中，却不厌其烦地描写自己在苏州郊外的爬山乐事：天平山登高，无隐庵望湖，虞山、剑门攀岩……无不妙趣横生。在这个"骨灰级"玩家的眼里，哪怕是声名鹊起的苏州园林也比不过寂寂无闻的苏州山林。可惜沈三白不是徐霞客，他既没有能力踏遍苏州山林，更无耐心系统考察人文地理，只是把几则苏州吴县郊游的断章杂糅到他乡的游记之中，自娱自乐而已。

到了民国时期，旅居苏州小王山的北洋政要李根源，也对苏州山林产生了浓厚的兴趣。作为早年留学日本的"海归"，他充分发挥了自己的科学素养，雇一叶扁舟，全面考察了苏州西部的山林地貌，尤其是散落其中的古碑古墓，撰写了一部日记体的考察报告《吴郡西山访古记》。此书大篇幅实录考察见闻，大段抄录古碑文字，是了解苏州山林近代实况最为可靠的一手资料。只是文字过于枯燥，可读性不强。至今只有少量竖排影印版线装书售卖，不加标点，价格昂贵，少有问津。但是李根源对于书法有强烈的爱好和较高的造诣，他不仅在自己的"小隆中"别墅里，遍邀名流留下大量摩崖石刻；还在他走访过的丘壑之中处处题刻，为苏州山林这部大书添加了浓墨重彩的几笔。

改革开放后，苏州学者王稼句先生，将涉及苏州西部山水的历代诗文方志摘录汇编，出版了《苏州山水》一书。这本集腋成裘的学术专著，内容翔实，行文严谨。且主要以山为纲，方便读者快速了解苏州西部大小峰岭的生僻史料，弥足珍贵。然而这本书仿佛是一部乾嘉学派的遗作，多是故纸堆里的钩沉考据，少有实地走访的细节描写，不像嵇元的《走读苏州》或者杜国玲的《吴山点点幽》那样走走谈谈、引人入胜。《苏州山水》做不了苏州山水的旅游指南。

本人客居苏州已近十年，家住苏州西郊的新城。周末闲暇，全家老小常常一起爬山锻炼，不知不觉，几乎踏遍了各处山林；反复登临，日久生情。得益于当今发达的网络资讯和便利的购书环境，可以更为精准地确定探幽访旧的目标。同时托福于私家车和手机导航的普及，哪怕是人迹罕至的小众景点，也可长驱直入，不必再像沈复或李根源当年那样舟车劳顿、艰苦跋涉。虽然所到之处都是前人去过的地方，也并不妄想会有惊人的考古发现；但哪怕是老调重弹，经过自家的一番体悟和表达，也能与众不同。正如加缪所说："思想，就是重新学会观察，引导自己的意识，将每个形象都变成一块福地。"于是业余笔耕，以我观物，将自己走过的苏州山林，结合读过的逸事趣闻，写一本"著我之色彩"的"苏州山林志"。希望以此襄助他人深度神游"林壑尤美"的苏州山野；也希望激发更多的人欣然前往，将这苏州的西南诸峰化为自己意识里的桃源福地。

2022年9月

目录

CONTENTS

姑苏白发三千丈：
灵岩山中的吴宫古刹

毗邻木渎古镇有一座灵岩山，据说春秋时期山中建有吴王的离宫别院——山上的馆娃宫和山下的姑苏台。而"木渎"这个奇怪的地名也与此有关，为了建造山中的宫殿，从河道里运来的木材塞满了河港，导致"木塞于渎"，于是木料集散码头所在地就叫"木渎"。

苏州古城虽然号称自伍子胥建城以来就没挪过窝，有着两千五百年的城建史；但古城之内却没有哪一个地点可以像灵岩山这样高调地宣扬自己丰富的春秋历史。"白发苏州"最深的几道皱纹一定来自灵岩山的褶皱。

吴宫花草埋幽径

唐宋以来，灵岩山一直是诗人们吟咏吴越、借题发挥的对象。这些诗句反过来加深了此山留存春秋古迹的印象。苏州大才子唐伯虎的《登灵岩》就十分传神地描写了老僧闲话说春秋的场面：

> 山鬼踉跄佛殿荒，老僧指点说吴王。
> 银瓶化去余宫井，柿叶飞来满屧廊。

枯叶纷飞，古寺荒凉，老僧还不忘指点哪里曾是吴王临幸的地方。就像潦倒的阿Q吹嘘自己祖上的阔绰，颇有几分黑色幽默。

若干年后，另一位明代才子、吴县知县袁宏道来到馆娃宫"响屧廊"旧址时，只见这里"盈谷皆松"，听到松涛阵阵，便跟山寺里的和尚打趣说："此美人环佩钗钏声，若受其戒乎，宜避去。"不明就里的和尚一脸茫然，完全接不住视察领导抛来的冷梗。

不过，那些无从验证的往事恐怕也不是毫无根据的。2010年木渎地区考古发掘出了一座规模宏大的春秋古城遗址，遗址的西线正与灵岩山接壤。临近城池的山地理应更容易开发经营，所以在这座低矮的山头里建造离宫别院也是合情合理。

《越绝书》中说吴人曾在山顶修建"馆娃宫"，而位居山顶的灵岩寺一直都被顺理成章地认定为馆娃宫的旧址。如今，除了前面提到的吴王井和响屧廊，还有玩花池、玩月池、梳妆台、琴台等众多景点，皆可供"老僧指点说吴王"。若不是暗藏这样的典故背景，在一个和尚庙里作如此香艳的景点命名会显得不伦不类。

"馆娃宫"的"娃"不是小孩的意思，而是吴地古方言对美女的称呼。"馆娃"换个更常见的说法就是"金屋藏娇"。而且这位美女不是别人，是"四大美女"之首的西施。

　　夫差和西施的故事大家都不陌生。当年越王勾践被吴王夫差击败，自甘为奴，以求苟全性命。他从越国物色了美女西施献给吴王，夫差很喜欢西施，特地为她在灵岩山顶造了宫殿。迁入"馆娃宫"的西施，卸妆的脂粉顺着山涧流到了河里，就成了山下的"香溪"，真比《阿房宫赋》所言"渭流涨腻，弃脂水也"还要夸张浪漫。现在的"香溪"是木渎古镇里山塘街旁的一条河道，但求清澈，不求芳香。

　　所谓的吴王井、玩花池、玩月池其实都是灵岩寺西花园里的天然水潭，皆被驳岸并砌上围栏，大的称"池"，小的唤"井"。登阶入园，先看到一座用黄石砌出的方塘——玩花池，面积最大，位置也最显赫，不过四四方方，像座普通的放生池。有特色的反倒是偏居一隅的玩月池，不仅用太湖石自然地驳岸一圈，还用太湖石筑起一道不规则的拱门，是苏州园林里都难得一见的新颖设计。可惜水质暗浊，看不清鱼儿沉浮，联想不到浣纱沉鱼的美人西施。吴王井则用花岗岩条石修了一圈栏杆，相比于普通的石井栏，简直是庞然大物。

　　还有一座假山，传说是馆娃宫里西施的梳妆台遗

玩月池

址，只是看不到任何相关的题刻和介绍。假山中央的亭子取名"长寿亭"，有点莫名其妙。"长寿"既不适合美人，也不适合佛门——红颜自古悲迟暮，岂忍世间叹白头？佛家"不住于相"，又哪会执着于寿长寿短？

传说西施喜欢穿着越国特产的木屐（即"屐"）走路，脚步声清脆响亮。吴王并不嫌吵，还嫌不够，于是在走廊下面埋设一排空瓦甏作为共鸣箱。遥想当年，山高殿伟，廊腰缦回，美人徜徉，空谷传音，自成一道风景，"响屐廊"也成了千古美谈。如今所谓的"响屐廊"只是山岭之中一条岩层裸露的石径。既不见长廊，也没有瓦甏，任凭知情者胡思乱"响"。或许"脚步声叫嚷"的只是一道"光阴的长廊"。

"几家高楼饮美酒，几家漂流在外头。"当夫差搂着西施在馆娃宫里玩花玩月、脚步响亮的时候，勾践却被羁押在远离故土的一个小山洞里。灵岩寺下方不远处有一个西施洞，今唤"观音洞"，《吴越春秋》记载这是当年拘押勾践的地方。为何不叫"勾践洞"呢？可能是大家厌烦了那些残酷厮杀的冷血英雄，更喜欢人畜无害的温柔美人。

这个山洞极小，不是溶洞，没有什么进深，一眼就能看到底。看起来只够关押勾践一家老小，做不了越国战俘的"集中营"。近两年恢复寺庙旧观，在洞口重修了一座重檐歇山顶的木构大殿，屋檐下有一排高翘的装饰斗拱，斗拱下还有雕花的阑额和雀替。整座大殿不设砖墙，而是三面木栅，因此通透明亮。将供奉观音菩萨像的石洞暗收其中，走进去给人一种别有洞天的惊喜。

西施洞口的大殿

馆娃宫虽然无迹可寻，但对于它的地理位置，古书上几乎众口一词。而姑苏台的位置，就众说纷纭了。除了认为在灵岩山之外，也有认为在姑胥山或者在茶磨屿，比馆娃宫更加虚无缥缈。

所谓的"台"就是在平地上堆一个又高又大的土墩，然后在土墩顶上加盖一座大型的房屋。在人们还不会建造高楼大厦的春秋时代，"台"似乎是最拉风的建筑，譬如燕王为求贤造势所筑的黄金台。

唐代的《吴地记》中说姑苏台："阖闾造，经营九年始成，其台高三百丈，望见三百里外，作九曲路以登之。"三百丈折算成公制近一千米，是灵岩山的四倍，这显然是古人的夸张。这座高台最初主要用于祭天祈年，兼做军事瞭望。之后又被吴王夫差扩建为宫苑。

如今在灵岩山脚下的牡丹园里还重建了一座姑苏台。爬上一段小土坡，有一座像小城池一样的基台，开有几扇券状门洞，一门洞上方刻有"姑苏台"三个大字。拾级而上可登临观景平台。平台中间是一座规模宏大的二层楼阁，一楼的四角还做了内折处理，使得每个角上又多生两角，总共斜生出十二道飞檐，建筑造型非常独特。

不过重建的楼台再怎么壮丽，也换不来什么赞誉和追捧。李白的《乌栖曲》对姑苏台多有讥消，仿佛那里是亡国之君醉生梦死、沉溺女色的污秽之所："姑苏台上乌栖时，吴王宫里醉西施。"千古基调既定，就开启了访灵岩、批夫差的滥觞。到此游山怀古的诗人大多难脱诗仙的窠臼，要么哀叹夫差败由淫逸，要么指责西施红颜祸水。同样是春秋古台，陈子昂长叹一声，黄金台（幽州台）誉满天下；而李太白一声长叹，姑苏台举世毁之。在多事多诗的古国，人文典故才是风景的内核。而对于同样消失不见的古台，李白对于金陵凤凰台却要口下留情得多："凤凰台上凤凰游，凤去台空江自流。吴宫花草埋幽径，晋代衣冠成古丘。"只有沧海桑田的历史兴叹，而不加讽刺贬斥。若把其中"东吴"偷换成"勾吴"，恐怕才是对这里更加贴切的缅怀。

白居易倒有一首写馆娃宫和姑苏台的《长洲苑》，表达了"吴宫花草埋幽径"的意味：

> 春入长洲草又生，鹧鸪飞起少人行。
> 年深不辨娃宫处，夜夜苏台空月明。

可惜内容比较单薄，没有诗仙《乌栖曲》的知名度和影响力。

唐代白居易笔下的灵岩山是荒凉的；宋代范仲淹笔下的"吴王宫阙半啼猿"是荒凉的；明代唐伯虎笔下的"柿叶飞来满履廊"也是荒凉的；清代樊钟岳笔下的"香径青苔冷，空廊落叶深"还是荒凉的……仿佛吴王的宫阙吸尽了此山的元气，再也暖和不过来了。

大概是亡国之君的宫阙不太值得标榜，因此整个景区既不叫"姑苏台"，也不叫"馆娃宫"。在苏福路与灵天路交会处的景区东入口，门楼二层的题匾上只书写了五个大字"灵岩山景区"，仿佛是一座平淡无奇的城市公园。匾额的落款为"人德"，书写者是当代著名书法家华人德先生。华人德先生早年毕业于北大，曾担任苏州大学图书馆参考特藏部主任，是中国书法家协会隶书委员会副主任，现定居在木渎。在苏州修复的寺庙园林等名胜之中，常能看到他的题字，古朴典雅的隶书大字与昨日重现的风景旧迹相得益彰。

门楼中间是一间穿心堂，在后壁做了一排木门，像一个城门洞。穿过门洞，亭台楼阁，假山池沼一应俱全。园子中央有一座太湖石假山，其中夹设一条又窄又长的步道，颇有山林野趣。这是最近几年才修建的新园林，此园还有一座叫"灵岩山馆"的仿古建筑。历史上的"灵岩山馆"是清代苏州状元、湖广总督毕沅的私家园林，毁于咸丰年间兵火，一直未能得以修复。资料有限，如今无从恢复旧观，因此这座新建的园林也未以"灵岩山馆"命名。虽然历史并不久远，居然也像两千多年前的馆娃宫一般消失得无影无踪。由此可见，可以证实的历史只是沧海一粟，更多的史实都已湮灭无痕，像宇宙的暗物质一般存在。仿佛泰戈尔的咏叹"天空没有留下翅膀的痕迹，但我已经飞过"。所以钱穆先生说，国民对于本国的历史要怀有一份温情与敬意，至少不要对本国的历史抱一种偏激的虚无主义。

这些春秋人物的传奇在灵岩山中都已无迹可考，像是一个个八卦传说。苏州学者王稼句甚至对"女主角"西施都产生了质疑，他说："《左传》《国语》《史记》都不记西施之名，杨慎、胡应麟等前代学者已有发问；至于西施沼吴，更为后世穿凿。"不过，那些故事太深入人心了，以至于我们不想去计较它们的真伪。况且这些传说太古老了，连穿凿附会的景点也渐渐成了古迹。

晋代园宅成古刹

灵岩山的显赫声名一部分来自似真似幻的春秋史，另一部分则来自千古犹存的灵岩寺。抛开馆娃宫这段前身历史不说，灵岩寺的信史可以一直追溯到东晋，至今已一千六百余年。这里本是东晋司空陆玩的别墅。能想到把别墅建到传说中山顶的馆娃宫旧址，确实人如其名——会"玩"。而他又足够慷慨，布施给和尚当寺院。所以，从东晋开始这里就一直是寺院。若再套用《登金陵凤凰台》来概括灵岩寺的历史，不妨因地制宜地改写成"晋代园宅成古刹"。如今的灵岩寺仍保留着一座面积不小的花园，假山池沼，亭台楼阁一应俱全，是苏州登记在册的园林之一。任凭离宫、别墅、寺院如何变迁，山顶的花园仿佛是永留天地间。

苏州灵岩寺的出名，并不是因为像济南灵岩寺那样保存了大量历史悠久的泥塑和塔林，而是因为这里辈出的高僧。

在圆形的"吴王井"对面有一座更大的八角井——"智积井"，在东路的塔院里有一座"智积殿"，在接近山顶的山道中有还一座单层的覆钵塔"智积衣钵塔"。所谓"智积"是我们并不熟悉的菩萨。相传梁武帝时期，有位行脚僧到此借宿。半夜里问厨僧要了一块炭在墙上涂鸦了一幅自画像，第二天一早就不辞而别了。画像"面骨颧奇，肤色黝黑，眉长且垂，眸子电转，眦间青白，昂鼻方口，张唇露齿……"总之一副"非我族类"的样子。后来有位印度僧人到访，见到这幅画像后莫名惊诧，说这就是西土智积菩萨啊！于是智积菩萨这么冷门的西天神圣就被奉为灵岩寺的开山祖师。把这里认定为智积菩萨的显灵道场，好处是没有其他寺庙来抢夺冠名权；坏处是名人效应不够，并未因他增加流量。

几年前，还在灵岩寺通往花园的过道里见过一块颇有年代感的黑板报。上面用白粉笔勾勒出一幅佛祖立像，寥寥数笔，妙相庄严。瞥见的一刹那又恰好有两道阳光交叠在佛焰之上，妙不可言。想必作画的和尚一定是得了智积菩萨的涂鸦真传。

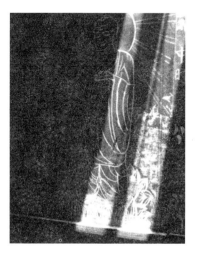

灵岩寺黑板报

外来和尚智积菩萨只是一个传说，真正为本寺赢得知名度的是唐代以来源源不断的本土高僧。其中，明末清初的弘储法师恐怕是最具传奇色彩的一位。这是一位重气节有能力的方丈。明朝灭亡后，黄宗羲、徐枋等一批仁人志士，多次来到灵岩寺与弘储法师秘密集会，探讨国家民族的问题。弘储法师与一般的高僧大德不同，是位极具个性的世外高人，从他对开山老祖智积菩萨画像的题赞中就可见一斑：

> 僧不僧，俗不俗，脸上没有三两肉。
>
> 尽道是捉败文殊之智积，
>
> 哪知是灵岩山头开山之老秃。
>
> 手里捏串数珠，两脚奔波碌碌。
>
> 日中吃尽辛勤，夜来投身破屋。
>
> 无端画影图形，看他什处逃逐。

这首偈语读起来像一首通俗俏皮的元曲，并没有一般题赞中的歌颂套路，根据极有限的资料把主人公的长相、事迹写得活灵活现，仿佛彼此真的有过交往。"脸无三两肉""老秃""投身破屋"充满了调侃的口吻；无端画影导致无处遁逃，又像是取笑祖师爷故弄玄虚最后作茧自缚。

笔端油滑，行为却十分认真。明亡之后，弘储法师这位出家人竟和黄宗羲、顾炎武等俗世文人一样，亲自参与组织抗清义军，并因此遭到清政府官吏的杖责刑讯，备受屈辱。但他仍坦然处之，无怨无悔。明亡后，每逢崇祯皇帝自缢身亡的祭日，他都要素服焚香，挥泪祭拜，余生二十八年不变。对于朋友也同样有情有义，徐枋隐居在灵岩山下不远的涧上草堂，因为拒与清政府合作，生活十分拮据。弘储法师就常常去上沙村登门接济。佛教讲究四大皆空，在天崩地裂的动荡年代，不少人遁入空门逃避现实，而这位久居佛门的高僧却重蹈红尘，行国家民族之大义，颇有侠客风范。可惜今日寺内看不到与弘储法师有关的纪念建筑，只能凭空想象那座南宋留存下来的古塔，一定也有过弘储法师仰天长啸的背影吧？

在晚清至民国时期，声名赫赫的印光法师晚年受邀在这里弘扬净土宗，使本寺再度闻名全国。在山下新建的石牌坊上就题写了"净土道场"的字样，牌坊立柱的对联中也提到"十方众生称念万德洪名升净土"。印光法师是民国时期最负盛名的高僧之一，连弘一法师李叔同都对他执弟子礼，尊称他是"近三百年来德行与学说最高的人"。净土宗并不像禅宗那样高度依赖修行者的悟性，也不像唯识宗那样研读佛经探究奥义，更多是通过实际行动来自我修炼。因此，作为净土宗的高僧，印光法师尤为诚朴，身体力行，乐善好施，很有出家人的本色。在印光法师和另一位当家和尚妙真法师的共同努力下，颓败的灵岩寺才有了今日的规模。在半山腰的落红亭东侧有一座印公塔院，供奉着印光法师的舍利塔。

改革开放后，灵岩寺的方丈明学长老也是位德高望重的僧人。在苏州不少佛教场所都能看到"明学"落款的题字。2016年，明学长老圆寂，出殡那天自发前来送行的人群从山顶一直排到了山脚。

至今犹存的灵岩寺屡毁屡建，不断变化，除了一座宝塔外基本没有古迹。历史上遭遇的几次彻底的大毁灭分别是：唐武宗灭佛时被下令铲除，明弘治年间毁于失火，以及清咸丰十年毁于兵火。现存的老建筑主要是民国期间兴建的。"文革"期间，妙真自尽，僧人遣散，佛像捣毁，寺庙关停，总算佛堂僧舍未被再次彻底拆除。这也使灵岩寺有条件于1980年获批重启，成为苏州最早恢复的几座寺院之一。2017年，灵岩寺做了一次较大规模基础翻修，但山上只有步道没有公路，砖瓦等建材的运输非常困难。寺院通过互联网发出号召，请大家帮忙把砖头从山脚搬到山顶。结果冒雨赶来的市民义工，从山脚一直排到了山顶，展开接力传砖，场面颇为壮观感人，足以看出此寺在民间的声誉和号召力。

寺内最老的古迹是多宝佛塔，属于南宋的遗物。这座高塔躲过了明、清的两次浩劫，长久矗立于灵岩之巅，成为苏州西部山林的风景地标。看20世纪初的老照片，宝塔徒留砖石塔芯，倍感沧桑。1990年，宝塔做了全面修葺，看上去不再那么苍老。如今在塔前的院子里，还有当年修整时替换下来的硕大的铸铁宝顶。之所以叫"多宝佛塔"是因为智积菩萨后来修炼成了多宝佛，在塔院里还有一座智积殿，供奉的是智积菩萨。

由于古塔的存在，因此灵岩寺里一直保留着塔院。这种塔院格局也反映了灵岩寺的古老——只有唐代以前的古刹才会沿袭印度寺院的传统，把供奉佛祖舍利的墓塔作为寺院的中心。佛祖舍利是"不可再生资源"，大概因此在唐宋以后的寺院里就不再专设塔院"虚位以待"了，而改把供奉佛祖塑像的大雄宝殿当成中心。现存的灵岩寺当然也有所变通，将塔院偏置于东路。在塔院的东南角建有一座高大的钟楼，是从山下走来的香客和游人最先看到的建筑，里面悬挂一口从别处移来的清代大铜钟。在钟楼的前方种植着七叶树。佛祖当年在七叶树下讲经说法，所以此树也是佛教的圣树之一。在中国的大多数地区，栽不活原产于热带的佛门圣树菩提和娑罗双树，但七叶树在中国的古刹名寺中不算罕见。初夏时节，灵岩寺的七叶树都会如期从树冠中绽放出一串串总状花序的花朵，像一根根白色的烛台，绚烂夺目，隔着院墙就能看到。

七叶树开花

　　寺院中路完全按照汉传寺院的风格做中轴线对称布局。过了天王殿，是一座叫"砚池"的放生池。在古代，灵岩山中出产的特殊石料可以做名砚，传说这里是采石制砚留下的"矿坑"，倒是一举两得。池塘上面架设一座"界清桥"，在雨天，桥西烟雾迷蒙，桥东水清雾消，形成东清西浊的奇观。在池东有几株大松树，曾在此见过一群嘤嘤成韵的袖珍小鸟，如大黄蜂一般。对于这么小的鸟来说，江湖处处是凶险，佛门正是庇护所。

过了桥，穿过一片庭院，就是寺院核心的大雄宝殿，这里却叫"大雄殿"，连"宝"都舍得舍去，真是朴素至极。因为字少，所以匾额竖题，不是常见的横匾。在大雄殿西边还有一排厢房，是中国佛学院灵岩山分院的校舍，在1980年灵岩寺恢复时同步开办，是普通寺院里没有的厅堂。

寺庙西路的花园就是上文所述的馆娃宫旧址，从属性上说算是寺庙园林，但和其他苏州园林一样有很多假山池沼，并没有浓重的佛门禅意。在玩花池西边有一块硕大的太湖石，独立庭中，玲珑剔透，完全符合透、漏、瘦、皱的"选美"标准，相比留园、狮子林里的太湖石诸峰也并不逊色。可惜默默无闻，没有"灵云峰"之类的响亮大名。小型的太湖石则与其他石料混建了一座假山。假山蜿蜒曲折，高低起落，规模比不上狮子林，和怡园的差不多，也颇有苏州园林的韵味。在苏州园林里司空见惯的太湖石，大量出现在这座山顶园林之中其实颇不寻常。在灵岩山的山间地头常见的是各种花岗岩或玄武岩，见不到石灰岩质地的太湖石。这座花园里的太湖石，也不像玄墓山圣恩寺里天然形成的"真假山"。在交通如此不便的山顶，真不知道这么多的太湖石从何而来？

灵岩山是苏州西部山林里最早开放的风景区。中华人民共和国成立后，苏州开放旅游的山岭仅有灵岩山和天平山，一直到改革开放十几年后也是如此。所以灵岩山也是当下许多中老年人除园林之外的苏州旅游记忆。记得第一次去灵岩山，是20世纪80年代小学组织的秋游。印象中汽车开到一个很荒凉的地方，爬了一段阴森森的山路，发现一座旧庙里面居然还藏着一座很好玩的园子，有井有池，有假山有花木。一张小小的门票收藏至今，我也因此记住了那个地方叫灵岩寺。几十年间又去过了许多次，集齐了灵岩寺的各种门票。五张一套，票面图案分别是：多宝佛塔，钟楼，吴王井，长寿亭，玩花池。有趣的是，门票的图案尺寸居然几十年不变，只是印刷略显模糊。而这几十年间，物价已

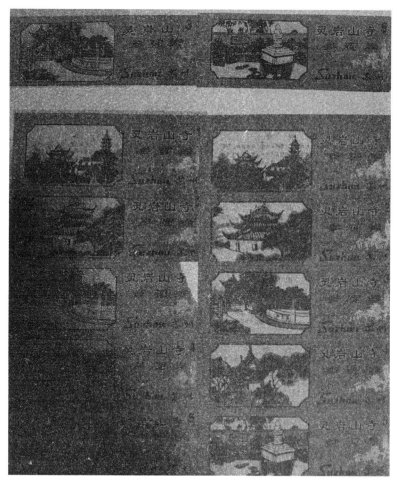

灵岩寺历年门票

翻了许多倍，拙政园的门票更是一路飙升到了90块钱，灵岩寺的门票却定格了，一块钱的价格越来越像是象征性的收费。这是明学长老生前的坚持。2022年初夏，又去了一趟，门票依然是一元，那种纸质的"文物"门票却看不见了，取而代之的是两次手机扫码：一次是场所码登记，一次是支付码付款。

英雄，美人，权臣，高僧；吴宫，豪宅，板报，门票……转眼成空，化作灵岩山的一段段传奇。实地寻访，雾里看花，妙在实与不实之间，给想象保留了一点空间。

万笏朝天五色枫：
范仲淹庇护的天平山

在灵岩山北部不远处另有一座名山——天平山。和灵岩山一样，这里也是苏州西部山林中最早作为风景区开放的旅游点。从人文底蕴来看，这里有许多与范仲淹家族相关的古迹和纪念馆，比灵岩山的春秋传奇更加真实。就自然风光而言，山上奇石交错，山下枫林五色，也比灵岩山景色更佳。"凡事喜独出己见"的沈复对比评价说："灵岩山为馆娃宫故址，上有西施洞、响屦廊、采香径诸胜，而其势散漫，旷无收束，不及天平、支硎之别有幽趣。"可谓眼光毒辣，一语中的。

北宋年间，宋仁宗将整座天平山赏赐给了范仲淹，以表彰他在抗击西夏入侵中建立的战功。得益于范仲淹流芳百世的超高人气，以及范氏后人的经营守护，天平山的植被山石保存完好，没有沦为乱坟岗或者采石场。如今在天平山庄里还复刻了一方民国布告碑，记载了1930年江苏省民政厅的第十九号布告："吴县天平山为吴中名胜先贤范文正之墓道，布告当地民众，严守禁界，禁止凿山采石。"可见,哪怕政权更迭、体制改变,官方对范仲淹的态度却一直敬重有加。

万笏朝天护范坟

从远处眺望天平山即能感觉到它的与众不同。一般苏南地区的丘陵,植被茂盛,山石裸露较少。而天平山却是岩石林立,草木反而成了点缀,和北方的山岭一样"骨感",呈现所谓"万笏朝天"的特殊景观。

这个景观实际上是由天平山岩石的垂直断层和长期风化所致,古人并不能很好地解释,却绘声绘色地想象出一则关于范仲淹的神奇传说。说天平山的岩石本来都是躺平的,石尖横向刺出,势如万箭穿心,是一块五虎扑羊的绝地,若做坟地,后代就要倒霉。而范仲淹的祖茔恰恰就在这里,所以范仲淹自幼丧父,吃尽苦头。当范仲淹衣锦还乡在南园购得一大块土地后,有人恭维说那块土地风水极好,并劝他将天平山的祖坟迁至南园,好护佑子孙永享富贵荣华。没想到范仲淹听后,既不自住,也不迁坟,反而拱手将这块地捐出来作为府学,专供苏州学子使用。这样的义举感动了上苍,一声霹雳,令石块一律尖角朝天,山间群石就像官员上朝时手持的笏板一样一块块地直立起来,这就有了"万笏朝天"的奇观。这则故事虚实结合,情景交融,立意不俗,范仲淹的深明大义确实配得上人敬天怜。

范仲淹的祖茔至今仍可在天平山麓找到。在天平山庄的东侧有一片被称为"范坟"的地方。入口是一座很小的单门石牌坊,上书"范氏迁吴始祖唐朝柱国丽水府君神道"。神道中尚存几尊

西南诸峰别样苏州

石羊、石虎、石马，看起来像是古物，但不知具体年代。丽水府君墓碑两侧各夹设一根石柱，上面覆盖了一个带飞檐的石雕屋顶，像一座小小的山神庙。碑上刻着"唐柱国丽水府君之墓"几个大字，这一连串的头衔看得人一头雾水。好在大字碑文的右侧还有一行小字注释："府君讳隋　幽州人　唐丞相六世孙　高士无疆公子　文正公之高祖也　任幽州良乡县主簿加柱国　再任处州丽水县丞　始家吴中　季蕐天平山"。由此可知这位墓主是文正公范仲淹的高祖范隋，他做过唐代幽州良乡（现北京良乡）的书记官（主簿），并且加封了"柱国"这样一个武官虚衔（从二品）；后又到丽水县任县丞，开始安家于吴中（苏州），最后葬于天平山，成了"范氏迁吴始祖"。"柱国"将军是范隋的最高荣誉头衔，而他的最大实权是丽水副县长。

中国古代的官僚科层一向复杂，不需要弄虚作假就足以让人眼花缭乱。尤其到了王朝衰败的乱世，虚衔更是"通货膨胀"，正所谓"职方贱如狗，都督满街走"。一位唐朝末世的基层文官就可以加封柱国将军的从二品虚衔，也是一则生动

丽水府君墓

的例证。中国人向来好名，虚名也是名，尤其是子孙装扮的先祖，能加的头衔自然不必谦虚。墓碑左侧的落款是"大清雍正七年岁次己酉八月"，因此这并不是唐代的原物，大概是范仲淹的清代后人所修缮重立的。

该墓周边还另有一座坟包，是范仲淹十八世孙、清代翰林院检讨范必英之墓。范必英是天平山庄主人范允临七十三岁高龄时所生的幼子，改朝换代时尚未成年。在清朝读书入仕延续家族传统。此外，周边有据可考的著名墓葬还包括在天平山南麓的范仲淹曾祖、祖父和父亲的三座大坟，合称"三太师墓"。范仲淹四个儿子的墓也在南宋时期由开封迁葬于此。范纯祐、范纯仁、范纯礼和范纯粹兄弟四人皆官居要职，范纯仁更是当上了位极人臣的宰相，想必墓葬规模一定也不小，可惜均已荡然无存。不过，天平山是范氏延用千年的家族墓区，这几乎成了本地的常识。

天平山中最具谈资的人物当然是范仲淹，但范仲淹本人却并未落葬于此，这里至多有过他的衣冠冢。这种阴差阳错的安排另有一番曲折而动人的故事。这位从小被改名成"朱说"的范氏后裔，恐怕比谁都更想落叶归根，但相比于"济济一堂"的列祖列宗，他更放不下的是自己的母亲谢观音。范仲淹幼年丧父，随改嫁的母亲住在山东淄博的朱家，饱尝人间冷暖。当母亲去世后，已恢复本姓且贵为朝廷要员的范仲淹，既不甘心让改嫁的先母入葬朱家墓地，也无理由强求先妣归葬其前夫之坟，于是决定在自己定居的洛阳为母亲单修一块坟地。范仲淹是一位孝子，十分感激母亲的养育之恩，不忍心再让命运坎坷的母亲"千里孤坟，无处话凄凉"，所以他留下遗嘱，死后要陪伴在母亲身旁，范仲淹的墓就这样一直留在了洛阳。天平山的"范坟"里空缺了家族中最重要的人物，不能不说是个遗憾。不过这样的留白更能立体地展现范仲淹的高贵品格：治国齐家，忠孝两全，堪称儒林楷模。难怪北宋的王安石尊称他是"一世之师"；南宋的罗大经称赞说"国朝人物，当以范文正为第一"；大儒朱熹更是赞誉他为"天地间气，第一流人物"。这些都不是妄加吹捧的溢美之词。如今各种名人的赞誉都被刻写在古枫林中散布的石头之上。

由于范氏家族的古墓大多都已经无存，这块所谓的"范坟"地广坟稀，并没有"孔林"那样累累的墓冢。此地还有一个芳名叫"桃花涧"，因为这里有一条山涧，水边遍植桃花。一条高低起伏的小径沿着山涧蜿蜒前行，串联起溪流中的小岛，十分有趣。更有趣的是近几年来连续暖冬，虽然四周枫林尽染，但暖风熏得桃花醉，居然还会零星地绽放几朵，让这"桃花涧"到了初冬都能名副其实。

五色枫林起旧庐

天平山最负盛名的是这里的红叶，号称"全国四大红叶观赏圣地"之一。这里的红叶品种既不是岳麓山的鸡爪槭，也不是香山的黄栌，更不是栖霞山的多种多样，而专门是一种叫"枫香"的大叶三角枫。这种枫叶的变红过程会出现五种渐变色：黄、橙、曙红、血牙红、紫，因此红得更加丰富多彩。20世纪80年代在天平山公园补栽了三千余棵枫香树，使这里的枫林规模更加庞大。之所以大面积栽种枫香，是为了发扬传统。在天平山脚下依然可以看到一百三十余棵古枫香，最大的一棵高达二十七米，需三人合抱。这里的古枫香并不像苏州常见的乌桕、榉树那样的原生红叶林木，它们全是由明代的范允临移植而来。这位范仲淹的第十七世孙在辞去福建参议返回家乡苏州时，特地从福建带回了三百八十余棵枫香树。有一年冬季我赴台湾自助游，无意中发现在台北的街道边也栽种着很多高大的枫香树，只是气候温暖，并没有像天平山的那样红。忽然想起这种树木本就是闽南地区的原产物种啊，只不过它们没有像普通南方植物那样畏寒，适应了江南的冷雨，红得更加绚烂，成就了天平山的美景。这片次生的"红枫"和原生的"怪石""清泉"一起成了天平山的"三绝"。

天平山枫林一角

遥想在那交通不便的明代，范参议公居然有兴致从福建一口气拉走三百多棵树木；再想想自己从北京移居苏州时，连一百多盆花草都懒得带走。除了范参议公财力雄厚之外，这等痴心和魄力也非常人能比。前人栽树，后人赏叶，也着实造福了桑梓。

而范允临修建经营的"天平山庄"也是一座有知名度的山地园林。最难得的是这里一直未遭严重毁损，所以依然保留着明代园林的风格，是姑苏城内园林里都不多见的晚明原迹。明代的审美情趣较清代简约、疏朗，不像清代的那样繁复局促，家具、瓷器是如此，园林也不例外。细细品味天平山庄的设计也可以发现这样的特点。首先，那门庭外移植来的三百多棵枫香就是大手笔，秋日里层林尽染，挥洒出一片苏州本地少见的红。其次，正对山庄大门的"十景塘"是由范允临设计开挖的。数亩方塘一鉴开，山色云影共徘徊。这片水面开阔的方塘，将作为山庄背景的天平山倒映于屋前做铺垫，丰富了景观层次。更妙的是从方塘侧面架设一座贴水的石板桥——"宛转桥"，桥身带有四道转折，既方便了出入，又使得规则而开阔的池面不至于空洞呆板。

宛转桥的尽头正对宅邸的入口。现在的建筑群主要由四组相对独立的建筑构成，从西至东依次：高义园，范参议公祠，来燕榭和呪钵庵。这些建筑彼此之间又有游廊或弄堂横向连通，再加上西路连通的白云古刹，宛若一座庞大的花园迷宫。

而且这座"迷宫"还是一座能够驾驭水利的"龙宫"。古代的天平山中多有奔流的溪水，白居易的《白云泉》写道：

天平山上白云泉，水自无心云自闲。

何必奔冲山下去，更添波浪向人间。

天平山庄里也曾有堂联直言：

门前绿水飞奔下
屋里青山跳出来

因为山间流水奔腾不息，山也仿佛跟着跳动，既写实又夸
张，颇为俏皮可爱。从中也可见当年的山涧水流是多么湍急盛
大。天平山庄充分利用了这种水景资源或者说消解了这份水文隐
患，在山庄里开凿了许多明渠暗沟和蓄水池塘，既能营造灵动的
水景又能起到导流蓄洪的作用。如今"来燕榭""寱言堂""听

鱼乐国

鹂阁""鱼乐国"等屋舍构成的正方形院落，是明代天平山庄的主体建筑，也被称为"赐山旧庐"。天井里还留有几个方塘，是一般江南宅第中少有的设计。譬如"鱼乐国"是一方棱角分明的"凹"字形小水塘，四周用虎皮石驳岸，岸上是一圈游廊，在探入池塘的地方修建一座亭子，可供闲坐观鱼。和"宛转桥"的石板紧贴水面不同，这里的地面与水面落差很大，仿佛一口巨型的深井。临渊羡鱼，自得其乐。

而"来燕谢"围墙外的"翻经台"，因为地处户外的开放空间，所以水陆格局和"鱼乐国"恰好相反，是以池水围台而非以游廊围塘。用虎皮石构筑的四方形"翻经台"伸入到一片方塘之中，在外可望而不可即，仿佛一座与世隔绝的仙人岛。那片方塘与更大的"十景塘"仅有一堤之隔，堤下有许多贯通的涵洞，使

恩纶亭院落

得顺势而下的水流畅通无阻。

在"恩纶亭"之中也有一处水潭。恩纶亭是为铭记雍正皇帝的表彰而勒碑增建的，虽不是明代就有，但与整个山庄的景观搭配协调，并不像狮子林中彰显乾隆隆恩的"真趣亭"那样奢华突兀。恩纶亭不仅是一座碑亭，更是一组相对独立的院落小品。北边围墙的底部特地开设了流水的洞口，园中地面上开挖了曲折的自然水道，而下游的池塘也是不规则的浅塘，一派天然画图的模样。

天平山庄可以说是中国版的"流水别墅"，虽然它摄山理水不动声色，并不像美国建筑大师赖特的设计那样抓人眼球。但是它的实用性和舒适度显然要超过熊溪上的那座景观别墅。让人过目不忘的美国"流水别墅"，因为日夜轰鸣的水流噪声和严重的湿度而被主人放弃居住，只能作为观光摆设。而不事张扬的"天平山庄"却让乾隆皇帝一住再住，甚至到了1965年还曾一度作为国营旅馆。这是士大夫的含蓄，也是东方的智慧，即便寄情山水，仍要敬畏自然，可瓢饮而不可亵玩。

乾隆皇帝是个热衷享乐的人，他在苏州临幸的景点极多。这既是殊荣，也是麻烦。这位特殊的"民宿客人"为天平山庄留下了难以磨灭的印记。因为敬重范仲淹创办府学和义庄的"高义"之举，就把与之无关的天平山庄赐名为"高义园"。从此以后，范参议公的"天平山庄"就莫名其妙地成了范文正公的"高义园"，听起来像是座陵园而非园林，以至于沈复在《浮生六记》里说"高义园即范文正公墓"。在如今的公园入口，还有一座清代的牌坊，上书"高义园"三个大字。而这幅乾隆御笔还一物两用，被制成五龙金匾悬挂在山庄最后一进的"御书楼"中，那里

逍遥亭

正是乾隆四次下榻的房间。由于依山而筑，所以最后一进高高在上，十分符合皇帝的地位。屋舍规整，中轴对称，也小有派头。而这组爬山楼最后一进院落的入口"逍遥亭"，是一座朝南两层、朝北一层的特殊亭子。登堂入室的方式不是穿亭而过，而是自亭下的小隧道拾级而上，非常别致有趣。这座"逍遥亭"既可以作为演出的戏台，又可以作为护卫的瞭望台，也非常适合皇帝临时小住。

如今"御书楼"中悬挂的"高义园"五龙金匾是一件高仿复制品，金光灿灿。原物保存在苏州园林博物馆中，是苏州难得一见的高规格御匾。题匾下方的楹联写道：

想子美高标水流云在

意尧夫旷致月到风来

　　此联化用《小窗幽记》中佳句。原句本来追忆杜甫（子美），"水流云在"化用了杜诗"水流心不竞，云在意俱迟"，承德避暑山庄里也有以此命名的"水流云在"亭。虽然杜甫本人的经历和天平山庄实在很难扯上关系，但文学功底深厚的乾隆命名此园"高义"正是引用了杜诗"辞第输高义，观图忆古人"。所以上联可理解成在"高义园"想到杜甫"辞第输高义"的道德"高标"，就会联想起范仲淹捐宅助学的义举。虽然先人已去，但是声名长在。而下联的"尧夫"原指北宋理学家邵雍（字尧夫），妙的是这也是范仲淹次子范纯仁的字。这座"御书楼"也兼作宰相范纯仁的祠堂，在"逍遥亭"下方隧道口的横梁上还题刻着"中宪公祠"的字样。下联总体上的含义比较直白，赞颂范纯仁的旷达潇洒。"月到风来"是苏州网师园中一座亭子的名字，正好信手拈来。以亭名对亭名不知是纯属巧合还是暗藏玄机。

　　乾隆四次光临留下了好几首御制诗，被一一勒石立碑。御书楼的墙壁上嵌了两块诗碑。在山脚下的枫树林里还有一座硕大的御碑亭，成了天平山风景区的标志性景点。乾隆的文学功底深厚，用词生僻，用典深奥。只是"文章憎命达"，他活得太爽，所以诗作不痛不痒；又无人敢于指正，所以难有长进，没有一首能够脍炙人口。在天平山留下的诗作一如既往地淡而无味，记录在此的见闻随感。碑身四面各刻一首，物尽其用，正好对应了他的四次到访。诗中除了夸夸范仲淹的美德和天平山的美景，也不忘自我标榜和提醒："我自勤政人，流连未可恣。"

一方面吹嘘自己不贪玩，一方面又说自己玩得够可以的啦。多乎哉？不多也。终于充满矛盾又恋恋不舍地打道回宫了。

忠烈祠庙拜文正

相比于乾隆，范仲淹才是真正的"勤政人"。不要说"高义园"跟他毫无瓜葛，就算他自己掏钱在苏州买下的地皮也全部捐出来盖了府学和义庄，完全没有造园享乐的打算，所以乾隆转用杜诗"辞第输高义"来称颂范仲淹十分贴切。晚年当范仲淹主动要求退居二线时，有人想为他在定居的洛阳买下唐代的旧园"绿野园"颐养天年，他的子侄也劝他在洛阳置办一座私家园林，都被他拒绝了。他说人如果有了"道义之乐"，连"形骸"都不在乎，还会在乎居室吗？

范仲淹一生孜孜以求的似乎只有立言、立功和立德，除了旅游之外对于吃穿住用、灯红酒绿等享乐行为一概不感兴趣。他的政治功绩泽被后世，在苏州短短九个月的任职期间，就完成了治水和治学两大历史功绩。不仅疏通了吴淞江等五河，平息了一时的太湖水患，治水模式还因符合富庶江南的特点而被历代江浙郡守所沿用。不仅解决了苏州学子的求学需求，更开创了延聘专职教师的公共办学模式，推广到全国沿用了近千年，也使苏州后世出现了全国最多的状元。如果说孔子是第一位职业私塾教师，那么范仲淹堪称第一位公立学校的校长。

范仲淹的诗词歌赋文采斐然，传诵千古。《宋词三百首》中收录了他在戍守边塞时写下的《渔家傲·塞下秋来风景异》和怀念家乡时所写的《苏幕遮·碧云天》；他游览严子陵钓台时写下的《严先生祠堂记》和他神游岳阳楼所写的《岳阳楼记》均入选了《古文观止》；在苏州治水期间感喟民生疾苦的小诗《江上渔者》是小学课本里的背诵篇目。从这个意义上来说，他比自诩"十全老人"的乾隆皇帝还要成功。

天平山虽不能有幸埋忠骨，但从南宋开始就一直有祭祀范仲淹的祠堂。范仲淹祠堂有一个专有名词——忠烈庙，这是宋徽宗钦赐的大名。和"关帝庙""岳王庙"类似，有一种封神的感觉。尚能看到的最古老的旧迹是乾隆年间修造的，正是乾隆御碑《范文正祠》中所述的"故山祠宇新"，当年的翻新已成了如今的旧迹。1983年，在清代祠堂旧址上修复了忠烈庙。祠堂前有一座"先忧后乐"石牌坊，是1989年范仲淹诞辰千年之际，由海峡两岸的范氏后人牵头捐造的，古朴庄严，做工精良。祠堂中的屋舍虽是后建的，但是庭园里外保留了几株古枫香，整体仍不失沧桑感。祠堂仪门口的一棵香樟树上还有一个大树洞，仿佛居住着守护的精灵。

仪门两边有碑亭，分立有元代和明代的忠烈庙记。元代的那块还是由赵孟𫖯誊抄的。第一进庭院中有一座带石桥的方塘，桥梁和池塘围栏的石材都显现出长期风雨打磨的质感，应是清代旧物。新建的仿古正殿里供奉着范仲淹的坐像。他的四个儿子范纯祐、范纯仁、范纯礼、范纯粹分立左右，因为他们个个青史留名，虎父无犬子，所以并没有狐假虎威的尴尬。一门英豪，令人景仰而羡慕。

正殿后面有一个独立的院落，叫"三太师祠"，供奉着范仲淹的曾祖范梦龄、祖父范赞时和父亲范墉。范仲淹的祖上虽然世

西南诗峰 别样 苏州

代为官，但一代不如一代。他的生父只做了一个掌书记的小官，而且还英年早逝，导致范仲淹早年吃了很多苦。但是真正厉害的人物从来不靠"拼爹"上位，反而依靠自己的实力托举先人。在他功成名就之后，他的祖上三代先后被追封为太师徐国公、太师唐国公和太师周国公。因此这座祠堂就叫"三太师祠"。当然这些都只是追封的荣誉头衔，并不是范家的世袭爵位。值得一提的是，范仲淹本人去世后也被累赠"太师"和"魏国公"。乾隆的那首《范文正祠》提到"魏国真知己"，指的就是被他视为知己的"魏国公"范仲淹。但相对于"太师""公爵"这些追封的虚衔，"文正"这一谥号才是含金量最高的官方肯定。不把范仲淹尊称为"太师"和祖上三代并祀于"四太师祠"中，才是重点突出的合理安排。

在三太师祠的院墙边有一道碑廊，立有不少关于范仲淹档案资料的碑刻，其中范仲淹为范义庄起草的《义庄规矩》具有很高的史料价值。在范仲淹之前并无制度化的社会救济措施，所以这种慈善经营，是一种开创性的发明，把儒家"鳏寡孤独废疾者

三太师庙庭园中的《义庄规矩》碑

皆有所养"的理想部分兑现为现实。与西方近代的公益基金会也有一些不谋而合的共性，比如专门经营一份独立的产业以长期保障救济项目的资金。范仲淹在庆历新政狼狈收场之后，时隔六年又继续开始了改造社会的新探索。皇祐二年（1050年），范仲淹出任杭州知府，路过苏州时，委托同父异母兄弟范仲温在苏州买田十余顷。他亲自拟定了上述《义庄规矩》的管理细则，在这片"希望的田野上"开创了范义庄。用义田的物产接济贫困的族人，长期保障他们的衣食、嫁娶、丧葬等基本生活需求，确保他们不会遭受自己年轻时的贫寒，维持人格尊严。相比于短命的庆历新政，范义庄则长寿得多，从北宋到民国延续了近九百年之久。而且"义庄"这种慈善模式，更是让后世争相效仿，遍及全国，救济范围也从宗亲扩大到了同乡。

在忠烈庙的旁边还新建了一座纪念馆，是一组古色古香的院落，共计三厅一廊一房。三个展厅分别介绍了范仲淹的生平、政绩和文学成就；陈列了许多相关的书法、绘画、手稿、书籍、照片、工艺品等实物资料，图文并茂，洋洋大观。游廊中则以瓷板连环画的形式将范仲淹精彩的一生述说："在布衣为名士，在州县为能吏，在边陲为良将，在庙堂为贤相，在文场为大家。"而在偏房的墙壁上展示了《万笏朝天图》的巨幅复制品，这与范仲淹并没有直接关联，严格来说有点"偏题"，所以安置在"偏房"。该画原作是一幅瓷青绢地金碧人物山水长卷，现藏于天津博物馆，全长17米。和《姑苏繁华图》一样，是一幅特写清代苏州的"清明上河图"。该画的特别之处在于以青黑色的丝绢为底材，再用金粉等亮彩颜料勾勒人物、建筑和山川，好像一长条徐徐展开的正片胶卷。画面以天平山和灵岩山为主体，十分写实地描绘了苏州西部山林的自然建筑风貌。乾隆下榻的"高义园"更是全画的核心。宛转桥、翻经台这些辨识度很高的室外建筑历历可数，与今日的景观并无二致。而熙熙攘攘、身份不一的人物多达两千余名，他们并不像《清明上河图》中的市井百姓那样各忙各的琐事，而是为了同一个的目标走到了一起——接驾南巡的乾隆皇帝。

《万笏朝天图》中的天平山庄

所谓"万笏朝天"是一语双关，既说明了地点位于"万笏朝天"景观所在的天平山，又点明了苏州官民纷纷掀起"朝天"的热潮恭迎天子圣驾。真不知范文正公若在天有灵，会做何感想？会不会托梦给乾隆说："'真知己'啊，不要兴师动众来看我了，还是让我只身飘去看你吧！"

"宁鸣而死,不默而生""信仰坚定,慎独不欺""崇尚自然,进退自如"……这些范氏精神被一一刻写在纪念馆中庭的一根根小立柱上,浩气冲天,正义凛然。范仲淹虽然也历经许多世态炎凉、宦海沉浮,但在言行上却充分享受了北宋的开明自由。若换作在康乾时期,以他的个性不要说钦赐"忠烈",就是想当个"烈士"恐怕都很难。时势造英雄,有时也造就忠烈。

山形依旧枕"空"流

桃花涧山行到底,可以遇到一道关卡——童梓门,是用黄石石块和花岗岩条石砌出来的方形门洞。以前从苏州城来往天平山主要靠水路,童梓门是登天平山的主入口。当年乾隆下江南驻跸于附近的"寒山别业",四次入住"天平山庄"都是从此门出入。后来灵天路开通,这里反而成了交通不便的闭塞之地。如今,这座人迹罕至的偏门已关闭多年,更加少人问津。在门洞上方还有一座"天平在望"的茶馆,兼卖馄饨和面,也已倒闭歇业。坐在留置于户外的座椅上,吃点自备的水果零食,看层峦叠翠,薄雾升腾,仿佛入仙人之旧馆。

从这里爬上山去,有一块著名的"卓笔峰"。早在南宋,范成大就在诗中写道:"卓笔峰前树作团,天平岭上石城关。"在众多山石组成的"石城"之中特别点名了"卓笔峰",可见它的与众不同。如今,在这块高高矗立的方石的基石上,先是被横向题刻了"卓笔"两字,后又纵向题刻了"卓笔峰"三个更大的字,其中的大"笔"还将横刻的小"卓"完全覆盖,与剩下的小"笔"并列。于是"笔"字被一大一小地刻写了两遍,显得有点滑稽。这块"卓笔峰"与基石分成两截，接触面看起来像是一道斜面，真让人担心"笔头"会因摩擦力不足而顺势滑落。

卓笔峰

飞来石

现在登天平山的主山道是忠烈庙后面的"下白云"。天平山上的石头粗略望去像无数块竖立的笏板，凑近一看却姿态万千，绝不是一个模子里刻出来的。元代文人朱德润在《游灵岩山天平山记》中写道：

……复抵天平之白云寺。入拜范公祠下，出则日色已晡，诸峰如人立、如戟插、如卓笔；如拱如揖，如迎如送，皆天造之巧也。

这段文字观察细致，不仅把山上突兀的石头比喻成人、载、笔等多种形象，还把这些孤立的石头做了拟人化的想象，仿佛它们在互相弯腰作揖，迎来送往，热闹非凡。

像卓笔峰那样危如累卵的巨石，在天平山中并不罕见。在头陀崖上有一块巨石斜刻着"飞来石"三字，上半段甚至还探出了基石一截。在回音谷里有一块略小的飞来石，在立石的北面纵刻"奇峰"二字，在基石的南面横题"飞来"二字，这块小飞来石看起来更加险峻，底面露出于基石的部分更多，仿佛摇摇欲坠。历代文人对天平山的飞来石多有题咏。明代的高启在《飞来峰》中故作夸张地说："我来不敢登，只恐还飞去。"

而范宗福则反其道而行，满不在乎地说："飞来长久难飞去，且与幽岩作羽翼。"振翅欲飞，却动弹不得，石头飞天只不过是杞人忧天。

胡伯可则将它与杭州灵隐寺的飞来峰相提并论："武林西湖西，孰与此岩豪。"都是飞来峰，哪块石更牛？只有亲自来检验才能知道。蹭了名景点的流量，吊了朋友圈的胃口。

除了这种"下阚万仞险，上耸千尺高"（胡伯可诗句）的竖立巨石，还有很多横卧的奇石。在飞来石上方还有一条"卧龙石"，斜出于山石之外，张嘴吐舌，更像一条巨蟒。徐达左有诗云：

> 出洞兴云雨，归山卧崖石。
> 虽无鳞甲痕，垂胡印苔迹。

就算没有识别出龙鳞，也要认定是龙不是蛇，因为它有龙须

西南诗峰别样苏州

垂到积满苔藓的地上。这垂地的"龙须"大概就是山间处处可见的藤萝吧。

在卓锡泉下还有一条船形的岩石，宋代僧人命名为"一叶舟"，并留下篆书题刻。每逢明月高照，月华如水，树动影摇之时，石船便会产生舟行水中的错觉。清代诗人李果也为此景题诗："一叶片舟载月归。"但现在若非这"一叶舟"的题刻说明，已很难辨识出船形的模样。

在更衣亭和云泉精舍之间的山道上，还有一块横向突出的尖角，像一张鸟喙，被称为"鹦鹉石"。石头周边有四处题刻，分别是："鹦鹉石""鹦鹉嘴""青春鹦鹉"和一首清代文人王均的题诗。所谓"青春"是指在青翠的春天里，应该是某位文人春游时遇见了鹦鹉石，一时兴起所留下的题刻。

山上山下还有许多象形石被题写了"说明书"：玉笋、斗鸭、馒头、印章、蟾蜍、鳌鱼、仙人靴、仙人影、孙悟空……而且只要你有想象力，还能发现更多前人未曾命名的形象。比如在大飞来石旁边就有一块石头酷似银锭，两头翘起，中间突出，一边可坐一个小孩。地上有一块这么大的元宝，可惜捡不动，只好路不拾遗了。

作为天平"三绝"之一的"奇石"，不仅妙在千奇百怪的独立象形石，更妙在大小石头的天然搭配。

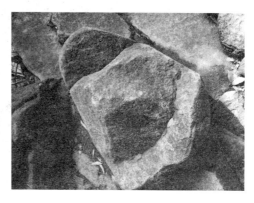

"元宝石"

譬如在中白云亭对面有一座"石屋"，天然的石柱、石壁、石屋顶一应俱全，直接被当成了一座小庙使用。在"二线天"处有一个"白云洞"，在悬挑的天然巨石屋檐下，两边被简单地垒砌石墙，就成了所谓的"洞"。其他所谓"莲花洞""穿云洞""山神洞"等都不是什么大溶洞，而是乱石相抵形成带有顶棚的大石缝而已。

如果石缝又细又长且上无遮盖，那就是所谓的"线天"，天平山中这种地貌也为数不少。根据石缝的宽窄被命名成"一线天""二线天""三线天"，颇为机械。最有名的当数"一线天"。这道天然峡谷，两边危峰对峙，中间仅可通一人攀登。

在右上方的崖壁上题刻了"一线天"三字。因为这里像一道关隘，所以在左上方的崖壁上题刻了"龙门"二字，在左下方又题刻了"龙门在望"。但谁能想到这些古朴沧桑的石刻都是1981年以后的重刻。古代的题刻均在"文革"时期被磨平，取代"一线天"三字的是一条毛主席语录："备战、备荒、为人民。"连标点符号都刻了上

龙门一线天

去。这些语录如今也被抹去，偶尔在老照片上看到简直不敢置信。仔细辨识崖壁的现状，确实可以发现一道长长的矩形刮痕，就像是"一线天"三字的衬底，只是尺寸过长，因为那是七个大字外加三个标点的长度。真乃山形依旧，日月轮回。

云中塔

在"一线天"右边的石壁上还有一座宋代小砖塔"观音塔"，仅有四层，不足四米。搭配在这奇峰耸峙的天险之中，像是假山盆景里一个点睛的摆件。而在观音塔下方不远处还有一座又高又细的石经幢"云中塔"，也是宋代遗物，像一座造型别致的灯塔，也为此地增加了不少雅趣。

天平山的山体按照高矮位置分别叫作"下白云""中白云"和"上白云"。天平山庄里也有对联形容此山是"一峰常插白云间"。而天平山的海拔仅二百零一米，动辄自诩"白云生处"，是否有点言过其实？但请不要忘记天平"三绝"中有"清泉"。白居易描述这里的山泉：奔冲山下去，添浪在人间。范仲淹则描写成："灵泉在天半，狂波不能侵。"想必在古代，天平山中的水势极为浩大。水汽蒸腾得厉害，自然容易形成云雾缭绕的景象，范仲淹的诗也说："游润腾云飞，散作三日霖。"恐怕所言不虚。

只是到如今彻底名不副实，完全没了遍地汩汩而出的泉眼，或者漫山流淌的山涧。不仅"白云泉"芳踪难觅，其他大小山泉都极难看到。用一根长长的空竹从所谓的白云泉的泉眼里引流而来的"钵盂泉"，简直就是几颗眼泪滴入一潭死水，连一滴水花都溅不起来，实在愧对崖壁上题刻的"吴中第一水"的美誉。沿用"白云精舍"之名新建的茶馆，开轩面池，位置极佳，但泉眼无声惜细流，看着那一潭墨绿色的死水和几滴可怜的"泪水"，如何忍心咽下杯中的泉水？天平山上白云泉，也无白云也无泉；景区却依然把"清泉"作为"三绝"之一大加宣传，难道是一字多义的文字游戏，作"灭绝"之"绝"解释？只能默祷山林早日恢复往日的林泉盛况。

白云泉

西南诗峰 别样苏州

无隐鸡笼寻妙境

在天平山景区之外，还散布着一些小众景点：无隐庵、羊肠岭、夕照鸡笼、五人撑伞、涧上草堂等。沈复（字三白）在《浮生六记》中，用极其生动的笔触描写了两次到天平山地区游玩的经历，极大提升了这些景点的知名度，使它们成了"文青"心目中的世外桃源。沈复说："名胜所在，贵乎心得，有名胜而不觉佳者，有非名胜自以为妙者。"经他一游一记，虽非名胜，其妙毕显。尤其是写无隐庵探幽的纪实文字，一波三折、高潮迭起，读起来就像"明湖居听书"一样痛快。王稼句先生定也是被沈复的文字所吸引，先在《苏州山水》介绍天平山时大段抄录了这则无隐庵游记，又在《三生花草梦苏州》中专门写了一篇《无隐庵谈往》，并再度录入，补充介绍了苏州居士彭绍升（号尺木）和苏州状元石韫玉与无隐庵的往事。文末不无遗憾地写道："人间的风雨沧桑，竟使无隐庵消失得无影无踪，再去寻访，似乎这山峦之间从来没有过这样一个寺院。"

"无隐庵"果真"无影"了吗？在网上搜索，还能看到荒野里题刻"无隐"的山石照片。只是怎么看都不像是能够远眺太湖的高度，那里是否就是沈三白浪游过的"无隐庵"呢？我一直半信半疑。2022年初秋，我独自在天平山周边寻寻觅觅。"无隐庵""鸡笼山"这些盘桓在脑海里许久的景象，零零碎碎地蹦跳到眼前，点点滴滴地还原了沈三白的游记。

间接从一位资深的"浮迷"那里得知可先开车定位到"山里旺酒馆"，然后走进对面的林场，"无隐庵"就在其中。本来报

名了他带队的老年游学团，打算结伴探访无隐庵。好不容易提前
错开周六的家庭杂务，独自驱车前往会合。驰过天平山景区外犹如
山水盆景的"馒头山"公共绿地，来到"山里旺酒馆"门口下车等
候。结果左等不来右等不到，原来自己太心急，提早了一天到达。想
想第二天肯定是来不了了，又不甘心无功而返，索性独自去浪游。

　　在对面的"劳动模范林"里有一条新修的"木渎健身绿
道"。绿道入口的地图上赫然标记了"无隐庵""鸡笼夕照""涧
上草堂"等景点。沿着绿道走进林场，这里已被开发成了免费开
放的公园，也有来往的游人，但大都是来徒步登山的。很快到了
一个三岔路口，不知哪里通往"无隐庵"。目标太冷门，连手机
导航也帮不了忙。于是怯生生地问路边看守林场的大爷：师傅，
请问"无隐庵"怎么走？很怕他连续反问："无影什么？……什
么赢俺？……无什么庵？"因为他看起来没那么文艺，不像是读
过《浮生六记》的。没想到他很笃定地往左边一指，说："不就
在白色的牌子那里吗？"顺着他手指的方向望去，果然有一块牌
子。谢过大爷，迫不及待地跑了过去。

　　牌子上正是无隐庵的简介，里面提道：始建于明崇祯年间，
由履中和尚所建。清乾隆年间由唯然和尚重修，唯然和尚在庵中
刺血书写《华严经》八十一卷，轰动苏州。咸丰年间毁于兵火。
同治年间由名僧鹿苑和尚重建。民国十年由闻达法师住持。"文
革"期间庵毁。

　　由此可知这无隐庵本身也是一座挺有底蕴的寺庙，可惜至今
都未重建。但介绍中并未提到沈复的游记，也未提到曾经捐资修
缮的彭尺木居士。

　　虽然找到了这块"无隐庵"的简介牌子，但它的遗迹究竟在

哪里？还是茫然不知。竹篱笆后面只能看到几间破烂不堪的房子和几块菜地，并不像古庙。左左右右找了几遍，尽是乱坟岗，也不像有许多石刻的样子。

大休/息处

在无隐庵介绍牌的附近，倒是看到了一块寿桃形的石头，刻着"大休息处"的字样，周边却没有任何桌椅板凳可供休息。从寿桃石处拐进林区，里面是密密麻麻的坟墓，恍然大悟原来这是人生的"大休息处"——长眠之地啊。回来研读资料发现自己还是肤浅了：这片乱坟岗里藏有民国"济公"大休上人之墓。因此准确的断句：大休/息处。而石刻也故意将"大休"和"息处"分成两列纵向刻写，"息"字还与"休"字横向对齐，可谓匠心独具。背面有一首偈语：

人弃则我取　人取则我弃
人我俱两空　百事皆如意

这正是大休上人语录，"躺平"躺出的境界与高度。大休上人也当过无隐庵的住持，最后在此庙的石洞里坐化，因此落葬于附近的山林，而那块无隐庵的介绍牌里并没有提及。

转了一大圈，依然看不到网上所传的无隐庵遗址。万般无奈，只得继续向一位扫地大妈打听无隐庵在哪里。她抬头看了我一眼，反问："你要看什么？"

经她这么一问我倒有点语塞——无隐庵早就毁于"文革"，既然都没了，还有什么可看呢？真是一声当头棒喝。我支支吾吾，灵机一动说："想看看那些刻在石头上的字。"

没想到她立刻心领神会，边嘟囔字有什么好看的，边告诉我说："刻的字就在这竹篱笆后面的石屋上。以前是不拦的，现在封起来了，但你可以走到那棵大树后面扒开篱笆门进去。"

没想到这里的大爷大妈都那么留心文化，若没有他们的帮助，无隐庵对于我"则武陵源矣"。我侧身钻进篱笆，发现先前看到的乱石堆砌的"鬼屋"上面果然有不少题刻，并不是一般的农舍。券状拱门上刻着"水晶宫"，石墙上刻着"汇丰""泻雪涧""凌石台"等字样。这些零零散散的题刻，似乎都与佛门无关，乍一

无隐庵残留的"水晶宫"

看不知所云。但联想起天平山中曾经多"清泉"，所以从前在梅雨季节，石室可能经常会被大水漫浇。倾盆大雨连着犹如白练的山涧凌石而过，像积雪倾泻；石室上下汇流丰盈，又仿佛是一座朦胧的"水晶宫"。

石屋右边有一块石头，不知道是不是沈复所写的"馒头

石"。石头后面凿了一个石坑，在凿壁上还题刻着篆书"金莲池"和楷书"鱼乐"。石韫玉的《无隐庵记》里也记载了"金莲池"。这大概就是沈复笔下"清泉一派，荇藻交横"的小月池吧。如今已经干涸见底，满是枯叶，完全没了池塘的模样。

无隐庵崖壁上的题刻

继续上行还有一块石壁，题刻着："入清净界""缘玄圆""鹿苑"。终于有了佛门禅意。抛却红尘入清净，机缘玄妙自可圆。只是"鹿苑"让人觉得有点违和，难道这里以前还和日本东大寺一样散养梅花鹿吗？好在旁边还有两列小字"咸丰丙辰冬，鹿苑老和上寿"，原来这是个人名——本庙的住持鹿苑和尚。

走上一块平台，左右各有一间粗制滥造的砖瓦房，像是村民近年自建的。斑驳的墙面中露出许多红砖基材，昏暗的屋子里留下一张简陋的供台和灰烬，大概曾被作为村庙，现在已被禁用而荒废了。在右边砖房的门口还有一对石制的柱础，应是山房旧物，缠满了藤蔓。其北侧不远处还有两块大石。稍远的一块上赫然刻着"无隐"二字，正是网上曝光最多的无隐庵遗址。左下角落款署名"石韫玉"，此人是清代状元，沈复的发小。当他听了沈复讲述无隐庵奇遇记之后，念念不忘。七年之后回到苏州还特地去玩了一趟，写下一篇《无隐庵记》的说明文，把这里的堂号、题刻等信息记录得一清二楚，里面就提到了"泻雪涧"。文字比沈复严谨，但远没有他有趣。"无隐"两个大字可能就是那次来刻录的，沈复应该没见过，否则他一定会惊讶老友的捷足先登。另一块大石上题刻着"空山无人 水流花开"，一行写不下，把"花开"写到了另一列的开头。这让最近的描字工产生了误会，以为是两份题刻。于是"空山无人水流"被描成了绿色，"花开"被描成了红色。落款"梅花居士拈苏文忠语奉题"，表明这是引用苏东坡的诗句，梅花居士是写《履园丛话》的无锡人钱泳，也是与沈复同时代的人，不知道是否因为看了沈复的介绍而专程从无锡赶来的。东坡诗句刻在这里十分应景——空山鸟语

石韫玉题刻的"无隐"　　　　　钱泳所题的东坡诗句

人不见，花自无心水自闲。在这块大石头的侧面还用绿色涂料写了"清泉"两个大字，既没有专门镌刻，也没有落款；大概是好事者的信笔涂鸦。同样是喜爱风雅，同样是题留字迹，价值却差异极大。有些是添景观的文化遗产，有些却是煞风景的乱涂乱画。这一方面取决于书写者的地位与名望，另一方面也取决于题字的书法质量和文化内涵，不是任何涂写刻画都值得观摩，否则就像那位扫地大妈所说："字有什么好看的？"

探幽至此收获颇丰，但这并不能解开我的疑惑。这里有没有可能眺望太湖，成了沈复是否来过的关键。站在这"无隐"石刻跟前是绝对不可能远眺太湖的。后面"树杂荫浓，仰不见天"，看起来既无建筑，也无道路。再上去还会有"飞云阁"的蛛丝马迹吗？我决定继续攀登，一探究竟。

两块题字的大石头之间还留有一些开凿的石阶，继续上行十几步就完全无路可走。还有一道铁丝网拦住去路，大概是天平山景区的围栏。好在被人弄出了一个缺口，跨过一扇倒地的铁丝网，在荆棘乱石丛中尽量往开阔之地攀爬。没爬多远居然就可以举目四望了，并能一直看到地平线，在这里远眺太湖理论上已不成问题。只见整片地形是由两条长长的山岭夹持而成的马蹄形山谷，和沈复描写的"上沙村"的地形十分匹配。这片山谷又像一张巨大的圈椅，无隐庵所在点大致位于"圈椅"右扶手的中部，而对面"左扶手"的末端就是被挖残的金山，如今的寿桃湖公园。根据手机地图显示，太湖在"圈椅"的右下方。如今即使没有林立的高楼，目光也很难拐过右边的群山望到太湖。而当年就算太湖面积更大，沈复所能看到的也绝对不是西山缥缈峰上所能见到的一览无余的浩渺湖面。所以沈复形容说"一水浸天"——

大概他只看到了很狭窄的太湖一角漫浸天际。即便如此，也足够让人惊喜了，想当年在这荒无人烟、暗无天日的深山老林里跋涉半日，稍稍登高几步，居然就能看到"远在天边"的湖面和船帆，真是海市蜃楼般的奇景，怎能不让这群老男孩欢呼雀跃？

电子地图理性地告诉我如今在这里是不太可能看到太湖了，但我仍心有不甘，继续往上爬，看看是否会有奇迹。在这段荒郊野岭之中，看到了各种"怪石"：有的像一张少年忧郁的长脸，有的像一个张大嘴巴的河马头；有的长满了绿色苔藓，像一条长毛狗；有的附生一面枯苔，像一座火焰山……

"忧郁少年"

"火焰山"

但越往上爬，越偏向东边的山坳，朝西南方向看见太湖的概率越小。走在一块像躺椅的巨大岩石之上，意外发现了脚下有"无隐庵界"四个大字题刻。这一定是当年的僧人为无隐庵所做的地界。再往上爬，又看到一块石柱般的独立大石，上刻"无隐界"三字。在这里已爬到了一个制高点，再过去就要翻越山脊走到另一面去了。两处界石也提醒我，无隐庵的地盘我已基本摸索遍了。虽然有点遗憾没能确定飞云阁和"望湖台"的位置，但是我可以确信这就是沈复当年浪游过的无隐庵。在他穿越时空的导游下，我也领略了登高望远的妙境。

石坡上的"无隐庵界"　　　天然石块上的"无隐界"

无隐庵自古都是和尚的住所，为什么不叫"无隐寺"呢？其实"庵"除了解释为尼姑庵，也可以解释为小庙或者小屋。这里地方局促，建不了大殿，成不了规模，所以称庵。因为庙小，所以无隐庵别说是现在少有人知，就是在沈复的时代也不出名。当吴云客提起这个地方时，这群很会玩的中年大叔都没听说过。无隐庵能成为"妙境"被人念念不忘，全仰赖沈复的细心观察和生花妙笔。

折返林场入口取车时，顺便看看三岔口另一边的鸡笼山。在"仰天池"后有一座奇峰突起的小山，全部是裸露的石头。较高的一个山头有点像个鸡笼，上面刻了"夕照鸡笼"四个巨幅大字，落款潘振元，一位苏州的当代书法家。镌刻者据说是附近的"戈氏石刻艺术馆"馆主戈春男，我错过的那个老年游学团里的嘉宾讲师。

另一个较矮的山头远远望去像一只羊。爬上去一看，介绍牌上开篇就写道"清代沈复《浮生六记》描述：'鸡笼山，山峰直竖，上加大石'"，没想到这里就是沈三白和顾鸿干喝酒撒欢的地方。像"羊头"的部分就是那块"上加大石"，而"羊脖子"就是直竖的"山峰"。之前读沈复的文字总有点莫名其妙，山峰不都是直竖的吗？山峰上有块大石头又有什么稀奇？组合起来又怎么能和"瑞石洞"相比呢？实地观察才知道其实所谓的"山峰"仅是几块直立的大石头而已，而"上加"的两块"大石"甚至比所谓的"山峰"还要大，所以才显得奇特。仿佛几员天兵天将，高高举起四仰八叉的天蓬元帅，正欲丢下凡间去投胎。

清代苏州文人韦光黻在《闻见阐幽录》中提到这里俗称"七仙张伞"，短短四字暗喻却要比"山峰直竖，上加大石"明了得多，沈复当时大概不知道这个说法。如今在崖壁上却刻了"五人撑伞"，原来其中两块立石已经崩塌，所以不做"人数"虚报。不过如此严谨也未免有点较真，"八大山人"一直领着七人空饷，也无人抗议。大字下面还刻有一段说明，从中可知这是潘振元等五人于2002年春游时题刻的。书写者仍是"夕照鸡笼"的落款人潘振元，镌刻者是戈春暖，"暖"和"男"在吴方言里同音，应该就是那位叫"戈春男"工艺师。介绍牌里把这处景观称为"天平石桌"，并解释成因是"垂直节理控制加外力风化"，还介绍说这里曾作为花岗岩景观的代表刊载于《地球》杂志封面和《普通地质学》教科书里。"五人撑伞"的成因和"万笏朝天"完全相同，但从奇特程度来说，远超天平山景区里的"卓笔峰""鹦鹉嘴""一叶舟"等各类奇石，恐怕只有龙门"一线天"才能与它争奇斗怪。

远眺鸡笼山次峰

鸡笼山主峰

站在"五人撑伞"之下回望鸡笼山的主峰，夕阳西下，一抹斜阳正照"夕照鸡笼"四个大字，不禁庆幸来得正是时候。空山不见人，突然听到对面有人声传来，定睛一看竟然是一条大汉赤身裸体，正在"夕照鸡笼"上攀爬摆造型，招呼着另一位同伴给

五人撑伞

他拍照。这一幕着实令人错愕，光天化日之下裸体攀岩，莫非是沈三白的转世附体、浪游浪出了新花样？非礼勿视，不忍多顾，免得彼此尴尬，匆匆下山去了。没想到快要结束无隐探幽之旅时，还有这样一份意外的奇遇。

第一次爬天平山，是初二那年的暑假。学校团委组织团干部和新团员赴苏州参加夏令营。20世纪90年代初，天平山里就已看不见什么清泉石上流，那个季节当然也看不到片片枫叶红，破旧的天平山庄更是无人问津，一群少男少女只顾谈笑风生地往山上爬去。在没有台阶的乱石道中，我率先登顶，故作轻松地看着陆续上来的少年同志个个气喘吁吁，毒舌嘲笑赤脚穿凉鞋的漂亮女生活该受罪……这是青春初绽的滋味，我的"青春鹦鹉"也曾在此盘旋。三十年过去了，"上白云"的山路依旧没有台阶，仍要在乱石堆里手脚并用地爬。我还在这里见过一个女鞋的高跟——低估爬天平山的难度而付出的代价。

造化神奇的天平山，不仅有深秋时节人潮汹涌的红枫林和水泄不通的一线天，还有人迹罕至的鸡笼山和无隐庵遗址。景观太多，故事太多。范仲淹来过，朱德润来过，范允临来过，乾隆爷来过，沈三白来过……还有多少人会来过？

问道寒山路始通：
赵宧光开发的寒山岭

　　从天平山景区北面的童梓门出去是一段人迹罕至的偏僻山路，山路通往一座荒凉的山丘——寒山。寒山也称"寒山岭"，与《枫桥夜泊》中的"寒山寺"无关，而且相隔很远。这里既不是收费景区，也不是公共休闲绿地，除了周末有一些户外爱好者来此徒步登山，很少会有人专程前来拜访观光。但谁能想到这里曾是乾隆皇帝的苏州最爱，他六下江南十二次登临，不仅就地改造了一座行宫，还在北京圆明园、承德避暑山庄和天津盘山三处仿造了其中的核心景观"千尺雪"。再往前追忆，明朝晚期这里也是游人如织的热门景点，所谓"蓝舆飞幌，弥山满谷"——漫山遍野都是坐着轿子或马车的游人。但再往上追溯，这里又是一副荒山秃岭的模样，既没有宋代以来南边天平山里范家祠堂祭祖上坟的热闹，也没有东晋以来东边支硎山中进寺烧香的人气，更不要说灵岩山那样的春秋凭吊。这片容易被遗忘的山丘之所以烜赫一时，只是因为曾有一座山地园林——寒山别业，还有一位布衣名士——赵宧光。

西南诸峰别样苏州

别业无踪石犹记

若用电子地图定位"寒山"，结果会被引导到白马涧景区里一块新刻的"寒山"石头跟前，但那里并没有直通寒山岭的道路，只能通往一座仿古的庭院。院门上方挂着一块横匾"寒山草堂"，院墙外壁的简介里提道：园主是宋朝皇族后裔、明末名士赵宦光，此地曾有"千尺雪"等著名景点，乾隆先后十二次临幸。不过这里常年大门紧锁，略显神秘。从门缝中望进去，似乎看不到什么飞瀑流泉。绕到庭院后方的游廊，透过铁丝网围栏看进去，里面只是一个极普通的院落，没有假山池沼，只有一尊立像雕塑，大概是赵宦光的。整体更像是一座中规中矩的纪念馆而不是什么别致巧妙的园林。如今这座新建的纪念馆也荒废了很久，索性在空地里种菜养鸡，完全成了一座破落农舍。

这座不开放的景点和这里一直开放的"卧薪尝胆处"一样，都是景区里的附会之作。历史上赵宦光所建的私家园林叫"寒山别业"，从来没有叫过"寒山草堂"。这处"古迹"可能遭到了有识之士的抨击，所以只能一关了之。

2019年，苏州高新区的寒山美术馆举办了一场名为"笔耕阳崖，林泉高致"的本地区摩崖石刻和碑刻的拓片展览。里面有几张古石刻的拓片，正是赵宦光所书的"寒山"和"千尺雪"。在一旁循环播放的纪录片里说这些摩崖石刻都散落在交通不便、人迹罕至的高新区山林之中，文物保护人员花费了很大力气才得以寻踪拓迹。大有"人问寒山道，寒山路不通"的意味。既让观摩者庆幸"寒山别业"尚在此山之中，又让人遗憾云深不知处。

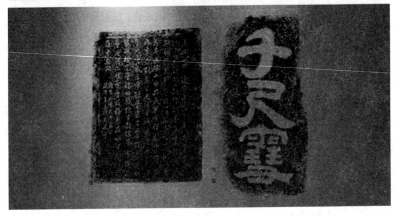

寒山美术馆拓片特展

其实"寒山""千尺雪"等摩崖石刻也没有那么难找,只是不能导航到"寒山"或者"寒山寺",而要定位于"法螺寺"。它们就散布在如今的法螺寺内外,那里才是真正的"寒山别业"遗址。在法螺寺围墙东侧有一片池塘,潺潺的山涧注入其中,池水清澈见底。在池塘北边的树林里有一块"寒山摩崖石刻"的市级文保单位碑。颇为贴心的是,吴中区林场还在碑旁竖立了一块"寒山摩崖石刻分布图",便于文史爱好者——寻遍。

西南诸峰 别样苏州

　　吴中区林场更在每一块石刻旁边单设了介绍牌，介绍牌被设计成摊开的书本模样，既有石刻的文字介绍，又有相关的背景知识，还有实物和拓片的照片。从乡间小路上向这片山岭望去，许许多多摊开的"书本"也成了一道亮丽的风景。更有趣的是这些零碎的石刻"天书"大都记载于赵宦光所写的《寒山志》中，对照阅读不仅可以读懂题刻曾经的妙意，更能虚实结合地捕捉到一点寒山别业的踪迹，领略世外高人的匠心设计。

　　离开乡间小路最近的石刻是"夗延壑"，刻于一块低矮的石头上，被用黄漆勾描。《寒山志》中写道"众山之水势，奔而乍回，四合之涛声，荡而还遏，曰蜿蜒壑"，可见这里曾是一个水流宛转、交汇碰撞的河谷。如今紧邻一条笔直的沟渠，完全没了昔日的水声喧哗。

寒山石刻

寒山石刻说明牌

　　稍往上行有"凌波栈"三字，刻在一面垂直高耸的崖壁上。《寒山志》中也有记载："清凉之阳稍西，除一径曰凌波栈，悬崖飞渡，至石渠水寨两崖，剖削经年而成池。""栈"是高险之山的意思，表明这里曾有一片贴着湍流的峭壁。

再西行几步，便是最著名的"千尺雪"了。三个大字纵刻于一块并不算太高的崖壁之上，用绿漆勾描。四周多生苔藓和藤萝，若不是常有人清理维护，很容易湮没不见。在夏季，崖壁下还会有积水浅潭，水草葱茏，不便靠近。《寒山志》中把这处景观称为"骇飙窭"，描写这"石窭夹涧处"是"磅礴怒吼，色如千尺雪，响作万壑雷，奔腾不可名状"。可见这里原有一条水势

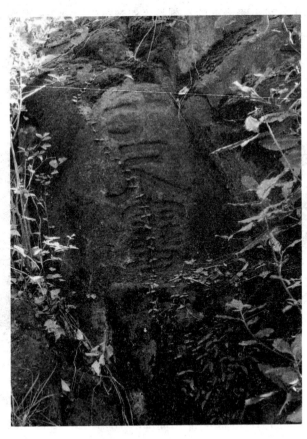

千尺雪石刻

浩大的瀑布，"千尺雪"是一个比喻，形容瀑布的颜色。水本是无色透明的，只有汇成激流才能像雪一样发白，结合"磅礴怒吼……响作万壑雷"可以想象当年这条瀑布的水势，差不多应是庐山瀑布的视觉效果吧？只是李白比喻成银河，赵宧光比喻成白雪。"千尺雪"并不完全是天然形成的，而

疑似人工开凿的古瀑布通道

是赵宧光凿石引流的半人工瀑布。如今"千尺雪"摩崖石刻的前方有一条平滑的石径，很有可能就是赵宧光当年专门开凿的瀑布水道。"骇飙礧"既生僻又难写，远不如"千尺雪"贴切生动，就连喜欢掉书袋的乾隆皇帝也直接以"千尺雪"称呼这条瀑布。如果金岳霖把纪念林徽因的挽联改成"一身诗意千尺雪（原为：千寻瀑），万古人间四月天"，是否更能凸显绝代佳人的美慧高洁呢？

《寒山志》介绍完"千尺雪"又紧接着说："北上石壁，镌

先子《拂水岩》诗，'奔泉静注千寻壑，飞瀑晴回万仞峰'，倩王徵君题成，摹勒上石。"寒山石刻中没有署名的题咏基本都是赵宦光所书，这一处却难得由他邀请别人书写，大概是为了表达对先人的敬意。这两句诗是赵宦光父亲赵枢生所作，虽然不是描写"千尺雪"的，但被转用于此，倒也和瀑布景观相得

《拂水岩》题刻

益彰。既能缅怀先人，又可描摹仙境，可见赵宦光的良苦用心。如今这两行诗句依然清晰地刻在里"千尺雪"稍北处的空旷崖壁上，是这里最醒目的一幅巨作。

苏州高新区文旅局于2020年编辑出版了一套地方志丛书《湖山风雅颂·史志集萃》。《寒山志》与辖区内的《阳山志》《华山书》《支硎山小志》等山志一起被合编到集萃的第五册之中。然而细细品读，感觉《寒山志》并不是一部严格意义上的"山林

志"，它并没有系统研究阐述此地的物产、历史和人物，却用散
文化的笔调记录自己苦心经营以启山林的生活美学，充满了个性
化色彩。所以此书并非"地方志"式的客观研究，更接近于《长
物志》式的情趣表达。"寒山别业"就是赵宦光一手创造的一份
林壑"长物"。

《寒山志》全文不足四千字，更适合当作《项脊轩志》这样
的性灵散文来阅读。文中先自述如何与此山结缘，再细诉如何将
这片不毛之地改造成诗意的栖居。买下这片山地的初衷是为了葬
父尽孝。这里本是一片"瓦砾充赢，潢污氾滥"的贫瘠山丘，只
有石匠才会到这里采石。但"人之所弃，我独属意焉"，经他一
番慧眼辨识，觉得作为坟地是上佳之选，于是从老儒生手里买下
这片山地。而打算具体安葬父亲的"点穴之所"，与特邀风水先
生的推荐点几乎重合，不禁让他喜极而泣。

这片山林本来连个名字都没有，郡志上只提到"涅槃岭在其
左"，碰巧唐代高僧寒山和尚的诗里也有"时陟涅槃山"之句，
再加上山中多有寒泉，于是赵宦光就把此山命名为"寒山"。从
此"寒山"不仅是一位诗僧的法号，也真成了一座山的名字。

将父亲的墓葬安排妥当后，赵宦光才开始安排自己的居所。
斯是陋山，唯子德馨。由于他的声望和人品，加上这片贫瘠的荒
山实在没啥用处，所以"比邻无不愿以山归我"。不出一年，
"前后左右，目中诸峰皆为我有矣"。对这片约十三万平方米、
三千多米周长的山地，赵宦光开始了大手笔的改造工程："阙者
使全，没者使露，秽者为净，坡者为阿，宜高者防以堤阜，宜下
者凿以陂沱。"而憨直的山民也被他的平易和诚恳所感化，一呼
百应，争相为他效力："唯恐不为我用，数里而遥，待我而举火

者，不下数十百家。"经过三四年的经营改造，此地焕然一新，"荆榛瓦砾之场，皆成名胜"。于是，无论寒暑，慕名而来的游人络绎不绝。不知情者还以为他是个大富豪，一掷千金打造出一片乐游原。只有他自己知道，这是买地葬父的副产品，之所以能用有限的资金办成这件大事，更多是因为自己的诚意和匠心，精诚所至，金石为开。

《寒山志》的后半篇对这座山地园林做了周全而详尽的景观介绍，被命名的景点包括无边云、津梁渡、驰烟峰、耕云台、玉雪岑、雕菰沼、千眠浦、斜阳阪、小宛堂、蝴蝶寝、青霞榭、岚毗、悬圃等数十处。命名方式要么紧扣地貌，要么引经据典，用词典雅精准，充满了诗情画意。就像海子的诗所述"给每一座山，每一条河取一个温暖的名字"。海子只是幻灭者的呓语，赵宧光却是实干家的创造。难怪《吴中小志丛刊》的点注者陈其弟说："宧光胸中富有丘壑，其力亦能副之。"这里的景观取名全无俗韵，也无滥调，体现了深厚的文化底蕴和旺盛的创新能力。文中所记景点如今尚能找到对应题刻的，除了蜿蜒壑、凌波栈和千尺雪之外，还有云根泉、飞鱼峡、芙蓉、丹井、阳阿、寒山等几处。"丹井"的篆刻别有趣味，"井"被书写成"丼"，并刻在"丹"字之左，仿佛一个长毛的"丹"。而"阳阿"乍一看还以为是"阿昜"，因为"阳"字采用了古体篆书"昜"，仿佛要和"阿"共用一个双耳旁。

《长物志》开篇就说："居山水间者为上，村居次之，郊居又次之……"以此标准，山水间的寒山别业就是上等"室庐"的典范。文震亨的总结不无道理，围城如樊笼，久在樊笼里，羁鸟恋旧林，久居城市的人都会对大自然心驰神往。所以深居内宫的乾隆皇帝才会如此迷恋这片开放的山水田园，不仅六下江南十二次入住，而且还为这里题写了四十多首赞诗，其中《再游寒山别墅》中写道：凡夫果不凡，即境知神仙。对于热爱生活的赵宧光（字凡夫）和热爱事业的范仲淹，乾隆更热爱谁？他用实际行动做出了回答——临幸高义园四次，却驻跸寒山别业十二次，还将行宫设在了这里。想起《树上的男爵》里虚构的拿破仑的话："如果我不是拿破仑皇帝的话，我很愿意做柯希莫·隆多公民！"乾隆是否也曾自言自语"朕若非真命天子，愿做寒山凡夫"？而赵宧光正是一位"树上的男爵"，一方面洁身自好、特立独行，一方面又情深义重、平易近人，能把两种看似矛盾的品质充分发扬又调和兼顾。

更难得的是谈笑有鸿儒。赵宧光与附近天平山庄的范允临年纪相仿。范允临夫妇也擅长诗文书画，范允临的妻子徐媛是徐园（今留园）园主徐泰时的女儿，两家真是志同道合的芳邻。不知当年两家聚会时是否会有这样的逗趣——

赵宧光：你看"小杜"还为我的"寒山别业"做宣传——远上寒山石径斜，白云生处有人家。

范允临：嗯嗯，最妙的还是后半首——停车坐爱枫林晚，霜叶红于二月花。夸我"天平山庄"门前的三百株红枫啊！

赵宧光是位有趣的雅士，他的妻子、儿子、儿媳、孙女都是名垂青史的文人，可谓一门风雅。赵宧光的妻子叫陆卿子，出生于绘画世家，她不仅擅长书法绘画，而且博学能文，对于六书造字法颇有研究，著有《考槃集》《玄芝集》《寒岩誉草》等书，还写有《寒山闲居即事》等诗作，真乃赵宧光的灵魂伴侣。她与天平山庄的女主人徐媛也常有诗歌唱酬，并称"吴门二大家"。

所谓"大家"应是仿效东汉才女班昭的尊称"曹大家",所以"家"应该发音为"姑",表示对有才学女子的尊敬。只是赵宧光没有沈三白的"厚脸皮",未能写下《闺房记乐》予以公布。缺少了生活细节,陆卿子也很难得到林语堂等近代文化名人的关注与鼓吹,所以默默无闻,少有人知。

一对高智商的父母并不能保证同等级别的子女,陶渊明、苏东坡的子女都没有什么大才。在遗传和家传方面,赵宧光无疑又是幸运的,他的儿子赵均完全继承了父母的智力和爱好,不图功名,抱守祖业,对汉字六书、金石考古,乃至梵文等异域文字都有深入研究,著有《寒山堂金石林时地考》等书。

而赵均的妻子文淑[1],则是比婆婆陆卿子更为出色的画家。她出生于书画名门,是"吴门四家"文徵明的玄孙女,也是状元文震孟和名士文震亨兄弟的堂侄女。考虑到赵宧光和文震孟多有往来,很可能是因为父辈的交情成全了这桩门当户对的美满婚姻。文淑嫁给赵均后,能在寒山岭中悉心观察写生,故而画作以逼真传神出名。《明画录》中专门提及了她的绘画成就:"写生花卉虫蝶,信笔点染,无不鲜艳灵异,图寒山草木昆虫千种……"她的《金石昆虫草木状》底本,被珍藏于南京图书馆。文淑还给自己取了一个别号:寒山兰闺画史。寒山成就了一位出色的女画家,而这位佳人又是多么幸运能幽居在寒山空谷。第一次爬寒山岭,我拍摄到了一只罕见的橘黄色斑点

---

[1]《木渎小志》《苏州山水》中均写成"文俶",但据《吴中小志丛刊》考证,实为"文淑"的笔误。且"文淑"更像女子名,因此本书采用"文淑"。

椿象，伶仃的细脚上闪耀着绿色的金属光泽，不知道它的祖宗是否也曾做过女画家的模特？

赵均、文淑夫妇仅有一女，名唤赵昭。她也继承了家学渊源，成了一位诗文书画样样精通的旷世佳人，尤其擅长画兰竹，著有《侣云居遗稿》。可惜明清易代，生灵涂炭，丈夫死于国难，她最后遁逃到更为偏僻的太湖西山岛，削发为尼，孤老余生。

艳丽的椿象

君子之泽，五世而斩。生逢乱世，更易摧折。赵昭之后，寒山就与赵家一并归于沉寂。明朝遗老昆山名士归庄于康熙五年（1666年）来此游览，此地早已物换人非，只寻得由寒山"废业"改建出来的几座寺院。他作《寒山》一首抒发花落人亡的感伤：

> 寒山吴地一名区，泉石亭台近代无。
> 今日山僧喧梵呗，路人犹说赵凡夫。

时隔多年，乾隆的青睐使寒山别业再次暴得大名，旧址被改造成了行宫。但恰如清人姚承绪在《吴趋访古录》中所述："一片寒山石，风流属赵家。"没有赵氏家族这种文人雅士的经营创造，哪怕是皇帝的临幸，也至多是恢复旧观，而不能平添风雅，无法续写新的人文传奇。

乾隆之后，寒山别业以及由其改造而成的寺院、行宫统统消亡了。消失的原因并不是皇帝不住，也不是咸丰兵火，而是地质灾害。此山属于天平山余脉，古代水流充沛，这既是资源，又是隐患。嘉庆年间暴发的山洪冲毁了山中的许多寺院。道光十三年（1833年），又一场山洪几乎荡涤了山里所有的建筑。寒山别业就像《百年孤独》末尾那个被飓风卷走的马多孔镇一样，从地面上和记忆里消失了。而"风流赵家"也像那个百年孤独的家族一样，不会在这片山岭里第二次出现。

法螺龙蟠今胜昔

道光十三年（1833年）的山洪几乎荡涤了寒山里所有的建筑，唯独留下了法螺庵。不过由于后来的天灾人祸，连法螺庵也在劫难逃，终于销声匿迹了。2008年法螺寺获批经营，在寒山岭中选址重建。在贤宗法师的主持下，由小庵变成了大庙，由"山裹寺"变成了"寺裹山"，占地近万平方米，绝非当年仅有两间佛堂的法螺庵可比。

根据《寒山志》记载，在寒山别业范围内曾有几座小庙。在"蜿蜒壑"以西登升至"百尺浮云间"，赵宧光划出了山南的一小块地给了好友震溟禅师，于是"至最幽处结庵，曰法螺"。"法螺"听起来有几分藏传佛教的味道，似乎喇嘛才用这种法器，其实这里只是就景作比。赵宧光的后人、清代六世侄孙赵耀，编写了一本《寒山留绪》，在《寒山志》后添加了一篇长跋和一些附录，记录清代中期还能看到的别业遗迹。其中写道："法螺寺，在寒山，旧为庵，山径盘纡，从修篁中百折而上，势如旋螺，故名。"在"旋螺"里头结庵，真成了吴地谚语所述的"蛳螺壳里做道场"。

如今去法螺寺是不用走这样的盘山小路了，该寺现位于"蜿蜒壑"以东更开阔的位置，显然不是原址重建。法螺寺中所保留的"阳阿"石刻，在《寒山志》中也有记载："稍下有空空庵，为涅槃岭门户，二石坎曰阳阿，即奇不逮滢露，而与幽宅相前后也。"可见如今的法螺寺大致是当年"空空庵"的位置。这里作为寒山的门户，更靠近山下的观音山路，交通相对便利。

沿着观音山路朝木渎方向走，行之将尽时可以看到一块标志石，上面刻有"法螺寺"三个大字。从标志石拐入山间小道，爬上一段陡坡，在一片桑田之后有一圈黄色的围墙，远远望去围墙像一条盘旋在山间的巨龙。其间黄墙黑瓦的仿古建筑群就是法螺寺。

穿过山门和天王殿，在第一个庭园之中有一座放生池。与众不同的是它利用了天然石坡上的月牙形凹槽，稍加改造就得以蓄水养鱼。

放生池

虽然此池无名，但和无隐庵石上开凿的"金莲池"异曲同工，而且更适合套用沈复信口自编的"小月池"来命名。

中轴线上的天王殿、圆通殿、大雄宝殿依山而筑，规模递增。大雄宝殿坐落在一片宽敞的台基之上，面阔七楹，占地七百余平方米。台基前侧有白石雕栏和石阶。台阶的中央是一块斜铺的石刻深浮雕，刻有五龙戏水，上部正中一条大龙杏眼圆睁、口吐大水、张牙舞爪、动感十足，仿佛在追忆诉说当年寒山的漫山飞瀑和帝王游踪。这间大雄宝殿尚未布置妥当，既未悬挂匾额，也没有常见的三世佛，却先摆放了数百尊石罗汉。室内十分宽敞，被布置得有山有水有桥有岛。为了抵消低矮所带来的压抑感，还在天花板上绘制了蓝天白云。五百尊青石罗汉散布其间，或立或坐，姿态不一，比西园寺里一排排正襟危坐的五百罗汉像潇洒自然得多。近两年又把其中的一百多尊罗汉石雕摆到了庭园东侧一座半天然的假山之中，形成了一座"罗汉山"。既改善了堂里罗汉的人均使用面积，又在庭园中营造出众罗汉赶来聆听佛祖说法的氛围，有了祇树给孤独园的感觉，这片庭园被装扮得犹如西方圣境一般。

沿大雄宝殿西侧的阶梯上行，可达最高处的大观音雕像。这尊观音像高达九点一九米，衣袂飘飘，右手微举，左手托法轮于胸口。大观音像耸立山巅，蓝天做衬，显得格外宏伟。而观音像所在的基台还是一座观音殿的屋顶，殿内的墙壁上供奉了八百尊小观音像。站在基台上举目四望，南边的天平山，西边的寒山岭，东北边的支硎山，层峦叠嶂，一览无余，让人心旷神怡。

下山另有一条蹊径，可以路过一座玉佛殿。玉佛高二点四米，重六点三吨，是新加坡佛心禅寺赠送的。其中一副楹联写得洒脱不俗：

> 莫倚潮音一世闻　苦海有缘方可渡
>
> 当知心愿千般许　慈航无份亦难乘

下行的小路比上行的大道更有野趣，两侧细竹夹道，摇曳生姿。竹丛中还有一块刻着"寒山"字样的石头，由赵宦光所书。联想起空空庵与寒山别业"幽宅相前后"，这可能是当年寒山别业的地界石。

小路尽头有一片佛教文化广场。小广场的北面是一块"药师海会"的石照壁，体现药师佛率众弟子传法的情景。精雕细刻，工艺精湛。东侧是五路财神殿，南侧是西方三圣殿，都是中国信众喜闻乐见的神仙和菩萨。西侧是一排连廊，横穿连廊就能回到"罗汉山"所在的庭园。

"小月池"的东边有一家素斋馆。素斋馆兼营会务、禅修和住宿，是都市人休闲养生的好去处。这里的素面是蕈油面，各种蘑菇新鲜而量足，鲜美可口，可惜面条只有一种弹性较强的手擀宽面，老板一定是位家乡情结特重的北方人。餐厅里窗明几净，窗口青山为画，视野极佳，天朗气清时一直可以望到园区的"东方之门"。

从餐厅上行可达会场和客舍，下行可以单独出入寺院。门外的山石上也有一些从别处临摹来的新题石刻，如"菩萨面""放下"等。不过摹刻质量不高，如果不看"放下"的落款"弘一沙门演音书"，完全认不出是弘一法师的字迹。

"小月池"的西侧是禅堂和僧寮。2021年我曾在一间禅堂里参加了郁永龙先生（笔名苏龙）《苏州寺院名胜》新书发布会。郁先生是苏州吴县人，1981年起从事苏州市政府的宗教审批管理工作。他在退休之后用五年时间乘坐公共交通，走遍苏州大市范围内所有批准开放的寺院一百六十余处，写下了这本厚厚的专著。因为他的工作便利能接触更多丰富可信的资料，又因为他对宗教事业的热爱，能不辞辛劳地实地踏访，所以此书对于苏州寺院的近况尤其具备参考价值。这位长相略似巫启贤的老先生，慈眉善目，平易近人。除了出版专著，还撰写公众号，图文并茂，记录他日常的游踪见闻。

在禅堂西边有一块叫"鹤园"的地方。之所以叫"鹤园"大概是附庸支遁喜鹤的典故，其实并没有什么景观设计，算不上园林。此园属于一家民营文化机构"寒山岭文化艺术研究院"，专门研究和发掘寒山的文化遗产；郁永龙先生也是机构顾问。这座四四方方的院落，北面是一座二层办公楼，西面是一间名为"赵宦光暨寒山岭摩崖石刻展示馆"的平房，南面是一扇很少打开的独立大门，东面则是一座有"鹤园"题匾的重檐大殿以及一道连接寺院主路的爬山游廊。

"阳阿"石刻就深藏在爬山游廊旁边的一块小天井里。天井仅有一个出入口，像是用来堆放杂物的死角。如果不经指点，是不太会想到走进去观摩的。"阳阿"除了写法奇特，不易辨识，意思也不太好懂，解说牌上只写了怎么念，并没有解释具体含义，只能当作"天书"欣赏一下，让人一头雾水，其谐音又让人避之唯恐不及。结合《寒山志》的记载可知是指两处石坎。"阿"应读"ē"，是"高丘"的意思，"阳"表示山体朝南的方向，合起来解释就是高高凸起的朝南石坎。而这石坎的神奇之处在于"不逮瀣露"，即水蒸气不会在上面凝结，可能是因为正向朝南、光照充足。如今只剩下一小片石坡，陷落于四周的高墙之下，既非高高耸立，也无法被阳光直射，石缝里滋生着苔藓，体现不出"除湿器"的特异功能。

阳阿　　　　　　　　陈列室中的"丹井"拓片

西侧的陈列馆里主要展示散落在寒山岭中的摩崖石刻的拓片和照片，包括赵宧光的"开山"之作，以及慕名而来的乾隆、申时行、李根源等名人的追思作品。赵宧光的题刻大多是两三个字的景点命名，比如"丹井""千尺雪"，不加落款。就像率先发明邮票给自己用的英国，不需要在票面上印刷国名。而乾隆、申时行等名人题刻则是篇幅较大的诗文，落款明确，仿佛是欣赏寒山别业这幅山水长卷之后所作的题跋。在法螺寺中除了"寒山"和"阳阿"之外，在如今的"罗汉山"周边还有乾隆的《戏题空谷》等几首御笔题刻，但字迹已经风化；在"鹤园"西北角的围墙内还有四五首题刻，其中《寒山别墅》保存得最为完好，该处题御笔的石壁之前还有一道天然的小山涧，上面架设了一道小石梁，景观设计也最为出色。据统计，在寒山现存的三十余处题刻中，有一半是乾隆的大作。这间面积不大的陈列馆所展示的信息量却不小，是为寒山抢救的文化记忆。游人若能在攀爬寒山之前，先到这间陈列馆里逛逛，了解一些历史知识，获得一点直观印象，一定会让绿野寻踪更加妙趣横生。

法螺寺并无历史盛名，文化底蕴甚至远不如荒废在天平山麓的"无隐庵"，更不用说相隔不远的支硎山中的诸多古刹。但经过当代僧人、商人和民间学者的共同努力发掘和创造，也成了新的人文胜迹，值得一游再游。虽然"寒山别业"那些消失的人文风雅很值得怀念，但时过境迁，那份偶傥风流再也回不来了。所以不妨好好享受"法螺寺"所创造出的别样生活——既不失传统情调，又充满现代气息。忙里偷闲，来这里吃碗鲜汤素面吧，坐在厅堂东南角的窗口，游目骋怀，让青山环抱；暂时"放下"沉重的生活负荷，去山岭间攀岩走壁，触摸几道先辈留下的文字刻痕。

支硎古刹众归一

明末的《吴县志》中记载："寒山，即支硎右一支。"所以这两座近在咫尺的山头可以归为一处。支硎山的历史声名要远胜于寒山，但留存的历史遗迹却比寒山还要寒酸，寒山中尚能觅得明清摩崖石刻三十余处，而支硎山里只剩下五六块残碑。寒山中保存最完好乾隆题刻《寒山别墅》中写道："泉出寒山寒，秀分支硎支。"短短十个字，有对仗、反复、双关，算是十几首同主

西南诸峰别样苏州

题打油诗里最具文学色彩的佳句了。寒山别业要借景支硎秀色，既体现了寒山和支硎山靠得近，又说明了支硎山是寒山的"大靠山"。

支硎山的"支"并不是分支的意思，而是指代东晋高僧支遁。"硎"则是磨刀石的意思，因为山上的大石块又平又宽，加之清泉石上流，更像是泼水磨刀一般。直立的石头叫"笏"，平躺的石头称"硎"，想象不算奇特，用字却古奥高级。

支遁，字道林，世人尊称支公，是第一位打通佛学与老庄玄学壁垒的东晋高僧。在他之前，研究玄学的魏晋名士不谈佛学；在他之后，士人才逐渐将佛、老相提并论，使这份外来的大智慧渐渐融入汉人的文化。因其见多识广、悟性极高、能说会写、癖好又多，颇具魏晋名士风度，所以王濛、谢安、王羲之等士族名流都喜欢和他交往。《世说新语》中关于他的条目多达四十余则，有不少放鹤、遛鹰、赏马的传奇。有人质疑他身为出家人怎么还养马玩，支遁说"贫道重其神骏"，意思是我主要看气质。唐代画家韩干以此为素材创作了传世名画《神骏图》，画面右上方的光头就是支遁，十分随意地欹坐在大石之上，身体前倾，一手撑地，望着迎面踏水而来的白马，如痴如醉。

支遁与名士的清谈主要在会稽（今浙江省绍兴市）和建康（今江苏省南京市），那里才是他名声大噪的地方。而苏州的山野只是他年轻时的修行之地，那时他还没有太大名气，因此也无法让这里虚构出支遁与名流会面的遗址。即便如此，在他声名鹊起之后，不仅支硎山、白马涧因他而得名，在周边的大阳山、花山等地也都附会他的遗踪，直到现在还能看到"支公井""支公洞"等真假难辨的景点。这种"蹭流量"的做法自古便有，传言山中一块石头，上有四个凹坑，是支遁得道后所乘白马起飞升空时踏出的蹄窝。袁宏道听说后挖苦道："俗说支公好蓄骏马，足迹犹存，石上有马溺黄色一带。"意思是如果石坑是支公神马的足迹，那么石上所泛出的一条黄色带就是神马的尿痕吧？真是既风趣又刻薄，比嘲弄灵岩寺听响屧廊松涛的和尚还要"毒舌"，一定让讲故事的人又笑又恼。

因为有了支遁这位"流量主"，此山中一直寺庙云集、香火旺盛。大寺如中峰寺、南峰寺、北峰寺、报恩寺；小庙如沈复描写过的来鹤庵、得云庵。而且各寺还不断地更名，简直数不清山中到底有过多少寺院。在古代，每到春天，尤其是到了农历二月十九日观音菩萨生日前后，这里还会有非常热闹的香市。千金小姐们会借着进香的机会，来到苏州西郊的山岭中踏青游春。因为香火最盛的寺庙叫观音寺，久而久之支硎山也被叫作观音山。如今沿支硎山东侧修建的一条道路就叫观音山路，此山的大名支硎山反而少有人知了。但一直到民国，这里都没有陆路可供通行。若要去支硎、天平一带游玩进香，得从水路坐船到达支硎山边上岸，然后再步行或雇滑竿、车马前往目的地。沈复在《浪游记快》中也有相关的行程描述。他第一次和顾鸿干从城里出发去天平山一带郊游时，就是"渡胥江，步至横塘枣市桥，雇一叶扁舟，到山日犹未午"。一大早出门坐船，快到中午才到了支硎山游览中峰寺。如今那些可以行舟的水道完全不见了，但在观音山路两边，还自然分布着许多池塘和溪流，大概是当年密布水网的余留，扮靓着这条风景独好的乡间小路。

在支硎山里只批准重建了一座中峰寺，位于法螺寺北面不远处。而且在公路上就能看到一座很醒目的白塔，不像法螺寺那样需要走上一大段山路才能识得法螺寺真面目。

那座引人注目的白塔位于该寺的观音院内。进入中峰寺后，迎面是一座放生池，池中有一座香花桥。池后是一座三门牌坊，刻有"中峰寺"三字。仔细辨认还会发现被刮磨过的痕迹。上面原来的题刻是"支硎古刹"，其实内涵更加丰富，可以对支硎山里曾经出现的大小古刹做集体缅怀。

牌坊后面就是观音院，山门上的匾额题写"观音净院"，是净土宗的道场。观音院可视为历史上香火鼎盛的观音寺的涅槃重生。经山门走进院内，在天王殿和藏经楼之间的中轴线上并没有常见的大雄宝殿，只有一座圆通殿。因为"大雄"是如来佛，而这里是"观音院"，若设置大雄宝殿，难免喧宾夺主。"圆通"是观音菩萨的别号，所以在大雄宝殿的位置改设供奉观音的圆通殿，才是恰如其分的安排。在圆通殿前的庭院里左右对称地种植了两棵银杏，庭院中央还有一座金色的大香炉。秋冬时节，金黄的银杏叶，与金色的香炉和黄色的殿宇交相辉映，满目金黄，煞是好看。

白塔位于观音院右路一角，是一座舍利塔，酷似北京北海的白塔。在汉传佛教的寺院里安置一座藏传佛塔极其罕见。难道观音寺当年也和扬州瘦西湖的莲性寺一样，为了博得南巡乾隆的欢心而特别修造的吗？

观音院左路的后部有一间转经殿，殿中央有一座小型的重檐"圆亭子"，里面围坐了三层的各路神圣。观音寺里曾有一件著名的镇寺之宝——转轮藏，可惜已毁。这座新造的"圆亭子"大概就是臆想出来的转轮藏。好在所谓的转轮藏并不需要转动，而是由信徒围着它转。否则真转起来，简直就跟神仙共坐旋转木马一样。

转经殿后居然有一座名为"奈何桥"的旱桥，桥旁的石头上还赫然刻着"忘川"的字样。往里走有十殿阎罗和地狱里各种酷刑模型，阴森恐怖。在佛寺里居然还有这样诡异的殿宇，实在有点不伦不类。不过中国的民间信仰一向混乱，鲁迅就犀利地指出"中国人的对付鬼神，凶恶的是奉承，如瘟神和火神之类"，所以拜完救苦救难的观音菩萨，也要拜拜作苦作难的牛鬼蛇神，"黑白两道"都要巴结，这样才能"幸存"下来。不过这也折射了古代中国人的生存之难。

走完观音院一圈也没有中峰寺的影子。院外的地图上显示观音院只是中峰寺的"下院"，山上还另辟有"中院"报恩禅院和"上院"中峰寺。其实中峰寺和观音寺历史上并无瓜葛。只是观

金黄的观音院

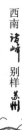

音寺未能得到经营许可，只得退而求其次地并入中峰寺里一起开张。所谓上下院一般是指寺庙之间的隶属关系，就像上下级一样；而这里既是指地位高下，又是指地势高低，一语双关。

出观音院山门右拐有一大片平整的土地，可以种上不少瓜果蔬菜。平地一边临着垂直的崖壁，崖壁上还有一道泻落的细细的山涧，虽然也没有千尺雪的景观，但总比寒山"千尺雪"滴水不见要略强一些。

沿山路上行，在半山腰处就是中院"报恩禅院"，又成了禅宗的修行场所。历史上观音寺的前身叫报恩寺，支硎山也曾因此被称为报恩山。如今在报恩禅院之前建有一座单门牌坊，上书"报恩山"。禅院的入户门厅则是一座用山里的石头垒出来的石室，十分别致，是在村民自建小庙的基础上改造而成。不经意间还呼应了开山老祖支遁的诗句"石室可蔽身，寒泉濯温手"。不过支遁当年的石室一定要简陋得多，大概是类似于花山"支公洞"那座稍加改造的天然石屋。禅院内部尚未修缮完成，但格局已明，只有一个四方庭院。正北面是一座面阔五楹的歇山顶大殿，大概是佛堂。西面是天然的崖壁，下面开凿了一座放生池。东面是一栋二层小楼，一层计划作为支硎山历史文化展览馆。二层将来若能开发几间客舍一定别有诗意：夜宿苍山里，听雨僧庐下。一任石阶前，点滴到天明。

继续上行至山顶，终于可见中峰寺。中峰寺是有据可考的支遁结庵修行之地。在山门前立有一座三门牌坊，上书"中峰讲院"，因为清代曾有高僧德兴在此招收弟子、讲经说法，使这里一度成为江南著名的讲经院。该命名也和下面的"报恩禅院""观音净院"统一了格式，仿佛一所综合大学的三个院系。

里面是一座格局完整的独立寺院，不仅有大雄宝殿，还有放生池、香花桥等，丝毫觉察不出已身处山巅。支硎山曾以支遁手植的三十六棵古松出名，如今早已无迹可寻。不过在大雄宝殿前还很用心地补栽了两棵高大的雪松，仿佛重现了明末住持读彻法师所见的情景："双松依旧殿门前，但见松高不记年。"

院落之中尚有几处遗存的古迹：一个古石井栏，一处李根源题刻的"南来堂"。文史价值最高的当数几方或拼合或残缺的古碑，有清初汪琬的《中峰讲院晓庵法师碑文》，潘耒的《中峰讲院兴造碑记》等。其中两块拼合完整的古碑陈列于一座新修的石制碑亭里，《重复晋支公中峰禅院记》尤其值得关注，它是由明末本寺的两位住持明河、读彻所共立。读彻法师字苍雪，因此也称苍雪法师，是一位才学不凡的高僧，与董其昌、吴伟业、钱谦益、王时敏等江南名士都有交往，他的诗作颇为出色，著有《南来堂诗集》，很受同时代文人的推崇，号称明代第一诗僧。在明清易代之际，他和灵岩寺住持弘储法师一样也是一位很有民族气节的僧人，写下《金陵怀古》《乙酉积雨纪事》等悼亡诗，伤痛之情溢于言表。碑文内容是由著名的苏州状元文震孟所撰写，碑额则是由寒山别业的赵宦光所篆。誊抄碑文之人叫文从简，也是一位吴门书画家，是文震孟的堂兄弟，两人同庚。文从简与赵宦光又是儿女亲家，其女正是嫁入寒山别业的女画家文淑。明朝灭亡后，文从简投奔亲家，入住寒山别业，在这里度过了人生的最后三年。苏州文人云集，哪怕在这荒郊野岭，依然可以"谈笑有鸿儒，往来无白丁"。

寺院的布告中还提到正在筹款建造中峰塔，如果有朝一日能够落成，一定能和灵岩塔、虎丘塔、楞伽塔一样为山林增色不少。

中峰寺早在1994年就被许可经营，但是相对于灵岩寺、寒山寺而言，毫无知名度，与尚未开发的寒山岭一样门庭冷落车马稀。不过，无论是中峰寺、法螺寺还是寒山岭，如今都得到了很好的维护。所剩无几的古迹被悉心地发掘修复，新造的景观大多精工细作、古朴自然。此地只是清幽而非荒凉，是现代喧嚣都市里难得的福地。

登陟寒山道，寒山路不穷。远上寒山的不只是那条新修的观音山路，更是无数条有缘人的心路。用广泛阅读、实地探究、沉思联想来做一番思考和梳理。沿此心路可一路心骛神游、时光逆行，一直跃迁到文淑、赵宦光、读彻、支遁等先贤大德跟前，与他们一一交流。发现原来他们从未远离，而且造访者日多，千百年来也不曾孤独。

残山剩岭话三山：
金山、焦山、高景山

　　苏州高新区东西走向的主干道多以山命名，如狮山路、何山路、武夷山路、昆仑山路……有些是本地的山名，有些是外地的名山。那么"金山路"属于哪一种呢？乍一听会觉得是"镇江三山"之一的金山吧？因为苏州似乎并没见过叫金山的地方。但实际上苏州历史上也有一座著名的金山，只是它已被开挖得所剩无几。苏州西部的山岭大都做过采石场，金山就是其中最著名的花岗岩宕口，而且采石历史悠久。李根源在《吴郡西山访古记》中引述了现场调研的采石工人的话："焦山石不如高景山石，高景山石不如金山石。"从中可知苏州不仅有"金山"，还有"焦山"，与"镇江三山"重名了两座。两山又和高景山一起以出产花岗岩并称于世，所以不妨将它们合称为苏州的"采石三山"。虽然这三座山的人文底蕴和自然风光都比不过"镇江三山"，但也绝不只是三块采石工地，仍有不少值得一看的历史文化和自然景色。除了通过文字图片追忆它们的旧观，更可以实地看看现代

西南诸峰 别样苏州

人如何收拾残局，并因地制宜造出新景的。毕竟事在人为，绍兴的东湖，不也曾是一处废弃的古宕口吗？却被晚清的文人雅士改造成了闻名遐迩的风景名胜。

金山已缺添寿桃

观音山路的南端有一片水域，水质清澈，深不见底，绿如翡翠。在水一方有一座光秃秃的石头山，像一只剥了壳的大笋又被削掉几片老皮肉。这里叫寿桃湖公园，是近几年才开放的城市公共绿地，属于木渎健身绿道的一部分。那座仿佛从水里冒出来的"石笋"，正是日削月割、以趋于亡的金山。

寿桃湖边的残金山

金山最初叫茶坞山，大概多有茶树。东晋末年，有人从山中挖出了黄金，因此更名为金山。这里本是水木清华、物产丰饶的一座福山。有一位叫杨循吉的明代苏州文人隐居在附近支硎山里，却非常喜欢这个地方，专门为这里写了一本《金山杂志》，共分山势、品石、品泉、山居、游观、草木、饮食和事胜八章，是一本全面介绍此地观光食宿的"小红书"。

书中记载金山高约五十丈，估算下来和现在的灵岩山差不多高。山中有"最胜"石、翻经石、石梁等天然奇石；有珍珠泉、云濑池等泉眼；还有野生的杨梅、樱桃、枇杷，以及灵芝、蘑菇，简直是一座花果山。山中的僧人采集松花制成松花饼回馈香客，成了这里的特产，真是"五月卖松风，人间恐无价"。金山的天然物产显然更要比寒山好得多，它既有金山银山，又有绿水青山，还有花山果山。

但到了清代，这里就因为过度采石遭到严重破坏，康熙年间，苏州的大学者沈德潜在《游牛头坞记》中描写所看见的金山：

值人工凿山处，山骨残破，垤者，洼洼者，陷礫竖下，深者二十余丈，浅亦丈余，石龈逼侧，几不受趾，行者变色……

山体被开膛破肚，简直惨不忍睹。地上坑坑洼洼，残留的石尖十分硌脚，下挖最深处竟可达六七十米，简直把人间仙境糟蹋成了人间炼狱。

这让老学者不禁感慨："天下艮而寿者惟山，犹不能保护厥体，而况人年命之促，等于蓬科蜉蝣，电光鸟影者欤。"

坚固的山石尚不能长存，何况脆弱的人命呢？寄蜉蝣于天地，如梦幻泡影。

不过他话锋一转，又抖擞精神："然是山之峰已归泯灭，缘文人数语，得留其名于想象间。是艮而寿者，转藉人以留之，则人世之可久者，或在此不在彼也。"

海枯石烂，唯名声传世不朽，这么一想就让老学者宽慰了许多。借"文人数语"而长留天地之间，不仅是金山的幸运，也是苏州多数山林的运气。

道光年间，苏州文人韦光黻来到这里，在《闻见阐幽录》中描写看到的采石宕口"深不可测，宽则百亩外"；"中有石壁、石宕，奇峭苍秀，虽在路旁，人迹罕到"。而翻经台、珍珠泉、石梁等名胜，他统统没能找到。不过当他在"高拔荡"（吴方言里"茭白荡"的谐音）看到"高峰绝壁，四周环列，人功所凿，如天生焉"的景象，还是忍不住赋诗一首，将金山与雁荡山（古时又作雁宕山）做了一番对比：

> 我思雁宕山，龙湫远穹昊。
> 金山高拔荡，峭壁卓云表。
> 潭深不见底，照景骇飞鸟。
> 虽曰人功成，奇已胜天巧。

明明是涸泽而渔的破坏，却似鬼斧神工的佳作。这简直是波德莱尔的《恶之花》，又像是闻一多的《死水》：不如让丑恶来开垦，看他造出个什么世界。

而到了民国时期，附近的南京、上海、无锡等新兴都市大兴土木，对建筑材料需求十分旺盛。尤其是上海，本地并无山石资源，更依赖外地采购，靠得最近的苏州山岭自然首当其冲，"金山石"成了远近闻名的优质花岗岩。李根源在《吴郡西山访古记》中记载"至金山头，采石男女工约二三千人"，可见当年采石工地的规模相当庞大。因为质量最好，所以"金山石外国人采用尤多"，外滩十里洋场中的气派洋楼，大概也有不少苏州金山的骨肉。民国的《吴县志》中说："（杨）循吉所记十不存一，迨今已凿石将尽。"不过也有乐天派的民国文人觉得"山骨破损，别有风味"，宕口积水成巨池，山石突出成半岛，凹进的山石作深谷，残余的孤峰壁立水中，可以和绍兴的东湖相媲美。还特别提到了被凿得只剩一薄片的笔架山，"尤觉伟峭"。从一张1936年的老照片来看，一座石山酷似笔架、数峰刺天，夹在两片宕口的池水之间，风姿绰约，秀色可餐，简直可以匹敌桂林山水，大概就是所谓的"笔架山"。

民国时期就已"凿石将尽"的金山，在新中国成立后继续被全力深挖。而且金山石除了满足长三角地区的建筑需求，甚至还被长途运输到北京等地用于重大工程建设。

直到2000年2月，《苏州市禁止开山采石条例》颁布实施，金山的大小采石场才陆续关闭，但金山已经遭遇了灭顶之灾，从地图上完全消失，成了无名野山。如今在采石场的废墟上建造了一座占地400亩的绿地"寿桃湖公园"，里面还建了一座"金山石雕艺术展示中心"，含蓄地表明这里的真实身份。从地图上看这片宕口的轮廓丝毫不像寿桃，之所以取名寿桃湖，可能是因为金山里曾有一座次峰叫寿桃山，也可能觉得所剩的石头山像只寿桃。不过以寿桃命名折寿的金山，简直有点讽刺。为何不叫金山湖呢？大概是故山不堪回首。

绿地改造工程变废为宝，让市民多了一处免费休闲的场所。

绕湖一圈修建了平整的步道，与天平山相连的一侧铺设了草坪，种植了大片的桃花、樱花、梅花等佳木。拐过这片绿地，就可以到达天平山风景区的门口。

虽然山清水秀，但却让人感觉到一种说不出的冰冷乏味，没有苏州普通山林的清新可爱。水质虽然清澈，但因为采石是垂直下挖的，缺少斜伸到水底的缓坡做自然过渡，安全起见石栏又离湖边较远，所以护栏大都在离开水面很高的位置，只能凭栏远眺这片并不算开阔的湖水。又因为湖岸陡直，水深危险，所以不许游人靠近戏水、垂钓。在天平山一侧，更是直接用铁丝网围了起来，还贴了一张严禁游泳的告示，上书某年某月有人在此游泳溺水，结果池水过深，至今都未能打捞出尸骨。看得人心惊肉跳，"浪里白条"到此大概都会有心理阴影。由于池底太深，长不出荷花菖蒲。空空荡荡的湖面上，也不设游船。偶尔几只水鸟飞来，在水面时隐时现，仿佛捉迷藏一般，却把这片沉寂的湖面衬托得更加苍凉。

那座"石笋"已经开始山体修复，覆土植树，但仍有碎石崩塌的风险，所以并未修建登山的台阶，不允许爬山，更不许攀岩。这片修复不久的山水仍是一副不近人情的高冷模样，没有绍兴东湖坐着乌篷船穿梭游弋在峭壁石洞中的惬意，也没有贴水徜徉在东湖堤桥中的亲切，也没有在湖边陡峭的山脊上一路畅行的舒坦。

金山已被人伤害得太久太深，想要得到它的谅解并与它彻底和解又谈何容易？我们只有保持耐心、悉心调理，希望有朝一日它能像接纳我们的前人那样，再次对我们的后人敞开怀抱。

焦山落寞多闲趣

　　焦山位于天平山的西南部，与金山隔着一块盆地遥遥相望。这里也称大焦山，以区别于太湖西山岛里的小焦山。这一段南北走向的山岭，北端接天平山的余脉羊肠岭。南端连接灵岩山，在那里还有乾隆登灵岩山的古道入口。东侧的山谷则是明末高士徐枋隐居的上沙村。

　　焦山作为衔接天平、灵岩两大名山的山岭，竟然毫无存在感。历史上一直少有文人提及，沈复就算浪游到了山前的上沙村和无隐庵，也只字不提大焦山，只提到了造型奇特的鸡笼山这个小山头。如今此山是"灵白线"的必经之路，可惜既不是起点，也不是终点，还没有重点，只能被往来的徒步人群默默地路过。

　　作为采石场，此地出产的石料虽然也算得上是品牌产品，却只排在前三甲的最末。因为石质不够好，焦山反而相对于金山和高景山山体保存得更好；但它仍没有因此得到重视被开发成旅游风景区。在地图上，周边的天平山、灵岩山风景区乃至寿桃湖公园，统统都用绿色图块表示的，唯独焦山是和普通用地一样用的是白底色块，仿佛这座山被愚公的子孙移走了一般。

　　焦山的采石历史也不算短，自明代嘉靖以来，就一直是宕户的采石之所。行走在灵白线中，仍处处可见刀劈斧砍、寸草不生的山体疤痕。不过这里的采石遗迹也被人赞赏过。王稼句先生在《苏州山水》中转述了一段没有出处的民国文人的描写：

　　但见嶙峋瘦骨，玲珑奥窍，山嶂壁峭，亘续不绝，如置身于重围之中；四顾皆山，逆观巉巉高岩，凹凸纵横，有如数十层高楼，或龟裂如刀劈，或翔舞如波浪，其山口一峰，张牙喷沫，又如狮口山之奇险，实为吴中诸山所少有。

这一段描写文采飞扬，但是细细品读却文辞空洞，无非是采石场的共性地貌，几乎没有个性可言。如果说这段文字是在描写金山或者绍兴东湖的崖壁，大概也没有人会怀疑。唯一有个性的景观是"狮口山"，但到底怎么会有"张口喷沫"的感觉，却语焉不详，缺乏细节，所以感染力不强。而且此地景观也谈不上"龟裂如刀劈"，是真的被刀斧劈成了这样。

王稼句先生继续纸上谈山，说："由于采石不止，这种特殊的山景，如今已不可见得了。"其实只要去木渎中学旁边的绿道走走，就能一览焦山的连绵山体，其所呈现的景象正是这种"嶙峋瘦骨，玲珑奥窍，山嶂壁峭，亘续不绝"的样子。

同样是废弃的采石场，焦山的残局要比金山好收拾得多。它未被挖到地下六七十米的变态深度，所以没有那种张口吃人的深水宕口。山体形状也相对完好，崖壁上栽种的苗木都已成活，嶙峋的"瘦骨"上重生了"皮肉"。崖壁上悬附着一条条白色的细管，从山顶一直垂到地面，足有十几米，用于滴灌缺土少壤的崖壁上新栽的树苗，像一根根输液管，救治这片伤痕累累的山林，这也是现代修复技术所创造的新奇观。

焦山峭壁之下的宕口都较浅，为了消除"石齴逼侧，几不受趾"的问题，因地制宜地铺上了一层泥土，种上了大片的草坪，成了扎营野餐的绝佳去处。不少人会在晴朗的周末全家来此安营扎寨，孩子们路过大片草坪都会兴奋，翻跟头，踢皮球，爬石

焦山草坪

西南诸峰　别样苏州

木渎中学一角

头，跌爬滚打，捉猫追狗，乐不可支，就连带来的猫狗都要精神百倍。

山脚草坪斜对面有一座广袤的校园：木渎中学。这就是沈复笔下"上沙村"的位置。在路口的绿道地图上还特意标记了此地的"涧上草堂"。但除了能看到"涧上草堂"所处的池塘，并不能发现什么古迹或仿古建筑。想想"涧上草堂"的主人徐枋不过一介寒儒，茅屋很容易为秋风所破，真迹很难保留下来。那片池塘基本都被圈入了木渎中学，就算有，遗迹大概也在学校里。虽然看不到池塘周边有什么草堂，但从绿道上眺望学校里的草木、池塘和教学楼，也颇有一番田园气息。

在焦山脚下看木渎中学，最醒目的景观是硕大的红色塑胶跑道，很远就能看到，充满了现代朝气。仔细一数竟有十条跑道，比一般高校田径场都要大。这里还可以作为全民健身场所开放，有关部门特地建了一座跨越学校围墙的拱桥作为出入通道。

徒步经典路线"灵白线"至少有一半在焦山之中。徒步者在荒凉的山脊上鱼贯而行，自有一种人在旅途的壮美。有些路段连"徒步"都很困难，需要手脚并用。热心的户外协会，在最陡峭的路段系上绳索，供无偿使用。还在树林中系上秋千、吊床，供休息玩耍，让人感受到陌生人的友善。在这条起伏不平的野道中，还会有越野摩托车和山地自行车穿梭

灵白线上的极限运动

升降的身影。看骑手蹿上峭壁，又冲下陡坡，不禁为他们捏一把冷汗。

此外还有各种户外协会开发的攀岩、速降等活动项目。因为这里崖壁陡峭却很平整，适于速降和攀爬。借助户外协会提供的绳索等装备，就能手脚并用地飞"岩"走壁。虽然这是很小众的娱乐项目，但是在互联网信息时代，焦山的天然攀岩场还是吸引了不少户外运动爱好者来此探险。偶尔也会有人疏忽大意或者运气不佳，扭伤了脚踝或膝盖，困在半山腰动弹不得，尴尬地求助消防队，成了次日一早不咸不淡的头条新闻。但总体来说这里的越野探险是有惊无险，没有出现过掉落山崖造成残疾或殒命的悲剧。苏州的山还是太小太柔，没有那么难以驾驭的野性。

在焦山临近灵岩山的地方有一座天平寺，它也是由焦山废弃的采石场改造而成的。虽然"天平寺"的名字听起来很有历史感，但它并不像"灵岩寺"那样是一座赫赫有名的古刹，2009年才刚刚建立。其实这里离天平山较远，处于焦山脚下，却不叫焦山寺，不经意间又让焦山感到一阵落寞。不过它被命名为"天平寺"也不是毫无理由，本寺是由天平村的一座小寺庙"太平庵"和两座土地庙"下沙庙"和"下旺庙"迁址合建而成的。

因为有这种三合一的历史，所以这座寺庙了除了常规的寺院殿堂外，院后还单独建有两间房子，分别悬挂着"下旺庙"和"下沙庙"的题匾。里面供奉的不是什么菩萨、佛祖，而是峨冠博带的本地神灵。虽然外来的和尚好念经，但是村民们对于本地神灵也信任有加。在两庙门口常能看到纸糊的楼房别墅和家具家电，因为这里也是村民给去世的亲人做法事的首选之地。

与"下旺庙"齐平的位置，还有一座造型独特的实心宝塔——万寿塔，它的基座由小青砖修筑，塔身则全由花岗岩雕刻而成，遍布了各种天王、菩萨和佛祖的造像。宝塔坐落于一个八边形基台之上，基台的八个角上还各有一座实心经幢，镌刻着捐助者的姓名和吉利话语。这座宝塔并不是埋葬高僧的传统灵塔，而是善男信女集资建造的祈福塔。对于缺乏历史又亟须资金的新建寺院来说，这样的佛塔尤为必要。

有了经济基础，本寺的殿堂才能修得像样。大雄宝殿是一座重檐歇山顶的大殿，有趣的是门口安置了两只西式的卧狮石雕，仿佛是从某家证券公司门口拉过来的。殿内一副对联也颇为有趣：

五百年前我辈是同堂罗汉
三千界里问谁能安坐须弥

虽然用"问谁"来对仗"我辈"不算工整，但内容却有新意。世间众生皆平等，虚位轮坐禁独占，万事皆变无定常，天下为公不宜私。

而在东侧的观音殿门口也有一副不俗的对联。

即空即色现美人身而说法
大慈大悲指恒河沙以为期

作者敢直接将菩萨称为"美人"简直是"胆大包天"。当然此联的重点不是要轻薄为文，而是说布道说法不必拘于一格，用喜闻乐见的形式更易被人接受。观音菩萨深受中国信众欢迎，跟她优美的女性形象也不无关系。更重要的是所谓"美人"也不过是幻象，色不异空才是真谛。恒河沙数是个常见成语，表示多到数不清，慈悲有期限吗？非要有，那就和恒河沙粒的总数一样吧，真是博爱无边。该对联作者是清末民初的江阴学者金武祥，本题于天平山庄的呪钵庵，原下联记作"大悲大愿"。移用到此寺的观音殿前，既能紧扣观音的特点，又让人耳目一新，真是妙不可言。

在天平寺大门之外还有一座精致的花岗岩三门牌坊，和灵岩山的由姑岭登山口新修的牌坊，从造型到细节都几乎一样。上面题刻着"天平寺"等字样，是非常工整的正楷，均是灵岩寺已故住持明学长老的墨宝。右侧题写了"净土道场"，和山顶的灵岩寺同修净土宗，大概是灵岩寺的下院，就像如今支硎山里观音院和中峰寺的关系。

出牌坊往外走不远就到了灵岩山脚下。这里也有一片休闲绿地，一家别致的饭店坐落其中。饭店背靠一座残山，店前一片池塘，感觉也是由一处废弃的采石场改造而成。资源利用得十分巧妙，残山被当作天然的巨型广告牌，悬挂了"山里人家"四个大字。宕口蓄水成池，种植了芦苇荷花，顿生江南情调。一排古色古香的水榭凌波而筑，宛若浮于水面，类似于艺圃的喝茶圣地"延光阁"水榭。水榭拐角处还有一间三面临水的"吊脚亭"包间，吊脚亭后则是作为主入口的二层小楼。整个建筑群高低错落，层次丰富，既能作为赏景的餐厅，本身也成了一道景观。走进饭店，地形曲折起落，如入迷宫。悬挂招牌大字的残山还兼作小天井里的"假山"，配设了人工瀑布。更有趣的是天井一旁男士专用"听雨轩"里，在瓷砖墙壁里还露着一道残岩。此店专营苏帮菜：白什盘、鲃肺汤、粽叶捆肉、松鼠鳜鱼……第一次带全家去那里吃饭，中午十一点半就到了，结果座无虚席，被告知全都是周末一早爬完山后过来吃饭的中老年人。

和金山的寿桃湖公园相比，焦山里改造的几片采石场才是真正可以放松休闲、充满了生活气息的山里人家。这是焦山的优点，虽然受过它恩惠的游人未必知道身处焦山。

焦山历史上唯一有点名气的地方叫"白鹤顶"，传说是孙权葬母之地。网上关于焦山的资料，全部集中在一则顺口溜上："山上白鹤顶，山下狮子口，轰坍白鹤顶，火烧苏州城。"据说这道毫无逻辑的"咒语"护佑了白鹤顶多年未被宕户开凿，不过到了1967年，白鹤顶还是毁于一旦。

想去焦山访古是大可不必了，不过去那里的悬崖峭壁间暴走攀岩、安营扎寨，享受一天现代人的新式生活，仍是赏心乐事。

高景妙高招白鹤

焦山白鹤顶一去不复返，高景山上却招来了一座白鹤寺。这座规模宏大的庙宇依山而筑，让这座山岗穿上一袭华丽的长袍，遮住了浑身的伤疤，变得容光焕发。

高景山位于支硎山之北，是观音山路北行的尽头。此山也盛产花岗岩，采石历史可以追溯到清代，而且多是官方组织的开采。虽然时采时禁，到如今也是满目疮痍，一片狼藉，所剩的高度仅有百米出头，既不"高"，也无"景"，简直算不上像样的"山"。

历史上的高景山比焦山出名。这里出土过一些新石器时代的陶器和石器，被命名为"茶店头文化遗址"。有南宋理学家魏了翁的大墓，民国政要李根源还曾寻访亲见过，可惜现已灰飞烟灭。南宋大诗人范成大也为高景山写过一首《高景山夜归》，诗中道：

忽逢陂水明如镜，照见沉沉倒景山。

如今的高景山前也有一片狭长的水域，正对白鹤寺的入口，像一道护城河。在水域一侧有一组临水而筑的仿古建筑，是与寒山寺联办的和合安养院。其中有一座仿拙政园香洲的旱船水榭，一座攒尖二层楼阁"观自在"，一座歇山顶大殿"念佛堂"。堂和阁分别建在一块出水平台上，连同那条临水的旱船，仿佛是一处水天佛国。

苏州山林中的景点，若带有"鹤"字，多半是附会高僧支遁。而白鹤寺却另有渊源，是源于西汉羽化登仙的丁令威。介绍上说，丁令威的后人在唐会昌年间舍宅为寺，因丁令威学成后化身白鹤，所以叫白鹤寺。

晋陶渊明在《搜神后记》开篇就写了这则志怪小说。丁令威在灵虚山学成之后，化身白鹤返回故乡辽东，停留在城门华表柱上，发出阵阵欢鸣。可惜大家有眼不识泰山，只觉得这只鸟讨厌晦气，纷纷前来驱赶，甚至有位少年要引弓放箭。丁令威只得无奈飞走，徘徊在空中说："有鸟有鸟丁令威，去家千年今来归。城郭如故人民非，何不学仙冢累累！"让这则小众神话传奇更加出名的是何其芳轻盈唯美的散文《画梦录》，其中第一节就是"丁令威"。只是丁令威修的是道，他的后人为何不捐座"白鹤观"来纪念他？

在介绍牌上描写白鹤寺："依山筑殿，排空架台，回郭曲槛，云窟宝像，是苏州胜观空前的摩崖寺院。"这段描写真实不虚，白鹤寺从山脚的照壁开始一直到山顶的佛殿，落差高达百米。而且重重叠叠的殿堂包覆了整座山头，视觉效果类似于藏传寺院建筑群，因此被称为"苏州布达拉宫"。

汉传佛教的传统寺院一般都按中轴线左右对称地排布，一组一组的四合院在平面上步进式延伸。即使是建在山中的大庙，也尽可能选择落差较小的平整土地，除了宝塔，不会修建高楼大厦。寺庙殿宇掩映在茂林修竹之中，不会给人感觉整座山头上插满了房子。譬如灵岩寺，虽然占地面积庞大，但是伽蓝七堂、塔院、花园三路并列平铺，并不显山露水，尽量与天然山林融为一体。从山脚下望灵岩寺，除了能看到一座佛塔，几乎见不到其他殿堂。

而藏传佛教的寺院恰恰相反，它们有修建高楼大厦的传统。譬如布达拉宫、扎什伦布寺、噶丹·松赞林寺、五当召……无不是高楼林立，负势竞上，互相轩邈，尽可能借助山势衬托建筑的威仪，而对于建筑的对称性则要求不高。加上地处于高原戈壁，植被稀少，远远望去就像一片海市蜃楼。

这种差异一方面与教派理念有关。汉传佛教超然出世，尽量与世俗保持距离，因此寡欲清心、远离奢华。而藏传佛教，与世俗深度结合，尽可能用奢华来彰显尊贵地位。另一方面也与建筑材料有关。藏传佛教的寺院以石料为主，能够修建出坚固持久的城堡式建筑。而汉传佛教寺院多以木料为主，最怕失火，就算有高阁大楼，也不宜如此集中，否则容易"火烧连营"。

而现代建筑以混凝土为主材，和石料一样坚固耐用，选材上的差异理论上已不存在，所以新修的汉传佛教寺院中的高阁大楼也比比皆是。而在现代市场经济潜移默化的影响下，汉传佛教寺院对于奢华也不太避讳，譬如无锡灵山大佛所在的祥符禅寺、苏州园区的重元寺、太湖西山的大观音禅寺等新建的大庙都是极尽奢华之能事。高景山本身又因为过度采石，不再像常见的江南丘陵那样树木葱茏，尽是裸露的岩层，也更接近戈壁的感觉。种种的反传统因素叠加在了一起，就使得白鹤寺这座汉传佛教寺院格外与众不同。

　　白鹤寺中添造的高楼其实很多，但处理手法却多种多样，并不都能让人觉察出是刻意修造的楼宇。正对照壁的是一座高约十米的垂直露台，在露台的外立面上部设有一排雕花的盲窗，图案是双鱼、宝盖、宝瓶、吉祥结、莲花、法轮、尊胜幢、右旋螺佛教八宝。八宝盲窗下面复制了弘一法师所书的"同登彼岸"，用烫金大字描摹。为了"同登彼岸"，需要先沿着中间斜铺着九龙壁的台阶起步二十九级，再向左或向右登四十级磴道，才能登临这座垂直露台。这座露台本质上就是一座楼梯修在外部的小楼，只是在"楼顶"石柱围栏的装扮下，没有呈现出独立楼宇的面貌，它的出入暗门开设在侧面钟楼花园的爬山甬道边，大概是作为储藏间使用。

　　露台上方是山门殿，殿后是一组题有"金绳觉路"匾额的楼台，修建在裸露的岩层之上。大楼造型复杂优美，还带有飞檐和望柱，从侧面的鼓楼天桥上仰望这栋建筑，最有布达拉宫的感觉。但是藏传寺院楼宇上的窗户都是作为摆设的"盲窗"，并不能真正通风采光，而"金绳觉路"楼的窗户都是可以打开的真窗，这是两者的显著差异。

"金绳觉路"楼的底层正对着山门殿的出口，被构造成一副天然洞穴的模样，称为"传心洞"，里面端坐的是达摩的造像，洞口站立者大概就是请求达摩为他安心的二祖慧可。

在"金绳觉路"楼中部有一层内凹的平台，构造出一个"妙法洞"，里面是文殊、普贤、观音和弥勒，或坐或立，姿态不一，妙法传道，

"苏州布达拉宫"

各显神通。继续上行就是天王殿，体积巨大，比一般寺庙中的大雄宝殿还要宏伟。从"同登彼岸"到"天王殿"，都是比较陡峭的山崖，因此从山脚下能够一直望到天王殿的题匾和屋檐。山门殿、"金绳觉路"楼和天王殿的屋顶成比例收缩，浑然一体，仿佛整个山头就是一座重檐大殿，暗藏其中的楼宇浑然不觉，这也是藏传佛教寺院所没有的效果。

走出天王殿，周边有很多裸露的岩石，题刻有"菩提心"等字样。正对天王殿出口有一座高台，部分悬挑架空，用两根立柱

加以支撑。立柱上书写了一副对联"开张慧眼来初地，涤荡尘心礼上方"。位于高台上方的"上方"之地就是大雄宝殿，这里的山体坡度变缓，不再需要往左右两侧分行登上垂直的高台，可以直接迎面拾级而上。

大雄宝殿的题匾仍采用弘一法师书法"佛殿"，这座重檐歇山顶大殿，是比天王殿规模更大的殿堂。搭配上殿前的石阶、游龙浮雕和望柱围栏，简直和古代的宫殿一样气派。殿内的造像逼真生动，尤其是佛祖背后的观音山，人物众多，造型各异。最出彩的是分立于观音两侧的龙女和善财童子。善财童子是一个留着总角的胖乎乎的小男孩，双手合十，天真可爱。龙女则是一位眉清目秀的少女，手托龙珠，美丽动人。

殿前平台上视野开阔，可眺望狮子山。在大殿一侧的山体之中还被改造出了一座"空中花园"。花园就着山势修建了高低错落的亭台楼阁，还特意运来了许多太湖石筑起一片池塘，池塘边修了一座水榭，种植了杨柳，让人觉察不到已身处山顶。在大殿的另一侧有一组建筑，被称为"妙高台"，妙高台上有一排带"美人靠"的长椅，靠背下方种植了一棵姿态优雅的松树，显得古意盎然。这里连通一条下山的便道，可穿过一片坟地直达山底。

白鹤寺主路之外的辅助建筑也建得多姿多彩，与主体建筑相得益彰。除了山顶花园和妙高台之外，在山门殿两侧各有一片小庭院，分别是鼓楼与钟楼，用天桥和游廊与主路连接，景观层次丰富。在天然的崖壁上种花植草，题刻佛教用语，让人看了顿生禅意。钟楼里悬挂一口题写"白鹤寺"字样的大铜钟，钟下放置了一尊坐像。从钟楼庭院下行也可以走出寺院，该庭院的最下方是一间书房，供信众读书抄经，出口是一个圆门洞，上题"入三摩地"，是入定的意思。在这座宁静优雅气氛庄严的庙宇中，是很容易让人暂时忘记烦恼安静下来的。

金山、焦山、高景山这三座昔日的采石工地，已从日削月割的苦难中解脱出来。虽然"三山"之中的很多名胜古迹都已一去不复返，但更多新景观又被打造出来。我们除了捧读书本扼腕痛惜之外，更要走出书斋实地看看它们的变迁，发现许多尚不为大众所知的美景。

随着《苏州市禁止开山采石条例》的颁布，今日苏州西部山里炸山采石的轰鸣已成了绝响，还这片山林以久违的安宁。然而金山石可以不用，花岗岩还是需要；大块的花岗岩可以不用，水泥、石子必不可少，这些原料仍然离不了山石。因此开山采石无非是从苏州西部丘陵转移到了更加偏远的山区，只是爆破声太遥远，远到听不见而已。生态保护和建设发展是一对很难平衡的矛盾。无尽的远方，无数的山，其实都与我们有关。

东西分标山两重:
花山在左，天池在右

　　沪宁高速距离苏州主城区最近的出入口叫天池山收费站。该出入口得名于附近的天池山。所谓天池山，并没有天山或长白山那样惊艳的山顶天池，但是山间汩汩的泉眼和淙淙的流水，却比现在天平山里号称三绝之一的"清泉"出色得多。天池山与花山实为一座山岭的东西两坡。两坡以山顶奇石"莲花峰"为界，花山在东而天池在西，如今花山划归高新区，天池山隶属于吴中区。但这两片被单独命名的山坡不仅共处一山，而且共性极多：都遍布形态天然的山涧溪流，比天平山羊肠岭中的导流明渠更加优美自然。皆多摩崖石刻，包括"花山鸟道"在内的古石刻三百余处，被誉为露天书法博物馆。都留存石龛、石佛、石塔、石殿等古刹遗迹，比灵岩山、支硎山更具有禅意。这里是苏州西部山林中最具悠悠古韵的山林。

百步潺湲伴奇石

从天池山景区入口沿着潺潺的桃花涧上行，高低错落的山石如盆景般点缀在山道周边。从天池山到花山，一路皆是山涧与山石协奏的《高山流水》，感觉就像无隐庵旧联所述：山静是太古，日长如小年。

明末文人归庄评价天池山：地僻于虎丘，石奇于天平。这里确实比虎丘偏僻得多，而比天平山更奇特。在入口不远处就有一块酷似手掌的大石坪，被称为"佛手"。据说2008年一场大雪，唯独这块石头上不沾积雪，让人啧啧称奇。其实这类手脚模样的

无人问津的"佛脚"

大石块，此山之中并不罕见。在另一边的花山里也有一块较小的"如来神掌"，在不远处的天池边有一只"仙人脚"。而在山顶北部的"放鹤亭"下，还有一块更逼真的"佛脚"，五趾毕露；只是未被发现和命名，所以临时路过的人都不来抱。

经过一条留有石马、石翁仲的明代神道，可以见到一片镶嵌在巨石碓里的天然水潭，这就是所谓的天池。四周的巨石上有好几处名人题刻的"天池"，还有一处刻了"水底烟云"四个大字，似乎更好地解释了这里名字的由来——水平如镜，倒映天光云影，仿佛盛着一池的天空。如今依然可以看到蓝天白云倒影于"天池"，这比那些因为海拔高而得名的高山天池更有想象力。

"天池"之水通过一个涵洞与寂鉴寺里的"洗心池"相通。从九曲石桥穿池而过，还可以觅得几处古泉。在寺里的石殿跟前有一个圆形石井

天池

栏，上题"寒枯泉"。此泉曾与杭州虎跑泉、青岛崂山泉并称于世。虽名为寒枯，实则"天寒不冻，久旱不枯"，理应叫"暖盈泉"才对，或许这样命名更能凸显其珍贵，就像"荒漠甘泉"一般。山志记载此泉"波涌泛涛"，大概就像济南章丘的墨泉一般从井圈里喷涌而出，不过现在也是"波澜誓不起，妾心古井水"了。而在石殿一旁所谓的"盈盈池"，已干涸得空剩下一圈石栏了。不过还连着一条明渠，大概只在黄梅雨季承接奔冲山下的大水，才能盈盈一池水。

水量最大的是"坔雷泉"，"坔"是"地"的古体字，倒很贴合本泉的形象——泉水泄出于山土之间。取名也通俗易懂——水声之大犹如地雷炸响。如今尚有几道细细的水流从崖壁上泻落池中，只是都已不声不响了。这处半圆形的池沼，一面是天然的崖壁，半圈是修筑的石栏，旁边还有一个石砌的圆门洞，和虎丘的剑池有几分相似，只是崖壁落差不大，没有剑池的雄奇。

地雷泉边还建了一座茶馆"地雷轩"，售卖茶水和素面。天池山历史上不仅有名泉，还生产名茶。《长物志》在"香茗"一节中把天池山茶与虎丘茶相提并论。写道："天池，出龙池一带者佳，出南山一带者最早，微带草气。"

如今的天池山里见不到茶园，就算有也一定不是文震亨所说的佳品。不过有了这份历史渊源，在此品茶，似乎有了更多的回味，茶香而泉冽。

天池山的水量总体来说比较丰沛，不仅有寒枯泉、地雷泉这样的泉井和泉池，在莲花亭旁边有一块倾斜的巨大崖壁，上面有一个形如钵盂的水潭，里面终年水盈溢流。泉眼边还有"了吾济道人"署名题刻的"钵盂泉"三个大字。

攀登莲花峰的道路都是天然石块和人工石阶拼接而成的。在莲花亭附近，都是在裸露的山脊上稍加雕凿而成的磴道，堪比爬野山。不过总体来说，要比天平山登"上白云"的山路好走。

山顶的莲花峰是此山体型最大的一块奇石，在山脚下就能望见。这是一块上大下小的"飞

花山山涧

来石"，比黄山的飞来峰更加奇丽。风化断裂而成的斜凹断面，仿佛往根部斜削而成，整体像一朵含苞未放的大荷花。更难得的是，此石还可以从背面一路攀爬到巨石顶部，没有栅栏阻挡，也没有"禁止攀爬"的字样。有体力和兴致爬到这里的人，多半不肯放过这场小小的冒险。登顶后还可以看到莲花峰和旁边的几块大石居然围出了一个深坑，坑里还嵌了一颗天然的石球，就像石狮子嘴里抠不出来的一粒石丸。究竟要经过几百万年天翻地覆的

西南诸峰 别样苏州

无情打磨，才能形成这番彼此平衡的静好模样？谁也无从知晓，只能赞叹这眼前的奇景。莲花峰对面还有一座稍小的巨石，像个弯腰驼背裹着袈裟的老僧。两石之间夹着一条山道，仿佛一道天然的城关。

天池山莲花峰

天池山的最高峰不仅和黄山最高峰莲花峰同名，其景观也和黄山略同。进入景区如果不走寂鉴寺，而走向"南天门"的偏僻小径，则可以一直漫步到人迹罕至的"天灯嵝"景区。这里怪石嶙峋，多天坑，多绝壁，还有新近的户外"网红"攀岩绝壁"鱼骨线"。

天灯嵝景区在不破坏自然山石固有形态的前提下，开发了许多游览路径。譬如在两块夹壁的狭缝中铺设道路，吸引游客深入一探究竟。在一堆互撑互立的天

莲花峰背面的石球

然巨石阵里，悉心修建起护栏和磴道，便于游人攀爬穿梭……有几分行走于黄山的错觉。

而"网红"的"鱼骨线"则是"驴友"们自行开发的野游项目，完全没有任何步道。循着"驴友"涂鸦的指示箭头，在一堆乱石之中上蹿下跳，到达一片接近六十度倾角的大石坡跟前。再像拔河

"鱼骨线"攀岩

一样抓住粗绳，连续攀登数十步，最后还得借助一棵野树才能攀顶成功。难度不算太大，感觉却非常出彩，仿佛自己是汤姆·克鲁斯式的动作片主角。绳索是不知名的户外协会捐助的，在荒野之中陌生人之间的互助和信任感也似乎会比城市里更浓。更让人意外的是，登顶之后，地上居然还有几个模糊的石刻大字"潘衙界"。不知是古人早已圈定的私产，还是近来捷足先登者的留痕，真是太阳底下无新鲜事。

翻过莲花峰往东就是花山的地界，此地山涧的水势更大。在人工铺设的宽大平缓的石道旁边，不着痕迹地设置了导流渠

道。淙淙的流水顺势而下，冲刷在乱石或杂树之上，溅起飞沫水花，哗哗作响。在路边的山石上有一处题刻着"百步潺湲"，古今所见略同。若是盛夏的雨后，更呈雷霆万钧之势，天地之间仿佛都无暑清凉。

因为有充足水分的滋润，此山的苔藓不仅品种丰富，而且龙茸可

依稀可辨的"潘衙界"

爱，在苏州各山中最为出色。寂鉴寺石屋的屋顶本应是花岗岩的白色，然而却呈现了一片绿色，上面长了满满一层苔藓。旁边山林中的石壁上长着一种长毛藓，恰如沈复所形容的"苔积如绣"，是其他地方所见不到的品种。在花山有一座"翠岩寺"，裸露的岩石上不生草木，却依然翠色欲滴——到处长满了苔藓。其中一种苔藓根根直立，带很多锋芒，细细观察，像一片袖珍的松林。

这满山奇丽的怪石，真不知经历了多少击打、风化，就像人生遭遇的无常磨折。而这漫山奔流的山涧，殊不知从何处而起，

就像人间一往而深的真情。

花山鸟道穿云栈

　　天池山和花山的人文底蕴十分深厚，这里有许多石刻。在天池山景区有一些民国时期的石刻，如郭诵梅题的"宛如桃源"、李根源的"天池山寂鉴寺"、李芷谷的"水底烟云"等。

　　而明清古刻则主要分布在花山。花山大门入口处专立一块"华山摩崖石刻"的市级文物保护单位碑，"华"通"花"，是"花山"的古称。"百步滮渨"等几十处题刻就分布在花山的主道两旁，感觉就像行走在泰山道中。在这条书法之路上，艺术造

反书"花山鸟道"

诣最高的题刻是赵宧光所刻的"花山鸟道"，采用篆体书写的擘窠大字，刻在一块崖壁上，每个字都高达一米。这四个大字最不寻常的地方在于采用镜像写法，左右结构颠倒地反书而成，仿佛是一块巨型的印纽。因为面积有限，"山"字最右边的一竖笔，还刻在了之前的"望云关"三个纵刻小字的身上，大概是将它们"一笔勾销"。因为这些都是赵宧光的笔迹，所以还是都被勾描了出来，显得有点滑稽。之所以叫"关"，是因为这里是由两块相对立的石壁所形成的天然小关隘，大块石壁上刻了"花山鸟道"和"望云关"，小块石壁上还刻了"凌风栈"，都是赵宧光所书。关隘过窄，无法通人；只能望云、凌风、通鸟而已。

因为这幅书法杰作，这条遍布题刻的花山主路就被称作"花山鸟道"，其实道上并没有花，也少见鸟，多的是流水和题刻。

进门之后首先可以看到的是篆书题刻"山种"，传说是王羲之所写。接下去的"上法界""隔凡""百亿须弥""坠宿"都是玄而又玄的文字内容，让人"不明觉厉"。除了"望云关"，还有"盂关""铁壁关""踞虎关""出尘关"，感觉人生也就是过一道又一道的关，好在还能看到"透关者径过"的题刻，稍感安慰，不过想想又等于没说。怎么透关？各显神通吧。

而在一个鳄鱼大嘴般的石头上可见"吞石"二字，在一块乌龟状的石头上可见"渴龟"二字，似乎这里的题刻也不都是那么阳春白雪或者一本正经的。等陆续看到"龙颔""卧狮""石床""落帽""布袋""跳蛙""且坐坐"……简直信心爆棚，除了个别古体字不太好认，内容都是下里巴人，终于可以和孩子讲明白写的是什么意思，让游程也变得轻松发噱起来。

之所以雅俗差异如此巨大，是因为花山一直是个开放空间，文人、僧侣、隐士，只要能识字书写且有雅兴者，皆可能在此留刻，所以题刻水平参差不齐。在花山留下题刻较多的，除了附近寒山别业的高士赵宧光，还有此地结庵修行的僧人檗庵。檗庵和尚俗名熊开元，生于明末，是位半路出家的僧人。他曾是天启年间的进士，做过崇明和吴江的知县。在清军入关之后，拥立南明的唐王，被封东阁大学士。当汀州破防之后，他辗转回到了苏州，拜投在灵岩寺住持弘储法师门下，剃度出家，法名正志，法号檗庵。他比弘储法师还要年长六岁，在俗世也有一定地位；所以虽向弘储法师执弟子礼，但弘储也绝对不好意思在他面前摆出师长的架子。恰巧花山的支公院没有人管理，当地人邀请弘储法师前去经营，于是弘储法师就让檗庵和尚去了花山，称其为"华山和尚"，与他书信往来交流研习佛法的心得，两人亦师亦友。

这位在尘世中辗转漂泊的遗老，在山中迸发了顽童般的活力，为山中的顽石一一取名题刻，以此消磨"日长如小年"的山居寂寞。同为前朝遗民的归庄，来此地拜访游玩，看到种种"辣眼睛"的艳红俗刻，在《观梅日记》里忍不住吐槽说：

廿七日早饭，别檗庵而出，一路见奇石，皆镌大字而朱涂之……余尝谓山川洞壑之奇，譬见西施，不必识姓名，然后知美；今取天成奇石，而加以镌刻，施以丹臒，是黥劓西子也，岂非洞壑之不幸乎？所镌字如"菩萨面""夜叉头"之类，又极不雅。檗庵素号贤者，不谓有此俗状！

归庄是著名散文家归有光的曾孙，年轻时和苏州昆山的同乡顾炎武志趣相投，都是举止怪诞的叛逆少年，合称"归奇顾怪"。没想到改朝换代后，反倒以卫道士的姿态批判起前辈檗庵的古怪举止。

归庄也不愧为才子，审美高人一等，妙喻鞭辟入里——以美人西施类比奇石，说明美是不言而喻的，无须画蛇添足地在脸上写说明，免得弄巧成拙。归庄所述的"菩萨面"，是一块有点像人脸而无五官的石头，如今还能见到。此石正当中被竖刻了"菩萨面"三字，右侧还被刻了"人面石"。经归庄这么一总结，越看越像是个被黥面刺配的囚徒脸，煞风景得很。

菩萨面

穿云栈

但檗庵和尚这么做，真的无法理解和容忍吗？面对明朝灭亡的痛苦，他对故土的眷恋，对俗世的不舍，只能宣泄到这些石头之上了。他不再像前朝雅士那样把路边的石块当成是表现自我的宣纸，而是仔细地观察它们，与它们对话，按照石头的特点给它们取名，书写一部真正的"石头记"。相对于发疯或自残而言，这已是相当健康的行为了。倘若顽石有灵，想必也会为他点头。

　　而且萝卜白菜各有所爱，在归庄眼里看来"极不雅"的"菩萨面"，却被周边的几家素斋馆竞相"转发"了。在法螺寺素斋馆外面的崖壁上，复制抄刻了这几个字。在天池山的地雷轩里，则专门打出了"菩萨面"的品牌，口味一般，售价不菲，号称"传承四百年之久"。在花山大门口的民宿"空山可留"里，也有"花山菩萨面"售卖，价格更高。

　　在"五十三参"的周边，还有一片题刻，如"百步濠湲"等。其中有一个怪字天书，在一个"山"字的上部和右边写了一个半包围的框，是任何字体里都没有见过的写法。专家解读说，这是个"仙"字的异体字，把"亻"顺时针转动九十度，移到了上方，传说是由赵宧光父子所创作。

　　而在附近的乱石岗中，还有"天洞""神能""磐陀石""莲花洞"等字样。其中一块"穿云栈"格外醒目，这是一块阳刻的天然石柱，作者正是那位"俗不可耐"的檗庵和尚。不过这块题刻却充分展示了他的不俗，他还专门配诗一首《穿云

"仙"

西南
诗峰
别样
苏州

《栈》留存于世：

> 尽日凝云谷口封，倦还飞鸟亦迷踪。
> 何如近借斋厨钵，鞭取耕烟白耳龙。

云锁迷谷烟笼山，身陷迷途却不退缩，甚至要借钵执鞭降服兴云吐雾的白耳神龙。这是他陷于茫然不知所措的苦闷处境时的自况，但仍是烈士暮年，壮心不已。

在"五十三参"上方，有一块布满龟裂云纹的天然石屏。上面本有"云屏"二字，也是赵宧光的作品；可惜目前只剩下一个篆书"云"字，"屏"字基本都被凿光。在云字下方凿出了一大块长方形的凹框，里面题刻了一首乾隆的长诗《华山作》："问山何以分高下，宜在引人诗兴者。遥瞻濯濯青芙蓉，南嶂犹平堪跋马……"又是一首写景抒情的日记诗。

游山玩水的乾隆爷虽然没有像痴迷寒山那样喜欢花山，但也不会错过这块风水宝地；何况他最崇拜的爷爷康熙

五十三参

皇帝也来过这里，他更不会视而不见。如今在天池山的半山腰，还特地建有一座"御览亭"，陈列着祖孙二人的御诗碑各一块。康熙专门为华山寺题写了"远清"二字，不知是否是由莲花峰联想到《爱莲说》，再由"香远益清"做了缩写。

皇帝的临幸实在是一件让人喜忧参半的事情。康熙皇帝尚有一点自知之明，在《欲游华山未往》一诗中表现了一些自省和幽默感：

勾陈不遣惊禅定，恐碍林间碧草生。

康熙心中有数，接驾皇帝是件非常劳民伤财的事情，不要说入定的老和尚都要被吓得惊魂不定，就连林间的小草都要多遭践踏，不能好好生长了。好在有了一场计划之外的及时雨，阻止了他的花山踏青访古。

而乾隆就完全没了这份体恤之心，在《华山作》中大大咧咧地写道："登峰

"云屏"和乾隆御诗

西南
诸峰
别样
苏州

114

造极览全吴，却步鸟道寻兰若……我游名山亦已多，谓当无过田盘也……"

既然来了花山就要登顶览胜，绝不能在山脚下的"田盘"里晃悠一圈拉倒。殊不知为了要接驾乾隆登顶莲花峰，寺内全体僧人紧急总动员，连夜在寺后一块大倾角的石坡上，硬生生地凿出了五十三级台阶，这就是花山的著名景点"五十三参"。走在上面会有跫音回响，又仿佛是台留声机，传出的还是当年紧张的僧人急促的斧凿钉锤之声。而在"五十三参"的右方还有"慈光普照"和"凿险通幽"的大字题刻，都是些站着说话不腰疼的浪漫怀想。

而这首《华山作》就题刻在"五十三参"顶端那片皲裂的天然"云屏"之中。未被抹去的篆书"云"字，像个巨大的问号，提前题写在了御诗的边上。

空山寂鉴余翠岩

花山和天池的人文宿迹，除了满山的题刻，还有很多留存的石构建筑，这也是苏州山林中罕见的奇珍。

在寂鉴寺门口有一座叫"极乐园"的巨型佛龛，从后面看它是一块天然巨石，从正面看它是一座雕刻精美的石屋，从侧面看它则像是一个戴着鸭舌军帽披着雨衣的军人雕塑。这是一座就地取材精雕细作的奇特佛龛，也可以算是一座微型石窟。首先在一块高四五米的大石头内部凿出一个洞穴和一尊嵌壁的阿弥陀佛石像，然后在凿出的洞穴外面另外搭建一座石雕门套。石雕门套结构比较复杂，上有重檐屋顶、中有长窗和立柱、下有须弥宝座，像一间精致的石屋。佛像洞穴和石雕门套相结合便有了这种半天然半人工的奇特建筑。

虽然这种形制的石雕建筑十分罕见，但是在天池山里却并非唯一，无独有偶，在毛埸墓的后方还有一座叫"兜率宫"的佛龛，也是采用了同样的格局，一块巨石里面雕刻一座三米高的弥勒佛立像，外面罩了一座带屋檐的石门套。这个石雕门套只有单层屋檐，且仅有石立柱而无石长窗，不如"极乐园"做工考究，但和"极乐园"一样都是从元代保留至今的古迹。

更令人震撼的是寂鉴寺内部一座叫"西天寺"的石屋。这是一座结构完整、规模不小的三开间仿木构石屋。坡顶、角兽、鸱吻、飞檐、长窗、立柱、横枋、藻井……传统木构大殿的各

极乐园

兜率宫

种配件一应俱全，全是用石材雕刻而成。全屋不施斗木砖块，比砖砌的无梁殿还要难造，因此全国罕见。该石屋也是建于元代，内部横梁上题有"敕赐西天寺"，墙壁上题有元顺帝所书的"天佑殿"三个大字。还有三块记事碑，从中可以清晰地知道此殿建于元至正二十三年（1363年）。因为有皇家的关注，所以施工质量格外好，能够屹立近七百年不倒。相比于寂鉴寺里其他灰飞烟灭的木构古建，不由得让人想起《三只小猪》里的造房"鄙视链"。2006年，这座石殿和门口的两座石龛一起被列为全国重点文物保护单位。

苏州西部山林中所谓的"石屋""石室"并不罕见，不过大多数是天然乱石堆所形成的半封闭空间稍加改造而已。而像无隐庵的"水晶宫"那类纯人工搭建的石屋，也是非常粗糙的原始房子。像这样做工考究、形制规整的仿木构石屋极为罕见，是苏州山林中不可多得的文物瑰宝。从正面看这件石殿是歇山顶的大坡面结构，而在后面的"旱船"往下看屋顶，才发现其实屋脊后的坡顶中还暗藏一个穹顶，这样才能减少立柱而增大室内空间。这个穹顶正对大殿中央最复杂的石藻井，设计十分巧妙。

所谓"寂鉴"是"寂灭鉴戒"的简称。"寂灭"是"涅槃"的意思，从死亡中借鉴生的道理。佛教和大多数宗教不同，似乎并没有刻意制造出一个不死的神灵，连佛祖释迦牟尼都会示寂，更不必说菩萨、罗汉与和尚了。佛教更多讨论的是如何用智慧来抵御生老病死的苦难，让人生变得从容平和，所以它更具有超脱的哲学气息。从佛祖的涅槃中我们可以有所借鉴，进而戒除贪嗔痴三毒，不断提升自己的修为。而热力学第二定律告诉我们，连全宇宙都摆脱不了"热寂"的命运，那么从这份热寂之鉴中我们又该得到怎样的启示？该放下什么，又该坚持什么？

如今的寂鉴寺虽有佛殿和佛像，但并不作为寺院开放，见不到一个僧人。在石殿里摆放了三尊观音像，被信众套上了花里胡哨的服装，显得又滑稽又恐怖。而殿前的广场常有自发组织的佛教广场舞，一群大妈迈着整齐的秧歌舞步，伴着带有佛教味道的曲子。石殿门口一角的石头上题刻着"真彼岸"三字，书法并不见佳，还漏写了一横。色不异空，彼岸是真是幻，对于佛门来说又怎可轻易断言？"真"字画蛇添足。

在花山脚下也有一座尚未批准经营的古刹——翠岩寺。经过一条通幽曲径，可到达翠岩寺的山门，这里树木葱茏，苔痕上阶绿，配上寺院黄墙，显出特殊的"金碧辉煌"。在小青砖铺就的地面上摆放着一座很有年代感的石鼓，更加增添了这里的幽趣。花山石鼓也是一个传奇。世道不平，石鼓自鸣。东晋末年这里曾有农民起义，相传义军领袖孙恩举事时，山中石鼓雷鸣。《吴门表隐》中还记载"天池山石鼓每岁必一鸣，震惊山下"。不过那个"石鼓"是指曾经的石鼓峰。而庙门口的这座石鼓来历不明，似乎并没有什么实用价值，可能是荒废大墓里的配饰。有了花山石鼓的传说，倒可以借题发挥，多扯几句闲话。

山门的上方嵌了一条横石，题有"华山翠岩寺"的字样，落款是"前国务总理　农商总长　李根源敬书　住持果门立　民国二十年"。李根源在苏州山中的题刻数不胜数，但一般不会注明自己的政要身份，尤其是那短暂的民国代总理。落款的官衔写得这么详细，恐怕是庙里住持自作主张，借名人效应为寺庙添把香火。

穿过天王殿，并没有常见的大雄宝殿矗立在眼前，而是一片空旷的大庭园。包括大雄宝殿在内的新修殿宇都龟缩在庭园的边路，朝东或朝西开门，是新修复的古院落中非常罕见的留白。庭园中点缀着一些古树——板栗、蜡梅、榉树、朴树、圆柏、黄杨等，都有一百到三百年不等的树龄。还有一口古井，传说是东晋高僧支道林所开

寂鉴寺

凿，石井栏上的"怡泉"二字传说是王羲之题写。最引人注目的是庭园后方的石柱阵列，那就是被称为"苏州圆明园"的翠岩寺大殿遗址。

翠岩寺几经兴废，可见的古迹是明末中峰寺的住持明河、读彻师兄弟的功劳。他们就地取材，用花山的花岗岩建造了一座石木混搭的大雄宝殿，其中的立柱、门槛和佛龛都用石料制作。整座庙宇规模宏大，气势雄伟，康熙、乾隆都慕名拜访，为它题词，更加提升了它的知名度。"翠岩寺"就是康熙皇帝钦定的寺名。

此寺和苏州大多数古刹的命运一样，在太平天国时期没落，

在"文革"期间被彻底摧毁。"破四旧"运动中，寺院的铁佛、铜钟等珍宝都被当作为废铜烂铁回炉熔化。大殿的砖木则被拆下来修建大队礼堂。但与一般彻底消失的古建筑不同，这座大雄宝殿是石木混建的，石制的构件太大太重，不便挪动，所以仍有二十二根开过榫头的石柱，和一根长约四米的石门槛被弃置在了原地，像一堆被吃光了鱼肉剩下的鱼刺。如今这些石构件原样保留，既没有送入博物馆，也没有修复完整，无声地诉说山中往事，让人倍感历史的厚重。

而在翠岩寺周边，还有十几座高僧的灵塔，构成了一片塔林。在山门旁边有一座"中孚普同塔"，是明代万历年间该寺监院中孚和尚的灵塔。塔身三面上刻有三尊佛像，在塔身外部还加盖了一座石亭。中孚和尚面对企图霸占寺产的乡绅奋起反抗，在赵宦光的帮助下，直接告到了衙门，最终使寺产得以保全。没想到一位世外高僧，会联手一位世外高人，依靠官府做主才保全了栖居之地。世外桃源也充满了江湖险恶，常常连佛祖都保佑不了。

在大雄宝殿遗址后面，还有三组塔院。一组塔院独门独户，里面供奉的是晓青禅师的灵塔。晓青禅师是明末清初人，灵岩寺住持弘储法师的弟子。他也是一位诗僧，与苏州的名画家王时敏、状元徐元文等文化名流交往频繁。而且与弘储法师的政治立场不同，他与清政府的关系也不错，康熙皇帝南巡时，驻跸花山，特召晓青禅师即事赋诗，十分赏识他的才华。

另两组塔院是"群居大院"。一组是以广慧禅师塔为核心，称为广慧塔院。广慧法师是禅宗的临济宗第三十六世禅师，还兼任西园寺（戒幢律寺）的住持，是清末民初人。他主持重修了西园寺，现存的大雄宝殿、天王殿和罗汉堂都是他留下的成果。因此，灵塔上除了题写"临济正宗三十六世"之外还有"中兴戒幢第一代"的名号。广慧禅师塔左右还各有一座石塔，分别是临济宗三十七世的隆安禅师塔和三十八世的印真铭禅师塔。

翠岩寺大殿

　　另一组塔林由七座石塔组成，是近几年从西园寺里移来的。该塔院正中供奉的是"戒幢律院开山第一代茂林祇律师塔"，因此称为"茂林塔院"。所谓"律师"并不是帮人打官司的人，而是修律宗的僧人。里面供奉的七位高僧，有专修律宗的"律师"，也有兼修律宗的"禅师"，如"临济三十三世"天资和尚和"临济三十四世"远维和尚。这组看起来更新的"茂林塔院"，实际上安眠着比"广慧塔院"更老的前辈。

　　如果说翠岩寺是"苏州圆明园"，那么附近的花山接引佛就是"吴郡巴米扬"。这尊佛像号称吴中第一大佛，高十余米，在

"文革"时期，被附近农民用火药炸成了八块，散落在了山间地头，长期无人问津。1998年，承包花山经营权的陈惠中先生出资拼合修补，重现大佛原貌。还在2012年加盖一座精致的石阁加以保护，防止大佛风化。

按照佛教说法，阿弥陀佛居住在西方极乐世界，中国的念佛人相信此佛能接引信众往生西方净土，所以称其为"接引佛"。徐枋的《吴山十二图记》中写道："昔时赵凡夫与朱白民两隐君为山一开生面……白民凿一巨石为接引像，至今犹标胜山中云。""白民"是明代花山隐士朱鹭的字。由此可知这尊花山大佛是由朱鹭所凿，属于明代晚期的造像。朱鹭擅长画竹，没想到这一介寒儒，居然有那么大的能耐，能造出这么一尊大石像。

这尊大佛虽然身上有明显的裂痕，但是佛头尚且完整，方头大耳，笑意盈盈。左手平托胸口，右手自然下垂，宽袍大袖，风采依旧。相比于粉身碎骨的巴米扬大佛，花山接引佛是不幸中的万幸。

还值得一提的是位于莲花峰北坡的贺

花山大佛

西南诸峰 别样苏州

九岭。在那个偏僻的角落里，还留有东、西两座明代的石关。以前只知道茶马古道、徽杭古道，万万没想到在水乡苏州的西部山岭中，居然也有一条贩运货物的古道。漫步在这石关古道，感受"长亭外，古道边，芳草碧连天"的诗情画意。西关建造得尤为精致，在一座用黄石堆砌的石墙中开辟了一个券状石门洞，石洞隧道用花岗岩条石修造而成。在花岗岩条石的内壁上还雕刻有捐造者的名牌，就像是寺庙里的功德牌。名牌上方雕刻有一片倒扣的荷叶，下方雕刻一朵荷花，纹饰装点十分用心，和"兜率宫"里的功德名牌造型相仿，大概是借鉴了寂鉴寺的设计。但雕凿的多块名牌之间却并不完全一致，有一点民间产品的粗糙感。这些荷花名牌和南京城砖上的名牌相比，虽然都是记录人的姓名，却有截然不同的意义，一个是护身符，一个是生死状。相隔百米的东关也是一道石关，比西关建得粗糙。东关对面是贺九岭道院，道院的墙上复刻了王羲之所书的三字箴言"天养人"，不经意间传达了一个朴素的真理：普通劳动者的富足安康主要是大自

东关

123

然的馈赠，而不是统治者的恩赐。

　　行走在这片古意盎然的山林绿野之中，很容易让人感怀幽思。山谷溪涧百步潺湲，汩汩地流过花山鸟道或庄或谐的题刻，共鸣于"五十三参"的空谷足音。人去楼空的古刹，徒留石室可寂鉴，依旧苍苔生翠岩。而那笑意盈盈的大佛，弥合了裂痕，仍不改慈悲面目。那根根矗立的石柱，行列整齐，像出土的守陵兵俑，似搁浅的定海神针，又如一连串密集的惊叹号，点在偏僻的大地。

西南
诸峰
别样
苏州

难分难解拥入怀：
大石山∈树山∈大阳山[1]

在太湖大道北面横亘着一座庞大的山体，横看成岭侧成峰，从科技城入口的位置望去，雄峰矗立，山形挺拔，气势不凡。这就是大阳山，主峰三百三十八点二米，苏州的第二高峰。

苏州西部的丘陵连绵不绝，并不都像虎丘那样独立于平原之上，可以清晰地辨识边界。山体一大更容易成为糊涂账——花山和天池是这样，邓尉和玄墓是这样，大阳山、树山、大石山、凤凰山、鸡笼山这几个山头更是如此，只能分个大概，就算当地人也很难说清楚确切的界限。不过我们不需要地理考据癖，简单来说，这座大山南面光照最充分的区域就是"大阳山"。大阳山的北部是树山，树山也是一个自然村的名字。树山之中有一座兀立的小山峰，那就是大石山，同样称"大"，却和阳山之"大"不在一个体量。三座山是层层包含的关系，都可算作大阳山。正如

————————

[1] ∈，数学符号，表示元素和集合之间的关系，在本文中意为"属于"。

《阳山志》所言："虽各立名，然皆支陇相属，统于阳山。"

如今这片山地是城区进入苏州科技城的门户，里面有游乐场、水上世界、四季温泉、热带植物园等各种现代化游乐设施，也有高档的民宿、餐饮和采摘果园，当然也不乏修复的古迹和勾描的题刻，是一处综合开发的休闲娱乐之地。周边城市的游客都会专程赶来聚餐游乐，这里是和攀爬寒山岭、灵白线、鱼骨线那种自虐苦旅不太一样的消遣。

旧迹新趣满阳山

大阳山的文史精华集中在文殊寺森林公园一地。进入一座带有凤凰雕塑和瀑布池塘的气派大门，是一片幽静的竹林。穿过一条悠长的竹径有一片开阔的文殊广场，广场上有一块"吴之镇"的巨石，复制了明代苏州状元吴宽的笔迹。这是赞誉大阳山高大威猛，足以镇守三吴大地。

广场下方是一大片池塘和一座叫"秦余楼"的临水长廊。"秦余"并不是哪位苏州名人，而是取自大阳山的旧称"秦余杭山"。三字的山名实不多见，所以也会简称"秦余"，譬如清代浒关八咏之一的"秦余积雪"。如今苏城飘雪过后，大阳山上积雪最早、化雪最晚，雪景持续时间很长，把山下科技城的有轨电车装点出富士山小镇的情调。

在广场上方有一座三门石牌坊，那里重建了一座吊足游人胃口的文殊寺，山门建在山脚，主殿却建到了山顶，还找不到大雄宝殿。在文殊寺门口西侧有一口"支公井"，毫无疑问也是附会晋代高僧支遁的大名。石井栏两边左右对称地雕刻了两个突出的

西南诸峰 别样苏州

兽头，栏圈上也有明显的磨痕，是一件精致的古物。在石井栏对面有一块小小的砖砌照壁，上面写有"支公井"三个大字。照壁跟前是一个长方体的石匣，里面种了荷花。石匣两侧各有一座石鼓，纹饰不同，但大小相仿，匹配对称。文殊寺附近有不少零散的石雕构件，可能曾是古墓的配件，早已没了完整的旧貌，像一堆备用的建材闲置在空地。这几件古物被充分利用，重新构造出了一处"古迹"。

支公井

文殊殿

穿过天王殿，天井的一角有一座读经台，墙面上抄录着《心经》。再往上行，一个院落里有观音殿和地藏殿，东西相向而立，显然都是配殿。然后就没有然后了，直接是登山的后门，既没见到文殊菩萨像，也没看见大雄宝殿，给人一种有头无尾的感觉。

沿着山路走过"鸟道百盘""万壑松涛"等摩崖石刻，走过半山亭……一直走到差不多快到山顶的文殊岩时，才能再次看到一座二层楼阁——文殊殿。走进去一看却是骑着六牙白象的普贤菩萨像，让人觉得是不是搞错了供主。继续换了鞋子、耐着性子爬到二楼，才能见到骑着青狮的四面文殊菩萨像，全寺的主角直到最后最重要的位置才露出了真面目。

　　大阳山的文殊寺和支硎山的观音院一样不供如来佛祖，大概都是不想喧宾夺主。文殊殿旁边是一段深达百米的垂直悬崖，古代常有信徒在此舍身归西，因此也称"舍身台"。古代的文殊殿就建在这块突出的悬崖之上，远远望去像凌空悬置于山巅，因此也称为悬空寺。

　　在入口处的文殊岩下方，还有一片天然的池塘，被称为"文殊泉"。因为景色出众，岩壁上有不少题壁。李根源在此题刻了"文殊泉"，上面还有苏州状元彭定求题刻的"丹霞翠照"。但多数是古人

大阳山顶的文殊泉

西南诸峰别样苏州

到此一游的无聊题刻，如"正德丙子四月……诸生顾元庆、庐恩同游""庚申五月，顾孟林、沈尧俞、夏禹锡同游""乾隆戊午仲冬……林东候、叶建功吟玩于此"，字迹难看，毫无内涵，还不如花山的"菩萨面""夜叉头"来得有趣。不过顾元庆除了涂刻"到此一游"，也在这里题刻了"常云峰"三个大字，还写过一本《阳山新录》的山林志，对此山情有独钟。

李根源还在此题刻了"文殊泉"和"箭阙"。箭阙即大阳山的箭阙峰，传说秦始皇朝这里射了一箭，把大阳山顶射出了一个缺口，所以此峰叫箭阙峰。强人总是可以比较任性，就算搞破坏也会赢得一片喝彩，只是不知秦始皇站在哪里放的箭？

山顶是观看日出和日落的绝佳之处。如今还增刻了明末隐士徐枋的题句：

东观云海日出

西望太湖落照

这里不仅能看到日出和落照，据说每年农历九月三十号清晨还能看到日月同升的景象。山顶的"浴日亭"有一副对联也描写了这种自然奇观：

日月同升箭阙顶

星霞共耀常云峰

"箭阙"和"常云峰"都是不远处崖壁上的题刻。而包括这副对联在内的大多数阳山楹联，都是苏州当代书法家钦瑞兴先生所创作的。钦瑞兴是浒墅关人，尤其热衷大阳山的文化研究，自号"四飞山人"。除了自己创作，还研读古籍为大阳山恢复有据可考的古建筑，度身定制摩崖石刻，增添大阳山的文化景观。

大阳山也叫四飞山，在最高的冠珠峰上新建了一座叫"四飞致爽阁"的茶楼。此山打出了"城市绿肺"的旅游招牌，在林道中还专设了电子监控屏，实时报告负离子浓度。来往的游人看到那超高的负离子报数，都会忍不住深呼吸几口，顿时觉得"四飞致爽"。

大阳山的"绿肺"除了这座饱含负离子的森林公园，还有南边"绝望坡"前的植物园。植物园里移植了很多名贵树种，如大

沙生植物温室中的"鬼脚掌"花茎

紫薇文字树

树杜鹃、花梨木、楠木等。最有特色的是用紫薇树弯折拼接而成的福、禄、寿、喜四棵文字树，以及花瓶、凉亭等造型树。

植物园还修建了两座高端大气的大穹顶温室。一个打造成了热带雨林馆，里面有巢蕨、曼陀罗、荔枝、榕树、蓝花楹、见血封喉、菩提树等热带植物，冬暖夏凉，四季湿润。另一个是沙漠风情馆，沙地上种植了各种大型仙人掌和多肉植物。鬼脚掌和剑兰的花穗高达数米，像几把刺向天际的长剑。还有一棵龟纹木棉，开花时绽放出无数的丝蕊。

不过奇花异木再难得一见也不容易吸引普通人的关注，植物太安静了，没有大众喜闻乐见的热闹。植物园为了提升客流量也是煞费苦心，破圈经营。先是在湖里散养黑天鹅，供小朋友投喂。又养殖了羊驼、猫鼬、土拨鼠等网红动物；还沿着月季长廊悬挂了数十米之长的捕鱼地笼，里面放养一群来去如风的松鼠；简直成了半座动物园。又在夏秋季举办灯会，开放夜公园，终于让路边车满为患。

大阳山植物园已归为苏州乐园旗下品牌，因此搞娱乐项目更为专业。除了植物园，苏州乐园在大阳山脚下还有森林水世界、四季悦温泉以及大型游乐场这三处经典项目。

在夏季，森林水世界是消夏胜地，有各种巨型流水滑梯和划艇、冲浪项目。来此戏水闹腾几回，暑期就算完整了。衣着尽可精简，手机防潮袋却必不可少，因为吃喝租用等消费全靠手机结算，店家已没有现金可以找零。本以为山中戏水会有很多昆虫伴游，然而不要说萤火虫、螽斯、锹甲这些"高级"的物种，就连蝴蝶、蚂蚱和蝗虫都不见一只。晚上灯火通明，依然吸引不来飞蛾扑火，实在令人感到落寞。

在其他季节，则可以去四季悦温泉玩水。阳山北部有一座带穹顶的室内温泉，可以在大大小小的水池中游泳、冲浪，完全想不到是由废弃的采石宕口改造而成。这里的温泉晚间也经营开放，泡在温泉池里，透过透明的穹顶仰望皓月或星空，从另一个角度欣赏山林夜色。

大阳山里最大的游乐项目当然就是苏州乐园游乐场。苏州乐园创立于1997年，当年的广告口号是"迪士尼太远，去苏州乐园"，虽然山寨味很浓，但无论是乐园建筑还是游乐设施都质量过硬。过山车、摩天轮、小火车、碰碰车、魔毯、高空蹦极、鬼屋探险、花车巡游等各种游乐项目应有尽有，一直是长三角地区的热门景点。随着狮山板块的地价飙升，二十年租期届满的苏州乐园从狮山迁到了大阳山，于2020年重新开放营业，打出了森林世界的旗号。而美国迪士尼乐园也于2016年在上海正式设点经营。迪士尼很近，为何还要去苏州乐园？可能是怀旧，可能是方便，可能是便宜，可能是不挤……这只能让每一位游客来回答。

梨花开遍树山村

大阳山的北面并不叫大阴山，而是树山。树山本是"圌山"的方言谐音讹传，"圌"字太生僻，也并不高雅，意思是谷仓，还不如"树山"简单响亮。花山未必有花，树山绝对有树，而且都是梨树、杨梅、枇杷等经济价值很高的果树。这里也和苏州西部的大多数山岭一样，曾被开山采石，伤痕累累，如今还有一处俗称"翡翠谷"的深水宕口。不过这里出产的除了花岗岩和玄武岩等石料，还有一种叫"白泥"的高岭土，可用于烧造陶瓷。随着《苏州市禁止开山采石条例》的颁布，树山也开始了经济转型。因为这里隶属于一个自然村，所以更容易统一规划协调，近几年经济搞得风生水起，成了"绿水青山就是金山银山"的成功转型典范。

走进树山村，首先可以看到大片大片的梨园。这里出产一种叫"翠冠梨"的高档梨。本以为是像库尔勒香梨、无锡水蜜桃那样历史悠久的本地土特产。没想到这只是2000年以后，由村支书引进推广栽培的新品种。俗话说"十年树木"，二十多年的树山翠冠梨也早已蔚然成林，俨然成了苏州的著名农业品牌。不仅如此，每年春天梨花开放之际，还会吸引很多游人前来踏青赏花、吃饭住宿，久而久之催生了规模巨大的旅游业。所以树山的高档民宿、餐饮店特别多。

　　树山地狭人稠，本来是一个穷村，没有大片的水田可以耕种，所以这里尤其珍视土地的利用。山脚下的平地都种植了翠冠梨，山地则种植了杨梅、枇杷、茶叶，树下还有农民自家的祖坟，可以说没有一棵无用的野树杂木，没有一寸闲置的土地。欧阳修说"野芳发而幽香，佳木秀而繁阴"，形容树山大体不错，只是要把"野芳"改成"家芳"，因为这里处处是勤劳的村民人工改造的成果。

　　为了吸引游客，树山村自掏腰包从大石坞到白墙坞修造了长达三千米的观光木栈道。行走在云雾缭绕的山间绿野，风景相当不错。只是为了保护个体承包的杨梅和茶叶园，木栈道两旁都用铁丝网围挡，不像行走在苏州其他山林里那样自然闲适。到了杨梅成熟的季节，木栈道的入口大门更要封闭多日，防止不必要的损失。山脚下的梨园也都是用铁丝网围起，只留下一条条阡陌交通的小路，只能隔网观看而不能伸手触碰，除非掏钱进去自助采摘。这也是现代经济管理的精准和精明，是陌生人之间的规矩与距离，少了几分传统农家的淳朴与粗放。

　　树山村私营的民宿和饭店鳞次栉比。如果是抱着到农家乐图个实惠的想法来就餐住宿，那么这里的选择余地不大，多半会令人失望。这里很多店的餐饮消费档次丝毫不亚于松鹤楼、得月楼这些城里的老字号饭店，人均两三百一桌的高档饭局比比皆是。包厢布置得奢华气派，家具餐具高档精致，格调设计也非常上档次。比如会在巨大的餐桌转台中央放一盆枯山水盆景，用细小的白沙做铺垫，上面点缀几块青石和一些苔藓。虽然秀色可餐，但并不真能下饭，更不能带走，还需要为此买单，吃的是品位和面子。

树山农家乐　　　　　云雾中的大石山和云泉寺

　　高档民宿也是百花齐放，有的安置露天泳池，有的仿佛中式园林，有的好似日式庭院，有的则是后现代先锋建筑……喜欢民宿的时尚人士可以各取所好。

　　虽然是以现代消费产业为主，树山村也不忘挖掘自身的文化资源。在戈家坞修建了一座叫介石书院的图书馆。明代的苏州文人顾存仁曾在这里建造过介石书院。文徵明的曾孙、赵宧光的亲家文从简为此绘制过一幅《介石书院图卷》，目前保存在国家博物馆。根据这幅幽篁村居图，在戈家坞附近的竹林里，重建了一座仿古的小木屋。室内面积不大，陈设古色古香，正对大门是一扇青绿山水的圆形画屏，搭配一只青绿釉彩的铜瓶，铜瓶的釉彩并不均匀，还有刻意的划痕，恰如一幅青绿山水画卷，与画屏相得益彰。一旁的椅子都是明代风格的圈椅，长桌则是一块天然巨木剖出的平面，上方的吊灯则是用一段老木头抠出几个窟窿眼，嵌入LED灯，再用粗麻绳悬吊在房梁上，既古朴又现代。临近长窗还另有两组桌椅，小桌子中间还摆放了桌旗和工夫茶具，从房梁上垂下的竹编灯罩，也十分雅致。

介石书院小景　　　　　　　　　介石书院桌椅吊灯

介石书院是苏州图书馆的树山分馆，藏书量很少。好在大多数人都是来树山吃喝玩乐的，根本没有闲工夫坐下看书，嘴上赞不绝口，摆摆样子、拍拍照片就差不多了。介石书院就像餐桌上的一盆枯山水，饱饱眼福即可，千万不要琢磨怎么把它吃进肚子里去。

树山的村民并不见得特别爱读书，也并不特别有才；但是随着周边浒墅关经济开发区、科技城等现代聚居区的开发兴建，这座小山村及时栽下梧桐树，引来金凤凰。打开知名度后，有资金有才能的人纷纷前来投资经营，使得这片乡村渐渐变得高端大气、与众不同。一旦产生规模效应，就可源源不断地坐收红利。难怪村民自豪地宣称"我家银行就在山上"。这里是一座自由开放的现代化农村，一个值得借鉴称道的乡村典范。

大块文章留大石

树山现存的文史精华全在大石山一脉。大石山不仅山形奇特，山泉流淌，题刻丰富，还有一段堪比兰亭雅集的风雅传奇。因此这座仅有八十多米高的山头在大阳山里一峰独秀。

在大石坞的木栈道上远眺云泉寺，可以看到寺后青山环拱、白雾缭绕，云山之中有一座突出的悬崖峭壁，状如大阳山的舍身崖，这座异峰突起的山头就是大石山。古书上说大石山的山腰还有大石耸立形如莲花，如今完全看不出来。又说戈裕良以大石山为原型，堆叠了著名的环秀山庄大假山。如果以整体山形相比，大石山呈高挑纤细的山峰状，而环秀山庄的假山则是逶迤平铺的山岭状，也看不出像在哪里。戈裕良见到大石山大约是两百年前的事，如果当时的大石山还呈莲花状，那就更不像环秀山庄大假山了。

哪怕不像也并不影响大石山本身的奇妙。从云泉寺旁边的小径一路上行，可以看到一块"大石山"的石碑，还是以前吴县尚未撤销时县政府所立的文物保护碑。从这里继续上行，可以看到一些描红的摩崖石刻，首先是明代顾元庆所题写的"秀岩"，顾元庆就是那位在大阳山里留下题刻、又写下《阳山新录》的苏州藏书家。

不远处还有一座题写"仙桥"的石梁，是大石山最为奇特的景观。这座石梁像低头饮水的长颈鹿，又像垂鼻畅饮的大象。石梁上面凿有磴道却没有扶手，胆子大的人可以沿着狭窄的石梁走过"仙桥"。桥下凌空，落差不小，下可通人，畅行无碍。在靠近主山体的部分还有一个天然石洞，整座石梁的景观相当丰富。如果说是这个石梁、隧谷、山洞的组合启发了戈裕良，让他在不到一亩的空间堆叠起峰、壁、洞、谷、梁的山石组合造型，倒是更加合理。个人觉得环秀山庄大假山最精彩的部分就是一道落差四五米的石梁，那块下临深涧的架空石梁，并不是用几块加工规整的花岗岩条石平铺而成，而是用一块天然大石横架于两峰之间，两边也不设扶手护栏。这种逼真的险峻之感，是狮子林等园林假山中体会不到的，却可以在攀爬这座天

西南诸峰　别样苏州

大石山中的仙桥

然石梁时体会到。如果环秀山庄的大假山真的是以这道石梁作为模仿对象，那么戈裕良充其量也只算受到了设计启发，在狭小的空间尽可能创造出丰富的景观类别，并不是机械地复制，仍然很有创造性。

除了“仙桥”，还有“大块文章”，落款是“吴县吴荫培题，腾冲李根源书”。吴荫培是晚清的探花，在民国时期和李根源一起发起成立民间公益组织“吴中保墓会”，保护苏州山林中无人问津的名人墓葬，使它们免遭村民侵占与毁坏。

“大块文章”原指大自然的锦绣美景，此处却是一语双关。明朝时期有很多文人在云泉寺聚会，以大石山为主题对诗唱酬，留下了“大石联句”的文学美谈，被誉为“明代兰亭雅集”。第一次联句由苏州状元吴宽发起，他和李甡、张渊、史鉴轮流唱和，留下了八十二行诗句。苏州同时代的其他名士纷纷响应，先后来到云泉庵续写自己的和诗，包括撰写《金山杂志》的杨循吉、探花王鏊与唐寅师徒、李浒、徐昂发等人。所以用“大块文章”形容大石联句恰如其分。

在石梁附近还有“拜石”“剑劈”“集仙岩”“夕照岩”等题刻，为这处奇特的山石点睛增趣。而最有趣的题刻是一个合体字“唯和呈喜”，“唯”在右“和”在左，“呈”在下“喜”在上，四字中间共用一“口”，像一枚巨大的铜钱或者一个巨型月饼，一团和

唯和呈喜

气，十分艺术。表达的内容既喜闻乐见又高雅不俗，是古代文人的风雅创意。

爬上石梁还可以继续沿着一条陡峭的山道上行，与这条山道齐平的位置还有一条更窄更直的"一线天"。两条山道近在咫尺，却彼此不见，仿佛是两条专设的上、下单行道。隔开山道的是一块突出的岩体，岩石滴水不绝，下有石潭盛露。石潭面积很小，仅容双手一掬；不过，掬水月在手，春山盛事多。

"一线天"爬到尽头有一块开阔的石坪，上面刻了"仙砰"二字。据考证"砰"与"坪"通假，可能为了表达此地是石坪而非土坪，故意写成了石字旁。这处题刻记录了另一场春山盛事，在大字旁边有一行详细的落款："明崇祯十六载三月，河南王铎书，袁枢题。"王铎做过明朝的南京礼部尚书，书法十分出众。这一年他和浒墅关故友袁枢相聚同游，在为袁枢所作的《层峦丛树图跋》中恋恋不舍地写道"明日别浒墅，心犹游其中，王铎题为石寓亲契，癸未三月夜"，可见大石山之游给他留下的美好印象。

但谁能想到，这差不多是王铎人生最后的欢乐时光。次年春，清军攻陷扬州，屠城十日。福王逃往芜湖，留王铎镇守南京，这显然是一项不可能完成的任务。可能王铎本来就没有史可法的刚烈气概，也可能被扬州的惨烈吓破了胆，万般无奈，他和钱谦益等留守文官一起开城降清。虽然王铎被清政府加封高官，但是变节的自责与骂名从此如影随形，往后余生无非是行尸走肉的活死人而已，再也不会有畅游大石山的那份欢乐与闲适了。而王铎高超的书法成就也因为他的变节不为后世所宣扬，一颗堪比"二王"的书法巨星就此隐耀潜形。

　　兰亭已矣，梓泽丘墟，风流总被雨打风吹去。好在还有大石山记忆的石刻与联句，供人追忆逝水年华与文采风流。当然还有树山的新式民宿，大阳山的花样游乐，每一代人都会有每一代人的欢乐颂歌。

两山排闼送青来：
纳入现代都市的狮山与何山

　　苏州西部的山林都远离古城，自古以来都不是苏州的经济文化中心。因为山多地偏，曾经的吴县在改革开放后也一直是苏州各区县中经济相对落后的地方。山野和都市似乎有着天然的隔阂。如果城市还有山，那么容易让城市显得土，譬如南京。民国文人陈源在《西滢闲话》里写道："可是我爱南京就在它的城野不分明。你转过一个热闹的市集就看得见青青的田亩，走尽一条街就到了一座小小的山丘，坐在你的小园里就望得见龙蟠的钟山，虎踞的石头……"这是闲散文人的浪漫情怀，而这种景象在"红尘中一二等富贵风流之地"的姑苏古城是见不到的。古城内的小园之中只能看到假山，连虎丘的石头都看不到，更莫说西南诸峰了。

　　但是随着苏州城市的扩张，两座近郊的山野不仅在行政区划上纳入了苏州市区，而且实实在在地成了苏州的核心商圈，这就是被称为"狮山商圈"的狮子山与何山。这两处"山区"早已

西南诸峰 别样苏州

142

"非复吴下阿蒙"，山下出现了龙湖天街、金鹰国际、绿宝、天都等各大购物中心，体量远超石路、观前街等传统苏州商业街，成为苏州时尚的消费中心之一。还有苏州妇女儿童活动中心、苏州博物馆西馆，并将建造苏州艺术剧院、苏州科技馆，有望成为苏州的一个现代文化中心。周边居民小区数量庞大，不乏高档社区和别墅区，地价一路飙升，仅次于苏州工业园区，是苏州地产的热门板块。

山上云闲山下欢

很多城市都有狮子山，香港的狮子山伴随一曲《狮子山下》成了香港精神的象征；南京的狮子山耸峙于下关的江边，位置得天独厚，古迹众多，被誉为"卢龙胜境"……相比来说苏州狮子山则要平庸得多，除了外形酷似埃及的狮身人面像外，自然景观和历史人文都乏善可陈。

苏州狮子山简称狮山，偶尔也会被和虎丘相提并论，苏州有句谚语：狮子回头望虎丘。但和虎丘相比，狮山太过落寞。传说虎丘的剑池下有吴王阖闾的大墓，而狮山则传说埋葬着被阖闾暗杀掉的吴王僚：一个成功，一个失败。虎丘连着山塘街，是古代的热闹集市，所谓"到苏州不游虎丘乃憾事也"；而狮山面目狰狞，森然欲搏人，被古代风水先生视为凶地，自古游人寥寥。到了改革开放后，虎丘因为历史遗迹丰富而成为苏州最著名的旅游地标；而狮山则因为一无所有，不必担心破坏古迹，而被圈入了苏州乐园。虽然成了游乐场的一部分，但游客排队等候游乐项目的时间都不够用，哪里有空去爬这座平淡无奇的山呢？最多坐上缆车，荡过天狮湖，快速地上下一趟。谁若是买了昂贵的门票，还在苏州乐园里爬狮子山玩，那真乃憾事也！正因为建在了狮子山，所以苏州乐园的吉祥物是各种卡通狮子。而如今苏州乐园已搬迁到了大阳山，多年以后在苏州乐园里游玩的人会不会奇怪：苏州这么温柔的地方怎么会把狮子当作游乐园的吉祥物？

2017年，苏州乐园搬迁后，狮子山又实行了全封闭的改造工程，禁止攀爬，一晃已五年多，重新开放仍然遥遥无期。古诗说："狮子山，云漠漠。"形容现在的狮山依然贴切——不是因为高耸入云，而是无聊得像朵闲云。

狮子山本名"莋萼山"或者"岝崿山"，用词很生僻，谐音很难听——"作恶山"，难怪风水先生觉得不吉利。山上曾有一座古庙"思益寺"，名字简直是绕口令，今已无存。连在一起念"作恶山死一死"，更觉得触霉头。

山上没有什么古代摩崖石刻，只有几处现代的题刻，譬如"志士招国魂"，纪念山中屈指可数的奇人异事。光绪二十九年（1903年）秋天，苏州南社的文人朱樑任拉着包天笑、苏曼殊、祝心渊、王薇伯等几位文化名流前去狮子山招国魂。朱樑任一向行为怪诞，人称"朱痴子"，是南社的骨干和著名诗人，最为激进，自号"黄帝曾曾小子"。他之所以拉这票文友去狮子山招魂，是受了当时流行的"东方睡狮"说的影响。他们此行大张旗鼓，特地做了一面"魂兮归来"的黑旗在山里挥舞摇动，还原创了招国魂的歌曲，边走边唱。为了唤醒"睡狮"，朱樑任还拿了父亲的长枪，在这座野山里空放了几枪。"睡狮"未醒，倒是把醒着的山民吓了一跳，以为是洋鬼子来山中打猎。包天笑在他的《钏影楼回忆录》里详细记录了这起形式大于实质的作秀游行，

西南诸峰 别样苏州

对于朱樑任的怪诞举止也并不当真，引为笑谈。这几声枪响注定是归于沉寂的空响，不过这些热血青年的举动，也算是为这座平淡无奇的狮子山添了一缕传奇，仿佛《狮子山下》所唱"在狮子山下且共济"。可惜这群文化精英张扬个性容易，最难"抛弃区分求共对"。"中华民国"成立后不久，南社就因成员的政见不一而土崩瓦解，并未能给新社会带来什么实际改进，不过他们的书生意气和爱国情怀，始终值得敬重。

狮子山上的寂寞无聊并不影响狮子山下的活色生香。现在的狮子山下有金鹰国际和龙湖天街两大购物商场。这里各种口味的美食应有尽有：海鲜自助、重庆火锅、苏帮菜肴、西餐、日料、泰国菜……很多门店不仅座无虚席，连门口都坐满排队等候的人。还有各种高级服装、首饰、箱包专卖店，以及影视城、游戏厅、溜冰场等娱乐场所……可以一路吃吃喝喝买买买，欢乐又热闹，是时尚人士的消费天堂。

狮山脚下不仅物质消费种类繁多，精神世界也毫不匮乏。苏州乐园搬迁之后，在这片土地上率先修建起一座庞大的现代博物馆——苏州博物馆西馆。这座博物馆与金鹰国际仅一路之隔，规模等量齐观。游客既可以在饱餐之后来此闲逛消食，领略古人的雅趣，也可以在逛完展览之后去街对面找点美食填充辘辘饥肠，享受人间烟火，而这不正是物阜民丰的苏州传统吗？

苏州博物馆成立于1960年，最初设立于拙政园宅邸所在的太平天国忠王府，和北京故宫博物院类似，是由腾空的古宅改造而成。李秀成的忠王府虽然也是第一批全国文物保护单位，但并不为大众所熟知，苏州博物馆的出名主要源于2006年扩建改造的新场馆。生于苏州望族的美国华人建筑大师贝聿铭，因地制宜地扩建了举世闻名的苏州博物馆新馆，使其成为中国人气最高的博物馆之一，几乎天天都有人排队等候参观。贝聿铭先生设计的新馆充分考虑了周边环境，并不像常见的现代博物馆那样好大喜功，没有空旷得能听到回声的庞大室内空间。他认为这座博物馆首先要和周边低矮的古宅相适应，不能太过高大突兀。其次要和馆藏的文物相匹配，这里以小型的文玩字画为主，没有大型的青铜器、佛像或石刻，所以不需要把馆藏空间造得过大。实地参观后，感觉他的理念很有先见之明，恰如其分的规模与玲珑精致的藏品以及古朴典雅的园林环境相得益彰。而卓尔不群的现代风格又足够个性，不再是传统亭台楼阁的复制翻版或者简单组合，完全实现了他"苏而新，中而新"的设计理念。

　　然而苏州博物馆西馆所处的地理环境和贝式新馆又完全不同，这里不再有古城的小桥流水人家，只有高过百米的狮子山和比狮子山还要高的林立大厦。所以西馆并没有重复贝式新馆的风格，更没有复制一座忠王府和拙政园，而是和大多数现代博物馆一样建造了体量巨大的方块楼宇。西馆总面积达四点八万平方米，由德国GMP建筑事务所设计，完全没了江南园林或者贝式新馆的小巧玲珑，整个场馆由十座竖立的"集装箱"大楼构成。楼群整体基本呈"凸"字排列，中区的左下方抠掉了一座作入户空间，又在楼群的右下角添加了一座，以打破过于对称的呆板格局。

　　唯一能和本部体现血脉关联的因素是一株"文藤"，即文徵明手植紫藤的分枝。这株紫藤种植于旧馆忠王府临街的一个院落里，是拙政园最初的设计师文徵明为拙政园所种植的，比拙政园里任何一处古迹都要原汁原味。此藤已近五百岁而长盛不衰，每年初夏都能开出满架的紫花瀑布，在树下的围墙上还刻着王士禛吟咏紫藤的诗句：蒙茸一架自成林。

在贝聿铭修建新馆时，独出心裁地从"文藤"上截取了一枝，扦插到了新馆的咖啡馆小院之中，如今也是枝繁叶茂，虚长了四百多岁的树龄。苏州博物馆每年还会挑选一千颗紫藤种子作为文创产品包装售卖，废物利用，售价不菲，居然还大受欢迎。西馆没有忘记这棵"摇钱树"，截取一大枝扦插在一楼展厅的出口附近。只是封闭在"集装箱"里，脱离了户外庭院的自然环境，少有阳光雨露，不见花叶，看不出死活。也与室内展厅的环境不太协调，仿佛一份干枯的标本。

西馆的展区主要集中于右路，常设展包括一楼的"苏州历史陈列馆"，二楼的"苏作工艺馆"和三楼的"书画馆"，充分体现了苏州的地域特色和本馆的特长。在2021年开馆之际，三楼的书画馆还举办了馆藏书画特展，压箱底的书画珍品悉数登场。

苏州博物馆的镇馆三宝，真正能看到原物的只有虎丘塔地宫出土

苏博西馆中的"文藤"血脉

的越窑秘色瓷莲花碗。而瑞光塔天宫出土的舍利宝幢及其套匣，永远只能看到复制品。至于第三宝——元代《七君子图》，真迹难得一见，连复制品都没有，最为神秘。在西馆开张之际，三楼书画馆里也拿出了这件珍品中的珍品。

苏博西馆特展中的《七君子图》局部

《七君子图》在《过云楼书画记》中被称为《元贤竹林七友图卷》，所画的并不是"竹林七贤"之类的人物群像，而是用拟人的命名方式，表现不同竹枝的造型，和倪云林《六君子图》中的六棵树异曲同工。但与《六君子图》不同的是，这幅作品并不是一位画家的一幅作品，而是元代的赵天裕、柯九思等六位大画家所绘制的七幅墨竹图，是七幅独立画作被装裱于一幅长卷的合成品。第一幅是一丛竹子的整体写生，仿佛一篇序章；剩余的六幅则是竹枝的局部特写，细节生动，遒劲有力，千姿百态，完全不是常见的画竹套路。更难能可贵的是六幅姿态各异的竹枝图彼此呼应，浑然一体，仿佛是"五牛图"那样的主题长卷，觉察不出是不同画家各自创作的独立作品。

《七君子图》原是苏州过云楼的藏品，现在民间估值一亿元。晚清苏州名士顾文彬，在太平天国战乱期间收藏保护了大量历代书画珍品。但顾文彬也很清楚自己不过是为天地暂时保管这批文化瑰宝，不仅他自己，就连他的家族后人也不可能永久占有，所以他把自己的收藏楼命名为"过云楼"，取"烟云过眼"之意。果不其然，一百多年后的"破四旧"时期，过云楼随时面临着被破门抄家的危险，海量藏品在劫难逃。过云楼第四代传人顾公硕寝食难安，为了不让珍贵的字画毁于一旦，身为苏州博物馆副馆长的顾公硕主动请求博物馆组织上门抄家。书画藏品被整整拉走了七卡车，《七君子图》即在其中。海量的书画终于以这样荒诞的方式得以留存。

西馆还留置了很多"特展馆"，用于和国内外的博物馆、美术馆合作布展。开馆之际就邀请大英博物馆推出了重量级的"古罗马文物特展"，精品众多，让人大饱眼福。

在西馆负一楼还有"探索体验馆"，主要设置一些供少儿互动的文创游戏设施。在场馆之外有供儿童游玩的沙池和活动器械。而在不远处还有苏州乐园遗留下来的过山车龙骨，仿佛一条游龙陪伴在那头"睡狮"的身旁。想当年在狮山的苏州乐园游玩时，每当游乐项目接近尾声时，工作人员总会深情款款地解说一句："欢乐的时光总是短暂的……"本是敦促离场的礼貌说辞，却让人觉得充满了人生哲理。每一个刹那都是永恒的记忆，而世间万物又仿佛都是"过云楼"的藏品，纵是烟消云散，还会烟云四合，变换重组在一起，丰富更多人的记忆。你见或者不见，世界都在那里，但你的世界观会因为"观"而变得不同。

长虹出水通绝壁

在狮山北面不到一公里就是何山。因为都有水绕山环的天然环境，所以何山和狮山一样，也被开发成了城市公园。以前这里的山属于何山公园，需要收门票；山下的湖则属于新区公园，免费开放。两个公园的大门相隔很远。何山临湖的那段全都是悬崖峭壁，山水之间并无通道，也不用担心会有人涉水跋山地从新区公园逃票翻进何山。

何山盘桥

在新区公园的湖中栈道上徜徉，一旁的何山凌波出水，为这片公共绿地增色不少。还可以依稀看到山顶的黄墙飞檐，让人不由得想起那则著名的嵌套循环的故事：从前有座山，山里有座庙……

新区公园是放大版的苏州公园，也有草坪亭台、长廊长椅以及儿童游乐设施，唯独没有苏州公园那样人声鼎沸的茶馆。可能是因为新区大多是移居苏州的外地年轻人，有闲情逸致前来喝茶聊天的老年人尚未形成规模。面积巨大的公园还修造了健身步

西南
诸峰
别样
苏州

道，常可看到来这里跑步的周边居民，这是古城的小公园或小园林所没有的。春天里，地上的二月兰汇成一片紫色花海；夏天时，人们可以挽起裤腿到浅滩里捞鱼捉虾摸螺蛳；秋天看红叶；冬天闻蜡梅，四时之景不同而乐亦无穷。

2016年在新区公园的湖面上修造了一座带转盘楼梯的大桥，可以由此盘旋而上、跨过湖面直达何山。两座公园从此合二为一，总面积达四十九万平方米，成了苏州市区最大的公园。这座大桥为钢架结构，还有很多插入水中的钢筋肋骨将转盘楼梯围拢包裹，像在桥上安了一只鸟巢，造型新颖，引人注目。这座大桥不再是小桥流水的传统苏州风格，却和周边的大水大山搭配协调。新区公园有更多的景观创新，恰恰体现了新区之新。

之所以添加了一个"鸟巢"，据说是为了呼应何山的古称"鹤阜山"，取仙鹤归巢的寓意。山中还有一块"鹤阜山"的石刻，石上长满了苔藓。何山有不少以鹤命名的亭子：归鹤亭、来鹤亭、聚鹤亭、放鹤亭、望鹤亭、鹿鹤亭。"归来聚放望"几乎用遍了有关鹤亭的命名。亭子造型各异，有些堪称怪异。聚鹤亭像一座三层宝塔。鹿鹤亭更怪，是一座二层楼阁，二楼全用窗户封闭，一楼却无门无窗，只有一堵遮挡上下楼梯的白墙，显得头重脚轻，像一座烂尾楼，或者拆了一半的危楼。

此山之所以改名为"何山"，据说是因为两位著名的隐士——何求与何点，兄弟二人皆安息于此山。山中有一方李根源的石刻：齐太子洗马何求，点葬此。何氏家族是两晋南朝时期的名门望族，兄弟二人也是南朝的名士，与他们被过继出去的小弟何胤并称"何氏三高"。哥哥何求曾出任高官，后主动辞职，归隐虎丘。而弟弟何点则隐居得更加彻底，任凭王侯登门求贤，始终拒不出仕，常年隐居在虎丘。虎丘的名人胜迹实在太多，完全见不到他们的履痕。只有"鹤阜山"这样的无名小山才会把他们哥俩当作文化品牌，郑重其事地因其改名换姓，修造景点。

"何求"的名字听起来就像个隐士：一生何求。他与何点之所以如此坚决地选择归隐，其实和家庭剧变所带来的心理创伤有关。他们的父亲何铄精神失常，一次发病时将妻子杀死，何铄本人因此被问罪处决。此时何求十五岁，何点才十一岁，都尚未成年，就不幸成了孤儿，童年阴影难免会让他们产生消极避世的念头。此外，南朝频繁更迭的王朝，也可能让他们厌倦了一轮轮的政治洗牌，所以不如归去。

何山山顶那座看起来像寺庙的建筑其实是一座道观——何山道院。虽然这里曾经是何山庵、孝隐庵之类的小寺庙，但皆毁于"文革"。1997年，当地民众修了一座张王庙。2009年，在此基础上批准成立了何山道院，由佛入道。

何山道院的规模很大，仿照传统寺庙的格局在中轴线上建有三座大殿：灵官殿、张王殿和玉皇殿。两侧还有慈航殿与财神殿等神仙殿。虽然是主打道教，但也杂糅了佛教和民间信仰，譬如慈航殿里供奉观音，张王殿里供奉张士诚。不过财神殿里的比干、赵公明或关公，也常被佛寺请去供奉。财神和观音都是中国老百姓最喜欢的神灵之一，佛、道之间互通有无也不足为奇了。

但是张王殿里所供奉的张士诚不仅在佛寺里没有，就连在道观里也极其罕见，他并不是张天师那样修道升仙的道友，而更像是各地城隍庙里被当地百姓神化出来的"特产"城隍。张士诚是元末起义军领袖，他本是盐城的私盐贩子，趁着元室衰微天下大乱之际，割据了江苏大部，自封为"吴王"，建王宫于苏州，这就是现在苏州城内"王废基"的由来。其实他的文治武功都很一般，对于搜刮民脂民膏也不遗余力。但残酷多疑的朱元璋占领苏州之后，不仅将他逼死，还总是怀疑苏州老百姓怀念他的恩情，严格查办疑似议论张士诚旧恩的人员，从此吴方言里多了一个词语"讲张"，意思是谈话聊天。接管苏州后，朱元璋还大兴冤狱，往往不经查实就杀人灭族，又把大批苏州本地富户流放到苏北的穷乡僻壤，所谓"洪武赶散"。江南一带的富豪在几年间或死或徙，几乎无一幸存。两相对比，苏州人觉得张士诚简直太宅心仁厚了，久而久之，产生了他是贤君的错觉，这实在是被暴君反衬出来的"明主"。在弱势群体眼里，暴君不杀即是恩，豪强少夺便是德，歪理反成了天理。在何山上还有一块类似虎丘"试剑石"的天然断裂的石头，被命名为"张王剑石"。

"吴王"张士诚没有干将剑和镆铘剑，也能劈开大石，而且劈成了三块，这让手握宝剑的前辈吴王阖闾实在有点尴尬。将"张王"如此神化，真有点"时无英雄遂使竖子成名"的感觉。

奇怪的是张王殿里供奉的神仙并没有一个姓张，正中的神仙叫"何山大爷"，左右分别是"何山

张王剑石

陆金宝少爷"与"何山王阿爹",再两侧分别是"何山何金宝少
爷"与一位天池山的神仙。此外,分立大殿两侧的还各有六位神
仙,共计十二位,都是有名有姓的羽化真人。据何山道院的官方
公众号介绍,何山大爷、陆金宝和王阿爹都是苏州民间的道医。
大概张士诚也曾像黄巾军的张角一样,兼做治病"神医",扩大
自己的影响力,因此在这里被当成道医来供奉。健康长寿永远是
信众最关心的主题,所以用"道医"包装张士诚,比用"吴王"
包装他有价值得多。

何山脚下除了新区公园、高档住宅小区、绿宝购物广场、有
轨电车首末站、长途汽车西站等生活基础设施外,还有一座苏州
妇女儿童活动中心。这里是少儿文艺特长的培训基地,类似于以
前的少年宫。其实只有"儿童活动",所谓的"妇女活动"不知
体现在哪里,难道是送娃上课?当然新时代男女平等,送娃上课
的也有像我这样的大老爷们儿,好在成年男士并不被禁止入内。
这里培训师资优良,还有政府补贴,课程收费比较低廉,每年的
培训名额都像春运车票一样紧俏。

印象最为深刻的是这里的儿童芭蕾舞培训班。曾经的授课老
师居然是苏州芭蕾舞团的职业舞蹈演员崔赛娃,这位专业演员哪
怕是平日邂逅也是腰背笔直、身姿挺拔,让人肃然起敬。中国的
芭蕾舞团屈指可数,苏州芭蕾舞团是继中央、上海、辽宁、天
津、广州芭蕾舞团之后全国成立的第六家。那几年在妇女儿童活
动中心的小剧场里,陆续观看了十余场国内外专业艺术团体的各
类表演,其中就包括苏州芭蕾舞团的新编《胡桃夹子》。由于近
水楼台,从前期彩排到正式表演我全程欣赏了一遍,既为专业演
员的非凡才艺和高雅气质所折服,也深深体会到表面光鲜的艺术

饭碗背后的艰辛不易。

"一水护田将绿绕，两山排闼送青来"，这是王安石笔下非常动人的田园村居。时过境迁，昔日的农田变成了现代化的住宅小区，林立于两山周边。山水仍在，只是没了乡土气息，也不是陈西滢所说的"城野不分明"的感觉，而是完全融入了高楼林立的都市。这里重新诠释了"两山排闼送青来"的诗境，既能门对绿水青山，又能坐享现代生活。游园爬山、时尚起居、少儿培训、吃喝购物、博物展览、艺术演出……各种优质生活资源一应俱全，是人与自然共处的全新模式。

一峰绝顶作大观：
苏州最高大的穹窿山

　　苏州最高峰是位于藏书地区的穹窿山，海拔三百四十一点七米。虽然只比大阳山高了三米半，却被民谚夸大成"阳山高高高，不及穹窿半截腰"。穹窿山不仅最高，也是苏州最大的一座山，占地面积约一千二百公顷，涵盖穹窿山国家森林公园、孙武文化园、万鸟园和小隆中四大主题景区，各园单独开门售票。现在山北的森林公园和山南的孙武文化园已合二为一，无须分别买票。但想要在一天之内山南山北、山上山下周游一遍定会感觉十分吃力；大多数人也只能是哪里进哪里出，山南山北二选一。若想要把四片景区一天逛遍，绝对是心有余而力不足。

　　这里树木葱茏，人文荟萃，是不可多得的人间仙境。该景区长期作为林场，养在深闺人未识，直到1993年才改造成风景区，比灵岩山、天平山等老牌景区开放得晚。却后来居上，2013年率先评上AAAAA级风景区，成为苏州西部山岭中的第一家。实地游览对比，感觉实至名归，绝非浪得虚名。

西南
诸峰
别样
苏州

一峰更比一峰高

锡剧《红花曲》中有一首小调《一峰更比一峰高》，以无锡人最熟悉的"爬锡山、爬惠山"作比，说明山外有山，需要不断攀登。歌词写道"一座惠山三个峰，一峰更比一峰高"，所说的惠山三峰从低到高依次是：头茅峰（清代也称大茅峰），二茅峰和三茅峰。无独有偶，一座穹窿也是三个峰，一峰更比一峰高。更有趣的是这三峰也做类似的命名：三茅峰、二茅峰、大茅峰，只是高矮排序颠倒一下，三茅峰最矮。

为什么两座不同城市的山会不约而同地以"茅峰"命名？这并不是因为山上长满了茅草，答案隐藏在穹窿山的道观里。穹窿山上有一座气势磅礴的道观——上真观，在它的中轴线上有一座大殿叫三茅殿，里面供奉了三位神仙：大茅君、中茅君和小茅君，合称三茅真君。一山三峰对应三茅真君乃天作之合，所以穹窿山、惠山这些做过茅君道场的山岭都会以类似的山峰命名。

三茅真君是兄弟三人，长兄茅盈、仲兄茅固、三弟茅衷，都是汉景帝时期有据可考的历史人物。茅盈十八岁出家修炼仙术，三十年后才返家，之后又到句曲山华阳洞隐居，是位专业的术士。而两位弟弟则是朝廷命官，分别做过武威太守和西河太守。

身为江湖术士的大哥和作为庙堂高官的弟弟相比，本来反差强烈、高下立现。二弟茅固要赴异地上任时，当地的士绅百姓数百人赶来相送，场面十分壮观感人。但大哥茅盈却在一旁淡淡地说，我虽无高官之位却有神灵之职，来年四月初三就要升天成仙，到时候你们能像今天一样来捧场吗？大家都以为他在痴人说梦。结果第二年茅盈果然按时来和弟弟告别，接着登车乘云，冉冉而去，而且送行排场更加盛大。这令两位弟弟当场折服，纷纷辞官修道，最后也在句曲山升仙。这个故事显然添加了道教的神话色彩，表明修仙比做官更能尊享荣华富贵。

茅氏兄弟都在句曲山修炼过，那座位于镇江和常州交界处的大山遂更名为茅山。南朝时期的陶弘景在茅山创立了道教的茅山派，尊奉三茅真君为祖师。又传说三茅真君掌管吴越生死，所以江浙地区祀奉三茅真君的道观尤其众多，穹窿山的上真观即为一例。

上真观将三茅殿排在中轴线上第二座大殿的位置，而且规模宏大，殿门外悬挂四块横匾，足以看出三茅真君在此观中的地位，是此观的实际主仙。

三茅殿里所塑造的三茅真君像也颇为有趣：分坐在两侧的二茅君与三茅君皆是须发飘飘的老神仙，而端坐中间的大茅君却是垂髫小儿的打扮。导游解释说，这是因为大茅君得道升仙最早，未及年长就已长春不老，所以年纪最大却显得最小。这大概是上真观的自由发挥。参考《苏州山水》里的资料可知，茅盈升仙确实比两个

上真观金钟楼

西南诸峰 别样 苏州

"后知后觉"的弟弟早得多，在他修成正果时，其他两人尚未入门；不过他那时也已四十七岁，不至于还是童子的模样。再说须发皆白不正是高位神仙的标志吗？很难想象鹤发白须的太上老君长成戏蟾刘海的模样。

上真观颇具历史盛名，相传始建于汉代，坐落于山顶大茅峰的"六十亩"平地上。即使它不是建于汉代，也一定出现得很早，否则无法捷足先登，有命名各峰的优先权。清代此观下移到三茅峰重建，鼎盛时期占地百亩，房屋五千间，"几分龙虎山一席"，可惜全部毁于"文革"。如今只剩下一些古碑，大门口立有一块"上真观古碑"的市级文物保护单位碑。其实当年的"造反派"也并未打算放过这些古碑，只是抢锤砸向第一块石碑时用力过猛，结果竹柄铁锤反弹，意外敲断了砸碑者自己的右腿，众人只好收手作罢，送伤员下山。那块《穹窿山重建上真观碑记》的石碑中央至今还留有一块凹坑，像是一块时代的伤疤。

1993年，在三茅峰顶重建上真观。2008年，再次全面改造扩建，再现了层台累榭、比屋连甍的历史盛况。仿古建筑的外墙上都被刷上了暗红色，犹如红墙的故宫一般壮观。

中轴线上依次是灵官殿、三茅殿和玉皇殿，布局模仿佛教寺院，内部陈设也

上真观大殿

多有雷同。灵官殿里把护法韦驮改成了王灵官，把四大金刚替换成了四灵：青龙、白虎、朱雀、玄武，四尊造像的肤色恰好能让人分清"青红皂白"。依山而筑的殿宇，每进一座都要爬很多台阶，真有登天朝圣的感觉。主殿"玉皇殿"是一座四层的仿古大楼，悬挂了七块横匾，气势不凡。随着建筑技术的进步，寺庙宫观的新修主殿已不满足于太和殿式的超级大屋，而要"更上一层楼"，修建三四层楼阁的比比皆是。主殿一楼是"玉皇宝殿"，中间端坐着玉皇大帝的巨像，两旁仿照十八罗汉分立十八天神。以前殿里有道士设摊解签算命，忽悠钱财，乌烟瘴气，后经整顿已经匿迹。二楼叫"弥罗上宫"，里面供奉六十位甲子元神。甲子元神也称太岁，是一些被神话的历史人物，比如管仲、杨任、郭嘉等。三楼叫"三清阁"，供奉元始天尊、灵宝天尊和道德天尊，很少开放。把三清阁和玉皇殿合并在一栋楼里，世尊和玉帝的地位到底谁更高？似乎成了一个尴尬的问题。

两旁的偏殿供奉着各路神仙：财神、药王、文昌君、张天师、慈航大士（观音），都是大众喜闻乐见且耳熟能详的神灵。除此之外，还有一位"小众神仙"——车神，传说他是夏朝古薛国的奚仲，发明过二轮马车。之所以供奉这样一位"小众神仙"，大概是因为现在的香客大多是私家车主，所以车神也成了香火的潜力股，好在神像手里并未握着方向盘。

在诸殿之中还有一间不起眼的"祖师殿"，里面供奉的不是吕祖，不是妈祖，而是一位"真人"——清初重建上真观的祖师爷施道渊。2000年时，这里修复了施道渊的墓冢，是一座穹顶大墓。2014年，又拆除圆冢改建此殿，将施墓安置在殿内的神龛之下，以和周边环境相协调。

施道渊是苏州人，字亮生，号铁竹道人。在穹窿山的登山御道入口还新修了一座"铁竹亭"，以志纪念。施道渊十三岁上穹窿山道观出家，十九岁入龙虎山修炼，习得五雷法。他的传奇色彩不在于得道升仙，而是在明末乱世之中跟随闯王李自成起义，成为大顺枢密院的机要人物，简直就是"入云龙"公孙胜的真人版。李自成兵败之后，施道渊重返穹窿山隐居。施道渊曾与崇祯为敌，而清朝又是崇祯的敌人，本着"敌人的敌人就是朋友"的原则，所以施道渊并不像大多数汉族遗民那样反清。顺治十五年（1658年），顺治皇帝亲赐其法号"养元抱一宣教演化法师"，支持他重修上真观。有了皇帝的支持，上真观迎来了鼎盛时期，经过十余年的经营，成了江南的道教圣地。施道渊对整个苏州的道教也有很大贡献，为很多道观新修殿宇，比如玄妙观里的"弥罗宝阁"，所以本观的玉皇殿二楼还特设了一层"弥罗上宫"。

更有趣的是，苏州状元彭定求在功成名就之后主动辞官回乡，拜施道渊为师，向他取经学道。在施道渊羽化之后，还为他撰写《穹窿亮生施尊师墓表》。彭定求是一位相对平庸的状元，但是能指点状元的道士一定是位非凡人物。

从上真观西边的偏门出去有一组亭轩长廊，在这里可以抬头遥望大茅峰的气象台，可以低头鸟瞰幽谷湖泊，风景独好。沿着山脊可一直走到望湖园，所望之"湖"并不是山脚下的小湖，而是远处的太湖。目光穿过叠嶂的峰峦可以一直望见水天相连的太湖。在上真观西墙外的山道中还有柯继承等当代人题刻的"湖天一色"。柯继承先生对穹窿山颇有研究，写过一本《苏州穹窿山》，在山中留有不少石刻和碑文。

望湖台后连着一座古色古香的院落，以一个圆门洞作为过渡。院里一片方池，一座黄石高台。石台上探出一个石雕螭首，正对方池，可以想见雨季龙头吐水的妙景。台上有一座小轩，两侧还有爬山游廊，轩后是餐馆。池边一棵蜡梅，几株桂花，秋冬时节，芳香扑鼻。这里可望、可闻、可爬、可歇、可饮、可食，信可乐也；或如门洞上的横匾所言"穷尽要妙"。折返后继续往外走还可以看到一块刻有"三茅峰"的立石。三茅峰是登山御道的尽头，容易让人误以为爬到了穹窿山顶，其实它才两百五十米左右的高度。

比三茅峰更高的二茅峰在上真观的东边，那里不再属于道教福地，而成了须弥佛国。以前那里曾有很多寺庙，现在只剩下一座宁邦寺。黄色的佛寺与红色的道观相映成趣。沿着上真观门口的车道向东直行到底，有一个地形复杂的五岔路口。最左边是绕行到上真观背后的上行山道，旁边是通向茅蓬坞的下行

宁邦寺千年银杏

步道，再旁边是通往二茅峰顶的上行山道，最右边是下山的盘山公路。

下行主干道是盘山公路，差不多要右拐九十度的大弯，一般人都会选择从这条路打道回府。这条下坡路路面很平，坡度很陡。走在上面，之前辛苦爬山积蓄的势能立刻转化成了动能，让人健步如飞，如有神助，简直是道"幸福坡"。

等坡道渐缓终于可以放慢脚步时，会看到一座古刹赫然出现在道路左侧。古刹门庭并不大，门口有两棵大银杏，一棵六百岁，一棵一千岁，不过看起来并不感觉那么苍老，因为树干笔直又不算太粗。在石阶左边的矮墙里还嵌有一块两段拼合的条石，上面写着"山辉川媚"，这是明末清初的隐士徐枋的笔迹。大字旁边还有一段李根源的小字题记，介绍了徐枋的生平事迹，说宁邦寺是徐枋的"游咏之所"，以前供奉过他的塑像（"旧奉先生栗主"），现在自己得到这幅手迹，于是模刻在石头上悬于寺中。落款日期是民国十五年（1936年），可见这是一块民国摹刻的明代书法作品。

徐枋是一位志洁才高的隐士，不仅是"海内三遗民"之一，还是"吴中三高士"之一。一辈子隐居在天平山脚下的上沙村，拒不仕清，只靠卖画为生，因此饥寒交迫。民间口碑甚

"山辉川媚"碑

佳的江苏巡抚汤斌曾多次登门拜访，都被拒之门外。他肯接受的接济只来自灵岩寺的弘储法师。这位"不食周粟"的遗民，因为有了苏州山林里抱团取暖的同道中人，才没有像伯夷、叔齐那样采薇吃草、饿毙于首阳山。徐枋享年七十四岁，寿终正寝，写下了大量的著作。

有趣的是无锡鼋头渚有一座牌坊，上面也写了"山辉川媚"四个大字，最初是民国杨翰西修造横云山庄时所用，不知道是受了这里题刻的启发，还是不谋而合？这四字妙语并不算徐枋的原创，而是从西晋陆机《文赋》中提炼所得——石韫玉而山辉，水怀珠而川媚。值得一提的是，清代苏州有位状元就叫"石韫玉"，取名化用不着痕迹，真是诗书传家的书香门第。

据说宁邦寺是为了安置韩世忠的部下，让这群武夫卸甲归佛，以免拥兵自重成为祸患，于是赐名宁邦禅寺。所谓的"宁邦"，不是军事保卫，而是解除武装。宁邦寺也和上真观一样毁于"文革"，古建基本无存。1999年破土重建，经多次扩建，有了今日的浩大规模。幸存文物中的十八尊造型卡通的"童子面石雕罗汉"，被集体移送到了太湖西山的罗汉寺里。唯一保留的古迹是一块被敲掉碑额的明代残碑——文震孟所写的《重修穹窿宁邦寺记》。

文震孟这位晚明状元，非常热衷家乡的公益，是位很有作为的乡绅。他曾居住在附近的天池山竺坞里苦读备考多年。可能对自己的书法不够满意，或者更喜欢与人合作，所以和支硎山中峰寺里的《重复晋支公中峰禅院记》一样，在此也搞了一座"三绝碑"：由他撰写碑记，由寒山隐士赵宧光篆额，只是誊录者由文从简换成了吴邦域。

　　碑文大意：他曾和赵宦光一起来此地秋游，发现了这座少有记载且很破败的宁邦寺。但这里古木参天、古意盎然，小和尚们勤奋诵经，感觉此寺定会再度兴盛。十几年后重游，这里果然修葺一新，成为"穹窿最庄严处"。想到自己别无所好，就是喜欢游山玩水，只是被琐事羁绊不可脱身，不要说五岳五湖，就是近在眼前的名山古刹，"或隐而未闻，或闻而未游，或游而未数"，就像宁邦寺一般。希望有朝一日能携友同游，山中小住，钩沉往事，不再做此山的匆匆过客。

　　如今的宁邦寺偏居一隅，远没有上真观的人气高；但这里乾坤暗藏，清幽肃穆，仍可谓"穹窿最庄严处"。至于上真观与宁邦寺孰高孰低，这又是一个有趣的问题。从上真观门口出来显然要一路下行才能来到宁邦寺的门口，一般人理所当然地认为宁邦寺低于上真观。但是宁邦寺依山而筑，落差百米，压轴的宁邦精舍钟鼓楼在海拔二百八十八米的二茅峰顶，高于上真观的制高点——金钟楼。

　　由于地狭坡陡，宁邦寺并没有上真观那么充裕的施展平台；但它巧妙地修筑了类似于颐和园万寿山的爬山梯道，以左右分行外加一次折返的方式爬上那高不可攀的陡峭山崖，不断拓展自己的腹地，所以才会有一百米的落差。这里的落差与高景山的白鹤寺相仿，但周边树林掩映，不像高景山那般光秃，所以没有"小布达拉宫"绰号的。那爬山梯道所围成的轮廓恰似一只两侧尖尖的梭子蟹，因为落差巨大，这样的"梭子蟹"还叠了三层。

　　爬上第一层高坡，有一片开阔的平地。这里修建了一座半人工的石窟，里面有一尊巨型卧佛，长达十八点八米，表现出佛祖涅槃的状态。佛祖侧卧，一手撑头，神态安详，目光聚焦之处恰

宁邦寺"梭子蟹"梯道

海云禅洞

好落在洞口的一尊小金佛身上。这尊可爱的小佛，足下生莲，九龙灌浴，一手指天，一手指地，寓意"天上地下，唯我独尊"，这正是佛祖诞生时闪闪发亮的自信模样。在涅槃之前，瞥见自己出生之际的样子，会是一种怎样的感觉？不可知，不可思，不可议。这间洞窟叫"海云禅洞"，因为附近曾有一座海云禅院。

海云禅院（或曰海云庵）曾经住过一位比施道渊更加出名的出家人——姚广孝。这位明初的苏州人，十四岁剃度出家，法号道衍，学识广博，也卷入了红尘俗世，并且改变了历史。姚广孝与燕王朱棣一见如故、相谈甚欢。在建文帝削藩之际，挺身而出，成为朱棣的主要谋士。朱棣正是采纳了他的建议，迅速攻占南京直捣黄龙，才出奇制胜扭转战局。与施道渊不一样的是，姚广孝所效命的"老板"不仅夺得大位还坐稳了江山，姚广孝可以说是博得大彩。成了永乐皇帝的朱棣对姚广孝依然敬重有加，始终以"少师"相称。但永乐皇帝命姚广孝蓄发还俗，被他一口拒绝。此后又赐他府邸侍女，姚广孝也坚辞不受，依然住在寺中，上朝时穿上朝服，退朝后换回僧衣。由此可见他的人品与操守，绝非披着袈裟的混世魔王，他效力朱棣更多是出于"士为知己者死"的情义。当他回到苏州赈灾时，将获赐的钱财全部分发给宗族乡人，大概正是在此期间暂居过穹窿山。穹窿山里住过姚广孝，于是又被附会出建文帝朱允炆藏身的"皇驾庵"，若再演绎出姚广孝入穹窿是为了帮朱棣搜查建文帝，那就成了阴谋论的无聊套路了。

再往上爬一层坡，又有一片开阔的平地，出现一座体量巨大、重檐歇山顶的大雄宝殿。回想站在入口处的小门庭里，怎么也料不到里面居然深藏了如此巨大的卧佛和大殿。殿后还有一座

"梭子蟹"型的爬山梯道，登临之后可以到达第三个平台，这里没有建筑，地方空旷，可以扯根野藤集体跳大绳。这里视野开阔，山下的车辆如小甲虫一般。此地坡度变缓，所以修建了一条直道，一直通向宁邦精舍。

宁邦精舍是一座钟、鼓楼合体的大楼，在三层的大平顶上，

观星台

招鹤亭中望上真观

鼓楼在前而钟亭在后。在这里可以敲钟，喝茶，吃素面。楼后悬挂一幅弘一法师书写的立轴"天地不可一日无和气，人心不可一日无喜神"。而对面的石壁上复刻了两首有关穹窿山的古诗，其中一首是明初"吴中四杰"之一的杨基所写的《登穹窿》，最末两句最耐人寻味：人生跬步即天险，不独瞿塘与剑关。经历了世态炎凉，对此体会尤其深刻。不过正是因为人生步步艰险，所以才更要培养自己的"和气"与"喜神"。

站在钟楼后面可以看到更高的气象站，那里就是最高峰大茅峰。大茅峰周边都是荒山野岭，无路可走，所以很难登顶穹窿。

从宁邦精舍出来，可以从另一条山路下山。在下山道上有一座招鹤亭，亭子的圆洞门正好框住远处三茅峰的玉皇宝殿和更远的云天，构成一幅绝佳的风景。在招鹤亭前方还有一片叫"观星台"天然山石群，仿佛一座堆叠的黄石假山，继续下行又回到了那个五岔路口。所以想要以最短的路径走遍宁邦寺，就必须在五岔路口选择此路直上二茅峰顶，然后再由宁邦精舍向下倒游宁邦寺。若在五岔路口沿着"欢乐坡"狂奔到宁邦寺门口，按序观摩爬到二茅峰顶；那就必须走一大段回头路：要么原路折返，要么绕回五岔路口。对于刚爬完三茅峰上真观的游人来说，这种来回折腾的艰苦长征放弃也罢。

正因为景观太丰富，所以才出现了这么复杂的"五岔路口"。一峰更比一峰高，一景更比一景妙，一人更比一人奇；袖里乾坤，别有洞天；道儒僧将，俊采星驰。

莫道书生空议论

上述五岔路口中有一条通往茅蓬坞的下行山道。沿着这条起起伏伏的山路可以一直绕到山南的孙武文化园。

茅蓬坞里也有很多古寺，但均未得到修复。这里只打造了两处名人遗迹：孙武写书处和朱买臣读书处。这两位读书人都是不做空谈、学以致用的典范，一个帮助吴王阖闾称霸，一个帮助汉武帝平叛，军功赫赫，各有传奇。如今都"定居"在茅蓬坞里成为近邻，让人一次看个够。

孙武本是齐国贵族，因齐国内乱而南下吴国谋生。经伍子胥七次举荐，终于得到吴王阖闾的"面试机会"。在等待录用、蛰居山林的无聊时光里，他将自己的战略思想及方法论总结整理，写成了兵法十三篇。于是当有机会与吴王阖闾侃侃而谈时，孙武不仅发表了惊世骇俗的独立见解，还将自己的原创兵法交给阖闾做进一步交流。阖闾读后惊为天人，拜其为大将。事实证明孙武绝不是纸上谈兵的赵括，在他的指挥下，吴军以少胜多一举攻克楚国郢都，奠定了吴国的霸业，也实现了伍子胥的复仇计划。

孙武究竟在苏州哪里写了兵法？其实无关紧要，也很难考证。就像吃了优质鸡蛋，管它鸡窝搭在了哪里。本来苏州西部的山野地头皆有可能，但在2002年左右，居然有十四个国家和地区的一百七十一位专家学者经研究一致确认，孙武就是隐居在穹窿山的茅蓬坞，并在此地写成了《孙子兵法》。于是穹窿山率先打出了孙武文化牌，大张旗鼓地打造了一座规模惊人的孙武文化园，除山上的孙武苑之外，还有山下的孙子兵法博物馆、少儿拓展基地、民宿、餐饮等各种娱乐休闲项目。在犹如巨人国国门的景区大门上方，赫然写着"天下第一智慧山"几个超级大字。当然也可能是先有了这种商业运作的设想，再组织研究出了相应的学术成果，所谓"学以致用"。

沿着山道走到竹林深处，可以看到一道低矮的土石围墙和一扇简易的院门，这就是孙武苑。深藏在茅蓬坞里的孙武隐居处修造得相当逼真。茅庐、竹篱都有上古风范，不是常见的明清院落，也十分贴合孙武临时借宿蛰伏的情境。门前的立石上刻了"孙武子隐居地"几个大字，落款是"苏州市孙武子研究会"。印象中，先秦诸子似乎除了韩非子和公孙龙子，鲜有连名带姓再加"子"的称呼方式，《孙子兵法》也不叫《孙武子兵法》。不写"孙子隐居地"，难道是怕有愣头追问"爷爷隐居地"在哪里？

院落里面建造了一间L形的低矮茅屋，被称为"孙武草堂"。室内光线昏暗，偏房里头还存放了锄头、铁锹等农具，很像一间农家寒舍。正房内的陈设也十分简陋，一侧放置了一张卧榻，另一侧放置了一张案几。案几上有一堆摊开的竹简和一副笔墨，仿佛孙武已在此伏案书写了很久，刚刚搁笔行山，云深不知处，不巧与访客失之交臂。

走出孙武草堂继续登山，可以看到一座带有三面碑廊的庭院。碑廊里陈列着沈鹏等当代书法家的题词碑，以及《孙子兵法》的英文和日文译文碑。在庭院中央放置了一块毛主席语录石刻"知己知彼百战百胜"，出处正是《孙子兵法》中的"知己知彼，百战不殆"。语录后面是一座巨型石屏风，上面嵌有

《孙子兵法十三篇碑》石刻，由苏州书法家程可达完整誊抄。碑石不同于传统碑刻石料，采用福建特产的黑色花岗岩，抛光加工，如镜可鉴。在碑廊旁边的一个院落里有一座略小的石屏风，上刻《孙武圣迹图》，用十六幅石刻图案讲述孙武的一生。画面黑底白线，好像是以前校园里的公共黑板报。此图的命名方式大概借鉴了清代长卷《孔子圣迹图》，孔子是举世公认的圣人，把他的履历称为"圣迹"并不算太夸张。孙武虽然也被誉为"兵圣"，但毕竟只是对专业技能的恭维，就像诗圣、画圣、书圣、医圣等名号一样，并不是真正封为了圣人；所以称孙武的生平事迹为"圣迹"有点不伦不类。

再往上行就是"兵圣堂"。一尊真人大小、形神俱佳的孙武铜像坐落于中庭的基座之上。孙武端坐案前，一手捋须，一手执笔，凝神静思，犹如中国版的《思考者》雕塑。在孙武草堂里寻隐者而不遇，没想到原来他搬到了"林下书院"继续笔耕。

铜像后面是一座用黄石垒造的高台，上有一间大木屋，也颇有先秦遗韵。这间"兵圣堂"可算是一座小型博物馆，里面陈列了一些春秋时期吴国的青铜剑、青铜戈等文物。在外墙上布置有一圈造型各异的石刻，上刻许多"孙子名言"。最为夸张的是这些石刻的语录都是"中英法俄阿西文"对照，这也是由"苏州市孙武子研究会"设立。联想到此

孙武雕像

西南诸峰 别样苏州

协会曾经云集了十四个国家和地区的专家学者讨论过孙武隐居地的问题，对只言片语的孙子名言搞出六种对照文字岂不是小菜一碟？

朱买臣读书台

整个孙武苑从孙武草堂开始到兵圣堂为止，虽是"无中生有"，但也内容丰富。再往上行就到了"邻居"朱买臣家里。朱买臣读书虽然与孙武无关，但他在此地出名更早，与本地的渊源更深，同时"朱买臣读书台"以及他的故事都有极高的知名度，所以景区不可忽视，一并添造亭台，成了一处重要景点。从孙武苑走上来，有"浮翠三叠"轩、墨池、啸亭……石径曲折，亭轩雅致，仿佛是一处由来已久的山林古迹。

所谓朱买臣读书台，并不是姑苏台那样的楼台，也不是什么风雅的桌台，而是一块天然的大磐石。外形和尺寸倒与无锡惠山的"听松石床"有几分相似，但表面却比它粗粝得多，大概少有人光临，缺少长年累月的游人抚触。其实从山脚下一路走来，路旁可以看到很多类似的磐石，只不过这一块更大更平。更重要的是在磐石的顶面刻有明代苏州名士都穆所题的"汉会稽太守朱公读书之处"，在其正面还刻了"朱买臣读书台"的字样；旁边还有一块1986年所立的吴县文保单位碑。

在这块大石头旁边修建了一座朱公祠，祠堂门口悬挂一副楹联：

幽鸟喜棲清寂地

野花飞上读书台

十分传神地表现出此地的清幽寂静和朱买臣出头之前的孤独与志气。

朱买臣和孙武不同，并不是什么世袭贵族，只是穷窿山里的普通樵夫。但他喜欢读书，常常挑着柴担边走边读，给后世留下一个"负薪读书"的典故。樵夫喜欢读书是件很反常的事情，就像现在那位喜欢阅读海德格尔并翻译其哲学作品的民工陈直，完全可以当新闻来报道。因为穷困潦倒还不务正业，所以常常遭到糟糠之妻的数落甚至辱骂。他家的"河东狮"甚至还多次阻止他在负薪途中唱歌。匹夫不可夺志，当然更不可抗妻，于是他想出一个两全之计，藏书于山中大石之下，只在外出砍柴时才偷偷拿出来读。到了明代，山下建了一座祭祀朱买臣的"藏书庙"，这片地区因此得名"藏书镇"。三观不合又屡教不改，他的妻子忍无可忍主动提出离婚。朱买臣还想挽留，连哄带骗地说：我五十岁应当富贵，现在已经四十岁了，你的苦日子已过得很久了，等我富贵了再报答你。没想到他妻子更加愤怒，说如果要等你发达，我只能饿死在沟里。朱买臣无奈只好任她离去。真是贫贱夫妻百事哀，连歌声和幽默都调不出一丝亮色。

西汉时期尚无科举制度，朱买臣肯定不是为了应试八股而读书。西汉时期也没有发明纸张，他所读的书一定还是一卷卷沉重的竹简。一位山村野夫从哪里弄来既贵又重的书？他读的又是什

西南诸峰 别样苏州

么书？《汉书》里并未记载，简直是不可思议的事情。忍不住牵强附会地胡思乱想：他在此山意外发现了孙武所藏的十三篇兵法，欣然阅读，深有感触，增长了见识。

后来在友人的举荐之下，朱买臣得到了汉武帝的赏识。他运筹帷幄，控制并剿灭了东越王馀善的叛乱，当上了会稽太守、主爵都尉等高官，走上了人生的巅峰。

西汉时期会稽郡治设在苏州，当他荣归故里时，见到了前妻。他不计前嫌，还豁达地给她和现任丈夫好吃好住。不过蹊跷的是前妻在他安排的寓所里住了一个月就自缢身亡了，可能是羞愧懊恼导致了严重的抑郁症。这段咸鱼翻身的历史传奇记载于正史《汉书》之中，所以知名度很高。民间故事和改编戏剧里进一步添油加醋：前妻主动赶来见面，企图重归于好，朱买臣就在马前泼水，问她能否把泼出去的水再收回来。前妻当然知道这是覆水难收的意思，落个自讨没趣，一时想不开就上吊自杀了。李白也化用了这个典故写下了经典名句：

会稽愚妇轻买臣，余亦辞家西入秦。
仰天大笑出门去，我辈岂是蓬蒿人。

寥寥数语就勾勒出了读书人的豪迈与自信，哪怕是被扫地出门。

孙武和朱买臣都是读书人，孙武颇有贵族风范，能文能武，思想独立，胆识过人。草根朱买臣虽然气场要减弱许多，但读书的快乐他一定更能体会，因此他能在困苦不堪的生活环境中放声高歌而不改其乐。此外通过读书就能彻底改变自己的社会地位，这是前朝庶民所无法想象的事情。孙武和朱买臣又都不是后世那种功利而孱弱的读书人，不像那些只知应试的呆头书生一样一心只读圣贤书，把所有的才华和精力都内耗在了科举选拔之中。他们的阅读人生是如此彪悍而自由，恰如千年以后英国哲人培根所言：知识就是力量。莫说百无一用是书生，时代在变，读书人的内涵也在变化，螺旋发展到起点的上方也未可知。

当伍子胥被吴王夫差下令处死之后，孙武心灰意冷，重返山林修订兵法。而朱买臣晚年卷入了扳倒酷吏张汤的政治斗争，落得两败俱伤，被汉武帝追责问斩，再没有机会来此地隐居读书。吴伟业在《过朱买臣墓》中写道："行年五十功名晚，何似空山长负薪。"不经意的一笔，却为这片人迹罕至的崎岖山岭注入了几分自由的灵魂。

青山有幸得根源

穹窿山的登山步道也叫乾隆御道，因为乾隆也在此爬过山。山道两旁留有很多近现代的摩崖石刻，虽然历史并不悠久，但是伴着山涧溪流，也有几分花山鸟道的味道。在品泉旁边的石坡上，题刻有一首苏州当代书法家潘振元篆书的绝句"雨附天风瘦客衣……"，小字题记里面写道："……由小函谷登山寻凤眼泉……"所谓"凤眼泉"是双膝泉附近石坡上的一个窟窿眼，像被登山杖不小心戳出来的，却常年水盈不竭，被题刻了"凤眼泉"三个大字。而所谓的"小函谷"则是山脚溪涧里的另一处石刻，配有小字题记：

廿六年三月李烈钧　程潜　李根源来游　烈钧题此字　根源书之

今人题刻　　　　　　凤眼泉　　　　　　　　小函谷

　　可见这是1937年春李根源和李烈钧、程潜一起来这里游玩时所留下的，由李烈钧命名，李根源书写。之所以叫"小函谷"，大概是因为这里是道教福地，命名者又姓李，所以想到了老子出关的典故。李烈钧、程潜这些民国军政大佬，既不是苏州人，也未在苏州定居工作过，没想到也在苏州山林里雁过留声。

　　穹窿山里还有很多近代政坛名流的题刻，比如在宁邦寺附近的玩月台里有于右任的"韩蕲王玩月台"、章炳麟的"彼岸"、李根源的"菩提石"等十方题刻。而中国近代名流的题刻之所以会集中出现在苏州这片并不出名的山林里，很大程度上是因为一个人的功劳——定居在穹窿山十年的李根源。他不仅本人在苏州山林里留下了数量最多的题刻，还用摩崖石刻定格了大量同时代名流的绿野萍踪。

　　李根源现存于苏州山岭的摩崖石刻仍有一百余处，近几年还被拓印汇编成《印泉遗风》出版发行。而李根源最集中的摩崖题刻就保留在穹窿山的"小隆中"里。

小隆中是穹窿山四块主题风景区里最为冷门的一个。隔壁是万鸟园，这里门可罗雀。景区入口被修成和狮子林类似的园林大宅门，因为这里曾是李根源的私人别墅。但与城中的私家园林不同，里面圈入了穹窿山的一座支脉——高五十多米、占地一万多平方米的小王山。

门口还有一座石牌坊，上题一副对联：

文传百代
名赫千年

不明就里的人乍一看会觉得牛皮过响、脸皮过厚，难道是纪念李白、杜甫、曹雪芹吗？但若充分了解了李根源的生平功绩，就会明白这是指他题刻的文字，而不是撰写的文章。正如科幻小说《三体》所说，对于档案记录，电子存储不如笔墨留痕长久，笔墨留痕不如刻入石头长久，最原始的记录方式反而保存得最为长久。所以李根源用大量的石刻为苏州山林留下的丰富文史档案，可以流传百代千年。

步入门庭，映入眼帘的是一尊李根源的石像，人物造型双目炯炯，长须飘飘，身着长衫，手执拐杖。这个造型脱胎于徐悲鸿所绘的李根源肖像《国殇中执绋者》，不过两相对比，还是原画更能体现人物的神韵和风度。

李根源，云南腾冲人，生于晚清，早年加入同盟会组织革命活动，留学日本，归国后职掌过云南讲武堂。民国时期历任陕西省省长、农商总长、代总理等政府要职。因抗议曹锟贿选而辞去

西南诗峰　别样苏州

公职，退隐苏州小王山十年之久。直到全面抗战爆发才重返沙场，创立"老子军"保家卫国。1965年，病逝于北京，遵其遗嘱归葬此山。

小王山本是李根源为先母阙太夫人选址买下的坟地，被称为"阙茔"。他在此建了"阙茔村舍"庐墓守孝，并在此山悉心经营，增建了"曲石别业"。他在《吴郡西山访古记》中写道："余于壬戌春，初在此买山二十余亩。去腊，种梅五百株，桃、李、柿、杏、枇杷之属三百余株，拟于湖滨筑曲石别业居焉。"

他不仅遍植花木，修建万松亭、听松亭、湖山堂、小隆中等景观建筑，还长期雇用两名本地石匠，将自己和到访名流的题词墨宝一一刻于这座荒山的岩石之上。

同样是因为不满政治腐败而退隐苏州荒山，又同样是在荒山守孝而大发雅兴建造别业，李根源简直是寒山岭上的赵宧光转世再现。

当然，行伍出身的李根源，其审美和才情都比不上诗书传家的赵宧光。李根源的《吴郡西山访古记》行文枯燥，只能当作翔实客观的文献资料来查阅，而不能像《寒山志》那样当作性灵散文来品读。他的山林别墅"曲石别业"，也没有"寒山别业"那样精妙的景观设计，虽然到访的文化名流甚多，但鲜有人撰文称道，也始终没有像无锡的梅园、蠡园、横云山庄等民国别墅那样成为著名景点。

李根源当然也不是附庸风雅的暴发户，他的特长与优势是赵宧光那样的古代隐士所难以匹敌的。首先，作为两度留学日本的"海归"，他的科学研究素养是赵宧光所没有的。李根源对于苏州山林中文物古迹，不仅研读古籍，更注重实地勘察。他雇用小船，冒着被湖匪劫持的危险，在1926年至1929年间先后三次集中考察，走遍吴中山水。尤其是对于散布其中的名人墓葬，如吴梅村、董其昌等名士墓的确切位置逐一踏访并详细记录。这是那些只在故纸堆里钩沉考据的传统读书人最缺乏的能力。其次，作为民国政要，他的社交圈也比赵宦光广泛得多，不再囿于吴门雅士，而是遍及全国。因此在苏州山林里不仅会看到很多滇籍人物，如孙光庭、李根沄、李芷谷等人的题刻；还会看到闻名全国的政坛和文坛名人，如于右任、黎元洪、谭延闿、沈钧儒、章士钊、李烈钧、吴昌硕、张大千等人的字迹。在小王山里甚至还曾有两处英文题字，是苏州博习医院院长、美国医生苏迈尔所写。"The more we do for others, the more of life we possess"，可译成：为他人付出愈多，则自己的生命愈丰盈。寥寥数语颇显名医的境界。这些题刻大都是民国名流前来吊唁阙太夫人时，应李根源的邀约而题写的。最后，李根源资金雄厚，长袖善舞，所以也有很多大手笔的操作，譬如在山中植树造林，修筑道路，兴办小学、成人夜校、农村改进会。如果说赵宦光是白梅数点，那么李根源就是白雪无垠。雪虽输梅一段香，却胜寒梅一片白。

李根源不仅给苏州山林中的古代石刻、石碑做了档案管理，也给自己小王山的石刻留好了档案记录，集刊于《松海》一书。从中可知此地共有二百四十余人的石刻作品五百五十余方。虽然很多已毁于开山采石，但仍存石刻一百零六方。

"松海"本身就是于右任在此留下的一幅题刻，现在依然可以寻见。这座石多土薄的"穷山"，除了被李根源当成了石刻艺术馆，也被他因地制宜地种植了松树林，号称十万棵之多，遂有

西南诸峰　别样苏州

松海之名。不过这些松树先被侵华日寇砍去大半，又在混乱的年代里被村民陆续盗伐殆尽。现在只能看得到满山野生的竹子和槲树，纤细杂乱，见不到什么松海。

松海　　　　　　　阙荦担　　　　　　珊瑚秘灵

松海石刻群里还重建了一批景观建筑，如万松亭、湖山堂等。湖山堂前悬挂着"湖山堂"的题匾和一副楹联：

　　　　　行不得　反求诸己
　　　　　躬自厚　薄责于人

这真是包括李根源在内的苏州历代隐士高人的灵魂写照。

"湖山堂"的字迹也是由于右任所书，相应的石刻在山顶一块岩石的底部。石刻上方的石缝里还冒出了一棵野生的冬青，此树在冬季青叶不凋而红果满树。

海拔五十多米的小王山上是看不到太湖的，所谓的"湖山堂"有点名不副实。毗邻小王山倒有一个小湖，如今被圈入了万鸟园，用于放养鹈鹕、仙鹤等水鸟涉禽。最能体会湖山真意的地方是附近的"池上亭"。在此不仅能看到山下的水禽湖，还能看到对面高大的穹窿山。小亭子上也有一副精彩的对联：

秋水盈波眼
春山浅画眉

春山如眉黛，秋水似明眸，耳熟能详的拟人描写与山水实景一结合，再加上"盈"和"浅"一对反义词的对仗，堪称妙绝。之所以叫池上亭，是因为这里原有李根源从岳崎山引来的山涧所汇聚成的"灵池"。现在连岳崎山的石头都被挖光了，灵池当然也成了无源之水，消失不见了。

小隆中现存的石刻除了松海石刻，还有琴台石刻和阙茔石刻两大区域。琴台山是小王山的别名，琴台石刻里有各位到访名流的即兴发挥：赵瑞礼的"礼义廉耻"，谭延闿的"珊瑚秘灵"，谭泽闿的"眠龙"，黎元洪的"克绰永福"，李准的"真如"……主题驳杂，字体各异。而且这座小山没有那么多的崖壁，很多作品就直接刻在地面上，堪比好莱坞的星光大道。

所谓"阙茔石刻"，主要集中在阙太夫人墓周边，因此多有悼词。譬如章炳麟的"阙茔挹"，于右任的"与穹窿不朽"，宋联奎的"滂母贤山不骞，宅斯土千万年"等。而李根源夫妇的合葬墓也在这片区域。李根源最终选择了苏州小王山这片他最热爱的土地长眠，而苏州的座座青山又是多么幸运能够得到李根源这样一位"山神"护佑。

西南诗崎 别样苏州

宁邦寺旁边的玩月亭上刻有一副楹联：

摩挲碑碣读岁月

俯仰江山问青天

楹联十分传神地道出了在穹窿山里探索游玩的乐趣。无论是上真观的古碑群，还是宁邦寺的残碑，还是朱买臣读书台的题刻，还是小王山里数不清的民国名流留刻，乃至今日苏州文化人的新刻，都是这座大山的岁月记忆，俯仰之间，已为陈迹。而那些刻下的只言片语不仅是考察的证据，更勾出了无穷的疑问，把酒问青天，天公听而不语。

我们的祖先自从有了思想意识就开始用石刻符号表达信息，贺兰山岩画、泰山刻石、西安碑林、云居寺石经……从古代一直流传到今天。虽然摩崖石刻是最为牢固的信息记录方式，但也经不起"磨崖失刻"的人为破坏。好在有李根源这样的痴心人，不断为山林追溯根源又记录实况，于是消失的旧迹也能长留于想象之间，甚至重现于未来。

欲把石湖比西湖：
当石湖遇到了上方山

上有天堂，下有苏杭，苏杭并称已成为共识。杭州的文史精华集中在西湖一脉，而苏州的文史精华则散布于古城的四方。苏州自古不缺水，却从不以湖著称，完全没有一片可以比肩西湖的历史名湖。不过仅就景观而言，却有一处酷似的山水——湖中也

石湖与上方山

有长堤，湖西也是连绵不绝的青山，甚至连临湖的山顶那座瘦削的古塔也是无独有偶，那里就是石湖。

最靠近石湖的那座山叫上方山，山顶的古塔是楞伽塔，因此上方山也叫楞伽山。有了上方山以及山外青山的陪衬，石湖就比任何一片碰巧重名或故意附庸的"西湖"更像杭州西湖。

山水相依画中游

西湖不仅胜在山水如画，更胜在人文荟萃。山水可以偶合，风雅却难以集聚，西湖的历代人文积淀，石湖当然也是比不过的。

不过石湖也有自己的文化传奇，就单项而言，丝毫不逊于西湖历史上任何一桩风雅旧事，这就是范成大在石湖的十年隐居。范成大是南宋四大诗人之一，和北宋的苏州同乡范仲淹一样戎马一生、四海漂泊，而且加官晋爵也做到了参知政事的高位。暮年返乡隐居在了"石湖别墅"，自号"石湖居士"，在此写下《四时田园杂兴》六十首，生动描绘了四季之中一幅幅农人生活劳作的图景。这组脍炙人口的诗歌，既有陶渊明的闲适心境，又有李绅的悯农情怀，成为田园诗里的又一座高峰。若没有长期在石湖村居的体验和观察，光靠自己的想象力与田园诗的套路，是无法连续创作出如此大量的优质诗作的。

上方山脚下有一座紧靠石湖的小山头——茶磨屿，因为三面临湖，就像一座岛屿，因此被称为"屿"而不叫山。茶磨屿的石壁上重新摹刻了宋孝宗钦赐范成大的"石湖"两个大字，两字之间还有一方御玺印图，上有"皇帝御书"四字篆书。临近石湖处，有一座建于明代正德年间的范文穆公祠。此祠尚余两进，主厅"寿栎堂"之名是南宋的当朝太子赵惇（后来的宋光宗）亲赐范成大的。在寿栎堂的墙壁上嵌有明代乡贤卢雍摹刻的范成大手迹《四时田园杂兴》石碑数方。

"寿栎堂"堂内有一副楹联：

万里记吴船　蜀水巴山经过处
千秋崇庙祀　行春串月感怀时

上联说的是范成大曾经不远万里，坐吴船远赴四川西部驻守边陲。下联则说他魂回故里，让前来祭拜的后人感怀景仰。所谓"行春串月"点明了祠堂的位置，借附近著名的行春桥指代苏州这座范成大的祠堂。

行春桥与越城桥

　　行春桥是一座九孔长桥，号称有"串月"的奇观。传说每年农历八月十八，月亮初起，每个桥洞下都会出现一个月影，形成所谓的"石湖串月"。这个景观其实并没有什么人见过，九个桥洞毕竟不是九口水缸，难以清晰地分别倒影。如有可能，五十三孔的宝带桥下应该有更多的月影，为何从来没有"宝带串月"的说法？如今石湖景区会在中秋期间从北岸用聚光灯的高光照亮桥洞，使得九个桥洞里出现九个人造月亮，既制造了夜游美景，又圆了千古奇谭，可谓一举两得。只是一下子多冒出来九个月亮，不怕后羿张弓搭箭吗？

　　旧时的苏州，每到农历八月十八都会有行春桥下看穿月的习俗。届时众人倾城而出，石湖上游船如织，船上莺歌燕舞，很多人纵情酒色通宵达旦。所谓的"石湖串月"之所以被人津津乐道，大概是人们借机拖延节日再造一个享乐机会。落拓不羁的沈复一语道破天机："盖吾苏八月十八日石湖行春桥下有看串月胜会，游船排挤，彻夜笙歌，名虽看月，实则挟妓哄饮而已。"他对于这种借"串月"之名做"行春"之事的低级趣味十分反感，完全不能融入老百姓"喜闻乐见"的娱乐生活中去。说到底沈三白的叛逆只是贾宝玉式的乖张，骨子里还是有操守的高士。

　　不过正对着范公祠的行春桥是无辜的，它只是一座古桥而已，就算不靠"串月"杂耍也能一样出名。因为居于山水之间，位置独好，造型优美，所以在明清古画中多有描绘：唐寅的《行春桥图》，文徵明的《石湖图》《石湖三绝图》，文嘉的《石湖秋色图》，陆治的《石湖图卷》，张滔的《石湖图》，以及清代徐扬的《盛世滋生图》里都有此桥的倩影。上方山因为横看成岭侧成峰而被画得千差万别，根本无法辨识。但是这些山水画里那座长堤一般的多孔桥却基本一致，且与现状高度吻合，让人确信所画的是石湖实景而不是罗刹海市。反过来说，如今漫步在行春桥上是真正的"人在画中游"。

行春桥虽然远远望去像盆景摆件一样铺在山水之间，风雅至极，但是走上去一看，不禁大跌眼镜——桥面居然全是用水泥铺设的，水泥栏杆上的石狮子也都是一模一样批量生产出来的，简直像一座粗制滥造的现代水泥桥，完全没有古桥的质感和韵味。这是因为此桥在1956年还被拓宽改造成了公路桥，长期供汽车来往通行。"服役"半个世纪后成了危桥，直到2005年才被纳入景区禁止车辆通行。之所以还能被认定为省级文物保护单位，主要是那些不易观察的桥梁、桥墩仍然保留了很多宋代的武康石料。这座行春桥只是整容失败，并没有脱胎换骨，也不是转世投胎。

连着行春桥的越城桥是一座单拱石桥。这座古桥虽然没有行春桥出名，只是市级文物保护单位，却更显古朴，容易让人误以为是行春桥。行春桥和越城桥一长一短，一低一高，一个畅行无碍一个石阶起伏，进一步丰富了石湖的画面层次感。桥埃有一块新补的条石，上面居然还有三字石刻楷书"碧草半"，大概是某座古亭的残柱，被废物利用修补路面。据网友考证原联如下：

碧草半湖青山一面
波光万顷月色千秋

对联固然很工整也很应景，但是知道了答案，反而觉得"碧草半"这三字更有一种言说不尽的美感。若把这三字打头，来一场石湖联句，大概也很有趣：碧草半连天，长桥接短桥……

越城桥上的"碧草半"铺地　　　　新郭老街

　　越城桥旁边是新修的"新郭老街"，似乎总是柴扉紧锁，不断地施工改造。隔着栅栏可以看到一块告示牌："吴越遗址保护区禁止翻越。""新郭"与"老街"两个反义词联用到一起，有点莫名其妙。所谓"新郭"其实是指隋朝所建的新城，"郭"是外城的意思，而不是郭姓的村庄。隋开皇十一年（591年）越国公杨素出于战略防守的考虑，将苏州城整体迁到了石湖地区。上方山的治平寺里还有一口"杨公井"，正是杨素在此建城时开凿的。如果当年定址不动，那石湖没准和西湖一样人文荟萃了。可惜这个移民计划和隋朝一样短命，仅仅过了三十三年，到了唐武德七年（624年），州、县的治所又迁回了阊闾古城。所以石湖长久以来都是郊野，才会出现范成大的"三农"主题诗歌。

　　"新郭老街"的历史并不只限于隋代，再往上追溯，这里还有勾践灭吴的屯兵之城。1956年，发掘出十八万平方米的春秋土城遗址，有夯筑的土墙，被列为省级文物保护单位。所以这里会有"吴越遗址保护区"的告示牌，以及门口东周风格的瞭望塔。紧邻遗址的石桥叫"越城桥"，桥下的河道叫"越来溪"，这些古地名都不是虚指。当年越国的战船从太湖浩浩荡荡地开进石湖，在此建立越城基地后，又沿越来溪北上打下了吴都。越来而吴亡，一段古老的悲曲。这里曾有一副怀古的对联，有一点沧桑却不失豪迈：

> 霸业久销沉　犹见三江环故国
> 通津几开浚　依然一舸枕寒流

颇具刘禹锡金陵怀古的味道，适合题刻在新郭老街的大门入口。

"新郭老街"的历史还可以继续往上追溯到新石器时代，在"吴越古城"的夯土下面还发现了新石器时代的文明碎片。内容太丰富，层叠又太多，简直不知如何下手。2015年，开发商修造了这片明清风格的仿古老街，不得不时开时关，间歇性地考古挖掘一段时间。从某种意义上说，土地才是"日日新，又日新"，接纳任何的新变化，也吞噬一切的老皇历，"粪土当年万户侯"，"宫阙万间都做了土"。

沿湖畔再往里走是一片新修的湖景园林，假山亭台，小堤小桥，佳木繁荫，最引人注目的是一座叫"农圃堂"的四面厅。"农圃堂"本是范成大"石湖别墅"里的第一座建筑，早已无存。与范成大同时代的周必大曾经亲游此地，在《吴郡诸山录》中写道"别业农圃堂，对楞伽山，临石湖"，所谓的楞伽山就是上方山。参考了古籍中的记载，农圃堂专门重建在紧临石湖又正对上方山的地方，也算是用心良苦。而厅内横匾"农圃堂"三个大字更是讲究，专门从范成大祠堂中的《四时田园杂兴》碑文中集字放大而成。这些诗碑摹刻了范成大的手稿，因此也算是范公的亲笔字迹。

厅前还修造了一座临湖的平台，水中种满了荷花，简直是拙政园里"远香堂"的异地重现。更有趣的是这座新建的厅堂竟然也是一件文物，它本来位于苏州城内西百花巷的潘曾玮故居里，是一座晚清的古建。经过两次迁移，最后落户石湖之滨，化身为"农圃堂"。

另一处根据文献记载而臆想新添的建筑叫"天镜阁"。苏州清代地方文献专著《百城烟水》介绍石湖别墅的景观建筑时提到

天镜阁

"以天镜阁为第一"。清代嘉庆初年曾把乾隆时期的一座湖心亭改建更名成"天镜阁"，现已不存。如今新修的"天镜阁"不是一座湖心亭，甚至也不是一座湖心阁，而是一座湖心洲。

这座湖心洲是一片非常规则的长方形人造小洲，一座攒尖顶的三层楼阁位于小洲的最远端，那就是"天镜阁"。小洲的最近端则是小院入口的门厅，四周用游廊和水榭封闭包围，整体就像一座水上四合院。但四合院的中间并不是天井，而是一块长方形的迷你小湖，大概这样既可以节省填土的用量，又可以带来湖中套湖的奇特效果。这座安插在石湖里的小洲完全没有陆路可以通行，只能依靠摆渡才能登临。如今此洲被用作饭庄，需要提前预约，让老板店家提前备菜并驾船来接，方能吃上一口饭菜。如此神秘而麻烦的开放景点，难免让人浮想联翩。网络上关于"天镜阁"最多的讹传是说这里为"姑苏慕容复"隐居地"燕子坞"的原型。见多识广的金庸一定知道缥缈峰是太湖西山的最高峰，却未必知道天镜阁竟是石湖中的四合院。

天镜阁遗址并不在水中，但确实离此地不远，一般认为就是民国别墅"渔庄"所在的位置。"庄主"余觉的女儿余洁曾为这新建的家园作赋一篇，序言中提道："吾家新迁石湖渔家村，就宋参政范成大'天镜阁'故址建一别墅……"

此赋意象丰富，佳句迭出，其中两句最妙：

且住为佳，红豆最怜南国；此间可乐，石湖也似西湖。

前一句糅合了《寒食帖》的"且住为佳"与王维的《相思》，称颂石湖是温柔多情的宜居之地。后一句化用《兰亭集

渔庄入口

序》的"信可乐也"表达石湖与西湖在山水文人方面的相似趣致。特别是"红豆最怜"不禁让人浮想起一段剪不断、理还乱的复杂情愫。

　　余觉本名余兆熊，是一位晚清的苏州举人，琴棋书画、吹拉弹唱样样精通。但如果没有他的妻子，他也将和苏州大多数斯文而有才的读书人一样淹没于历史的洪流。他的夫人就是被俞樾誉为"针神"的苏州绣娘沈寿。苏州其实更不乏绣娘，沈寿之所以如此出名，不仅因为手艺精湛，得过慈禧的表彰和万国博览会大奖，更因为她有一本传世的刺绣理论著作《雪宧绣谱》，使她成了殿堂级的艺术家。而作为一个文化水平有限的旧式女子，她能够有这样高超的成就，离不开一位贵人的襄助，这就是更为有名的状元实业家张謇。

张謇十分欣赏沈寿的才华，专聘沈寿做南通女子师范女红传习所所长。虽然张謇年长沈寿二十四岁，但彼此并没有代沟，堪称知己。当时社会风俗仍是男尊女卑，而且两人的社会地位也非常悬殊，但却始终能够保持平等互赏。张謇不仅教沈寿读诗写诗，还亲自帮沈寿笔录她口述的刺绣理论，取名《雪宧绣谱》，"雪宧"是沈寿的号。就是在这样天长日久的真心交往中，两人暗生情愫。张謇曾多次赠诗给沈寿，据说沈寿也曾用自己脱落的长发绣出张謇手书的"谦亭"二字相赠。

真情和咳嗽一样是忍不住的，两位心心相印又惺惺相惜的知己总是在隐晦地表达些什么。只是恨不相逢未婚时，他们发乎情，止乎礼，始终没有突破道德的底线。但余觉忍受不了妻子与其他男人的暧昧关系，不仅对沈寿大发雷霆，还登报公然指责张謇破坏他的家庭，一时举世哗然。随之而来的飞短流长可能让沈寿背负了过大的精神压力，导致她红颜薄命。1921年，年仅四十八岁的沈寿病逝于南通，让张謇老泪纵横。张謇遵照沈寿遗嘱，在南通狼山脚下择一处佳地安葬了沈寿。余觉阻拦无果，愤然离去。

回到苏州的余觉，完全无法从这种恩怨情仇中摆脱出来，一度跑到苏州东山的寺庙出家。十几年以后，余觉终于释怀。1933年，他在天镜阁遗址这片风景绝佳的土地上给自己建了一个安乐窝，取名"觉庵"。北屋之中专设了沈寿的享堂，南房的正厅取名"福寿堂"，以此纪念他深爱的亡妻。慈禧太后曾亲笔题写"福""寿"两个大字赐给他们夫妇，余兆熊因此更名为"余福"，沈云芝则改叫"沈寿"，这是二人最为和谐的共荣时光。谁料沈寿不寿，余福无福。无缘得福，只求觉悟，余兆熊晚年再次改名为"余觉"。

　　觉庵院落过道的上方有几处余觉手书的题额："无尘""有情""无言""成趣"，文字内容迥异于一般苏州园林里的题名风格。本来无一物，何处染尘埃？余觉放下了道德洁癖，归来依然有情有趣，只是不再多说一句是非对错。他专注地观察门外的青山白水、鱼鸟月天，于是在室内的门扉上可以读到这样两副纤尘不染的对联。

卷帘惟白水
隐几亦青山

水清鱼读月
山静鸟谈天

渔庄主厅

简简单单的文字，充满了诗情，又充满了禅意，是一个人静静发呆时的感觉，让无意中读到的游人莫名感动，交口称赞。

书房对联

推门出去是一方后院，格局最为奇绝，两面临水，除了和邻家共用的一堵隔墙之外不设任何屏蔽，仿佛是个渔村码头。坐在这里可以一眼望穿近水远山，当然也会被湖畔来往的行人一眼看透。这个院子是渔庄里面最后到达的终点，却是渔庄外面最先可以看到的地方，简直是个"克莱因瓶"一般的四维空间。庭园的布置极其简单，没有假山，没有游廊，只在中央建了一座"渔亭"，苔痕上阶绿，山色入亭青。"渔亭"仿佛就是入定的余觉，孤独地静观这浮世的悲欢离合。

南宋绍熙二年（1191年），当这里还是叫"石湖别墅"的时候，有一个叫姜夔的浪荡中年人冒雪前来石湖，拜访退隐江湖的前辈泰斗范成大。两人也是相差了二十几岁的年纪，也是彼此欣赏，相谈甚欢，成了忘年知己。范成大喜欢梅花，在石湖别墅建有梅圃。姜夔在范成大的梅圃里闲游多日，作了两首咏梅的新词《暗香》《疏影》，深得范成大的赞赏。范成大遂让家中的歌女演唱，歌女小红特别喜欢这两首词，唱得格外动情。

姜夔在此逗留玩耍了一个多月，大有乐不思蜀的样子，却偏偏在除夕之夜提出告辞，要连夜返回湖州，不陪范老爷子把年过完。这样不合情理的任性之举，大概只有知己范成大能够理解包容，两人之间并没有因此产生不愉快。心情不错的姜夔写下一首《除夜自石湖归苕溪》：

> 细草穿沙雪半销，吴宫烟冷水迢迢。
> 梅花竹里无人见，一夜吹香过石桥。

除夕之夜，大雪未消，告别知交，舟行湖上，寒水迢迢……此情此景，若换作他人来写，一定比《枫桥夜泊》更加凄凉。而此诗的字里行间却不见一丝愁影，反而全是陶醉与满足。能在湖上的船舱里闻到岸上梅圃里飘来的暗香，说明姜夔心情实在是好得很。

姜夔在中途路过吴江的垂虹桥时，写下了另一首著名的《过垂虹》，更直白地道出了自己心情很好的原因：

> 自作新词韵最娇，小红低唱我吹箫。
> 曲终过尽松陵路，回首烟波十四桥。

原来范成大临别之际不忘成人之美，将同样欣赏姜夔才情的小红赠予他做妾。姜夔既得泰斗提携，又得美人同归，难怪会如此按捺不住地窃喜。有了红颜知己做伴，辞别忘年知交也不会感到失落难舍了。

这段石湖佳话堪称皆大欢喜，略微平衡了觉庵主人的悲情遭遇。如诗如画的石湖山水既能激发灵感，又可抚慰伤痕，恩怨情仇都在此化作云淡风轻的一道风景，留与后人闲说。

石湖最似西湖，红豆最怜江南。

众生四汇礼上方

上方山顶的楞伽塔是一座建于北宋初年的砖塔，塔身很细，塔檐很小，远远望去就像西湖边上那座徒留塔身的纤细古塔——保俶塔。袁宏道比较了虎丘与上方山后认为："上方如披褐道士，丰神特秀。"恕我眼拙，苏州的山头除了狮子山造型特别一点外，其他的山形都是差不多的土丘，实在看不出是像"道士"还是像"冶女"。如果说主要看气质，这座楞伽塔倒有点像个骨瘦如柴的道士。此塔把此山扮出几分仙风道骨，也还说得过去。

现在的楞伽塔院曾叫上方寺，隶属于山下的治平寺，是一座佛寺。但楞伽塔院里面却有一间特殊的房屋，供奉了五尊没有牌位的神像，长相打扮都像是本土神仙而非外来菩萨，几间偏房里还供奉着旧式的大床，与周边的庙宇显得格格不入。这些塑像是不便明说的本山特色神灵——五通神，传说他们掌管阴间财富，生前都是奸淫掳掠的恶人，因此被视为淫祠邪神。《聊斋志异》的《五通》中也提及："南有五通，犹北之狐也。……至于江浙五通，民家有美妇，辄被淫占，父母兄弟，皆莫敢息，为害尤烈。"五通神的苏州主场就位于上方山，旧时苏州民间一直有到上方山"借阴债"的习俗。虽然五通神并不是五路财神，但普通老百姓要么是傻傻分不清楚，要么是将其视作另一条财路，总之五通神在苏州一直很有市场。新中国成立以前每年的农历八月十七，这里都会有热闹的庙会，欢庆五通神的生日。而到了次

行春桥上望上方山

日，山下的石湖又有"石湖串月"的集会。山外青山楼外楼，石湖盛会几时休。还好五通神过的是集体生日，否则就要有"中秋长假"了。

在清代和民国时期，本地衙门或政府多次明令禁止参拜五通神，例如苏州清代著名巡抚汤斌就下令捣毁五通淫祠。如今在上方山风景区内，对于五通神这个"特产"也没有任何说明介绍，只有知晓苏州民俗的人才会心知肚明，甚至来此专程求拜。在离楞伽塔不远的山头上修了一座金光灿灿的露天弥勒大佛，大佛一手托元宝，一手拿福袋，看起来比五通神掌握的资源更多，大概是想分走邪神的流量，镇压一下邪气。

不过细究五通神的来历，似乎也有值得同情的地方。五通神的民间信仰起源于明朝初年。据说朱元璋平定天下分封功臣，梦见曾经效命于张士诚的万千亡卒也来请求祀典。为了摆脱这些"孤魂野鬼"的纠缠，睡上好觉，他命令在苏州的街头巷口设立祠庙祭祀。每堂内设神像五尊，并不是五个有名有姓的士兵代表，而是以五人为伍，代表整个军队行伍，作为死于非命的无名士卒的集体祠庙。所以上方山里五位神像无牌无名，也是沿袭传统。战争中的败兵往往沦为乱匪，在被围追堵截又朝不保夕的绝望恐惧中，奸淫掳掠的扰民事情自然不会少做，所以会被民间视为恶神。

只是战争太残酷，众生皆悲苦，愿意主动作恶害人者毕竟是少数，如你我一般的普通人被时势所裹挟，被迫拿起武器相互厮杀。窃国者侯，亡国者寇，虽然他们只是一群牵线木偶，却要为战争承担所有的不利后果。在你死我活的血腥搏斗中，那么多扭曲的灵魂，那么多不幸的冤魂，特别是战败一方的亡灵，全都轻于鸿毛，被一层又一层的谎言所掩埋，谁又会去记住他们？《生活与命运》《西班牙旅行笔记》等现代文学作品更加深刻地反思了战争，更加悲悯地哀悼了所有的战争受难者。

从这个意义上来说，能有一间祠庙为一切死于非命的士兵超度，让幸存者放下仇恨、远离恐怖，是非常超前的现代文明理念。所以作为上方山"特产"的五通神庙还是应该保留，只是要改变它存在的意义。五通神不该被后人索要钱财，活人若连阴间的钱都要借，实在是鬼迷心窍。五通神反过来应该是被生者抚慰纪念的亡灵，幸存下来的人及其后代要哀悼一切死于非命的同胞，反思战争的残酷与罪恶。这样也更能体现佛门普度众生、大慈大悲的境界。不要饶恕罪恶，但要宽恕犯罪的人。

上方山上不仅汇集了有待普度的芸芸众生，更汇聚了各种各样的动植物生灵。上方山里地广人稀，风景宜人，又没有太多留存的古迹，所以近几年被陆续开发成了苏州市动物园和苏州市植物园。

在上方山植物园成立之前，苏州已有好几家植物园，如大阳山植物园、花卉植物园。2019年，把上方山森林公园改造成苏州市植物园似乎有点多此一举。不过深究历史渊源，苏州最早人工修造的"专题植物园"也与上方山有关，因为"园长"正是隐居在上方山地区的石湖居士范成大。

范成大还专门辟有一座梅圃。那里原有屋舍七十间，范成大收购以后全部拆除，将其中三分之一的土地种植梅林，将其余的土地搭配修造亭台，并间植菊花，简直是现代植物园的雏形。范成大将梅圃命名为"范村"，乍一听只以为是范成大自建的"城中村"，但实际上"范村"暗含一个典故。范成大在自己编撰的《吴郡志》中提到一件"仙事"：唐乾符年间，苏州人胡六子航海迷途，漂流到一座海岛上。那里风景优美，民风淳朴，一问才知道此地叫范村，是越国大夫范蠡创建的，岛民都是范蠡的后代。所以这个"范村"是另一个版本的"桃源"，此"范"乃范蠡之范，当然也暗合了范成大之范，一语双关。

范成大退隐石湖之后，广收梅、菊品种，种植于范村。同时他还注意分类比较研究，撰写了《梅谱》，包括江梅、早梅、官城梅、消梅、古梅、重叶梅、绿萼梅、百叶缃梅、红梅、鸳鸯梅、杏梅、蜡梅等十二种，详细记载了它们的名称、颜色、形状、生长规律和观赏价值，再配上相关的文献记载、逸闻和诗句，是我国最早关于梅花分类研究的著作。更难得的是，他还明确指出蜡梅似梅而非梅，完全符合现代植物学的种属分类理论。

范成大同时也对范村中种植的菊花品种做了详细的分类研究，撰写了《菊谱》，共计收录菊花三十五种，包括垂丝菊、鸳鸯菊、十样菊等。

所以如今的上方山植物园里，梅花是主打品种之一，种植了梅花五百余株，分为梅香竹影、石湖梅圃和石佛寺三大区域展示。"梅香竹影"化用了"梅花竹里无人见，一夜吹香过石桥"的意境，是梅林和竹林的混合林。"石湖梅圃"则沿袭了范村梅圃，修成一座古色古香的园林，主要展示梅桩盆景。梅圃入口处有一副对联"香积玉雪三生梦，诗醉田园一代风"，显然是向梅圃主人范成大致敬。而石佛寺则是范成大祠堂后门的一片开阔地，本身也是一处名胜古迹。所谓"石佛"实际上是一尊开凿于崖壁上的石观音，"文革"期间被砸成数段沉入潭底，现已打捞修复。用梅花装点石佛寺，既是礼佛的上佳之选，也是对范成大的最好缅怀。

上方山植物园还有五十亩樱花，以早樱为主，以大树居多。春来花海一片，成了苏州的赏樱胜地。这片樱花林就在金光大佛的山头下面。这座金光闪闪的弥勒佛和山脚下的樱花树都是日本妙香园株式会社在1996年赞助的。金光大佛的磴道入口有一座牌坊，上题"苏州中日和平园"。此园不像常见的中日共建园那样以"友好""友谊"来命名，而是用了"和平"。提起"和平"容易让人联想到"战争"，曾经的侵华日军是比"五通神"更可怕的噩梦，所以和平难能可贵，需要用反省和智慧来全力维护。

在樱花林下还有一座不起眼的石亭，叫"葆光亭"，纪念清代的苏州探花徐葆光，是2007年由日本冲绳县的民众集资建造的。日本边陲居民为什么要跑到苏州来纪念一位连苏州人都不知道的清代探花呢？原来这位苏州探花在康熙年间曾受命作为特使，代表康熙皇帝前往琉球国册封新继位的国王。虽然作为晚辈、汉人和七品芝麻官，他仅当了册封副使，但是作为苏州才子，他充分发挥了自己的文笔优势，将琉球的风土人情一一记录下来，写成《中山传信录》六卷。这本书成了古琉球王国非常难得的信史，因此被现在的冲绳民众所感激，称他为文化恩人。据说研究古印度的历史离不开参考玄奘所写的《大唐西域记》，当时的蕞尔小国的琉球能有一部《中山传信录》更是弥足珍贵。

继续沿山脚前行，有一条望不到头的紫藤长廊。苏州的古藤似乎特别多：苏州一中有棵千年紫；太湖东山也有棵千年紫藤；苏州博物馆的紫藤虽然不到五百年，却因为是文徵明手植而格外出名，专名"文藤"。所以在植物园里安排一条紫藤长廊，既能够创造一路的遮阴凉棚，又能体现苏州本地的特色与趣味。

上方山植物园可以说是最有苏州文化内涵的植物园。在梅圃、樱花林、紫藤长廊里那些看似平常的物种都蕴含着苏州的文化典故。而对于沾不上苏州传统的展品也尽量装扮得古色古香，譬如珍稀的盆栽花卉都种植在雅致的花盆里陈列于仿古的楼台中。湖山堂、百花馆都是这样的花房展览馆，在百花馆跟前还有一处叫"宝积泉"的方塘，十分注重景观搭配。

当然这座植物园也没有一味泥古，植物品种的丰富度才能真正体现一座植物园的水平。在紫藤长廊边有一处看似平淡无奇的"珍稀植物园"，里面却移植了江南地区及同纬度地区的各种珍稀品种，包括秤锤树、浙江楠、南方红豆杉等。因为原产地的物候条件接近，所以无须修造特殊的温室。虽然大都是江南地区的物种，但哪怕是见多识广者，也未必都见过。其中的秤锤树是中国植物学家发现并命名的珍稀品种，果实像个小秤砣，十分罕见，专门从句容的山里移植了三棵到此地。

而这座植物园最有趣的地方在于散养了很多猕猴，可以让游客投喂互动。客流稀少时，有些猕猴一度翻出围墙到公路上去"讨饭"，让人哭笑不得。这些猕猴并不是从隔壁动物园里逃出来的邻居，在上方山动物园还没建造的时候它们就"占山为王"了，是当年上方山森林公园的特色。那尊金光大佛身上常常爬满了猕猴。配上金佛常开的笑口，让人感到众生平等、和谐共生的欢乐祥和。

苏州的动物园仅上方山一家。以前设在老城区的东园里，动物虽然不算多，但是安排得十分紧凑，一个多小时可以看遍飞禽走兽、蛇蜥龟鳖……让人觉得心满意足。2016年搬入上方山后，动物似乎没有增加多少，地盘却扩大了好多倍，两脚走到冒烟，也看不到更多的动物，难免让人心生抱怨。

当然对于动物们来说，搬到这里后居住条件大为改善。以前看东园的老虎，在狭窄的铁笼里不停地贴边遛弯，一圈又一圈，根本停不下来，像是一位魏晋名士在行散发汗。如今的猛兽区中专门开辟了一片华南虎养殖基地，号称全国最大。因为地方太大，常常连一只华南虎的影子都看不见。偶然远远地看到一只，也是懒洋洋地趴着，让游客觉得很无趣。当然游客的乐趣也很难捉摸，看到不停遛弯的老虎就想要它停下脚步，看到安静伏地的大虫又想要它起立跑步。最好能一切听我指挥，令行禁止。

此园最稀罕的宝贝是一只斑鳖，目前全球已知的活物仅剩下三只，两只在越南，一只就在苏州动物园里。斑鳖俗称癞头王

西南诸峰 别样苏州

八，从俗名就可以知道以前并不是什么稀奇的动物，养在动物园里都有凑数的嫌疑，只不过这道"家常菜"现在已被吃到了几乎绝种。这只斑鳖已有百岁高龄，因为稀少，所以养尊处优：一片自然状貌的硕大沼泽地仅供这只斑鳖栖息。天冷了斑鳖要冬眠，天暖了这么大的区域能不能看到也要碰运气。我每次去上方山动物园都要去找找这只斑鳖，可惜从未见到。

为了延续香火，2008年还特地从长沙动物园里借来一只八十岁高龄的斑鳖新娘，但交配产卵后始终未能成功孵化。2015年起开始给母鳖人工授精，也均未成功，2019年第五次人工授精时，那只母鳖未能从麻醉中醒来。这只孤独的百年公鳖有了"最后一个莫西干"的悲凉意味。

而这只最珍贵的斑鳖又是苏州动物园里最不值钱的土著。东园的前身是民国时期的殡仪馆"昌善局"，殡仪馆的池塘里会有送葬家属为亡灵祈福所放生的龟鳖，这只斑鳖就是当年的放生物品。放生龟鳖也是常见的祈福模式，西园寺里曾有的两只百年斑鳖也是香客放生的。1954年，"昌善局"改造成动物园后，这些放生龟鳖被动物园全盘接收，换言之，得到这只斑鳖，苏州动物园没有额外花一分钱。只是没想到在这只老鳖的有生之年，斑鳖这个物种竟从寻常的放生龟鳖变成了绝种，实在令人唏嘘。

多年以前的一个夏日，我在东园的动物园里闲逛，看到一个方塘周边被围上了一圈透明的有机玻璃墙，足有三米多高。我正在寻思为何要在这个池塘边设置这么高的透明墙时，突然看到一只庞然大物在池塘里游泳，忽起忽落。我突然意识到这就是传说中的斑鳖，竖起的高墙是为了防止游客胡乱投喂导致它出现意外。斑鳖的长相其实和餐桌上的甲鱼相差无几，只是成了珍稀物种后才得到了人类的珍惜。

　　斑鳖，猕猴，华南虎；梅花，樱花，秤锤树；园主，过客，五通神……都汇聚在这如画而多情的山水之中。万物生长，天地大德；众生平等，顶礼上苍；每一个生命都该得到珍惜与保佑。

西南 诸峰 别样 苏州

归去来兮乐田园：
古今宜居的旺山景区

上方山背后还有一座接一座的连绵山头：吴山、七子山、碅碌岭、尧峰、凤凰山……真是山外青山楼外楼。这片山区现在被统称为旺山风景区，听起来乡土味十足，和旺财、旺仔差不多的感觉。但实际上这里并没有一座山叫旺山，旺山景区的每个山头都有不俗的名字。这里是吴地先民很早就开发定居的风水宝地，更是现代化的"全国农业旅游示范点"。这里村舍优美，道路整洁，开设了很多现代民宿和饭店，多田园风光而少乡村土气，目前也已荣升为 AAAAA 景区。"旺山"在苏州方言中的发音和"阳山"比较接近，为了避免混淆，便把更大的那座阳山称作"大阳山"。而古代的阳山并不刻意加"大"，譬如《阳山志》并不叫《大阳山志》，可见"旺山"之名出现得较晚。

古来圣贤爱山居

旺山景区的西北部有一座七子山，七子山的山顶重建了乾元寺，规模宏大，金碧辉煌，在山脚下的茶园里就能看到。其中的大雄宝殿和上真观的玉皇殿一样，是一座三四层的大型楼阁。闲坐在寺院东侧的宽敞露台上，可以同时看到东北方向的石湖和南边更远处的太湖，石湖有长堤，太湖有岛屿，一山看两湖是苏州山林中罕见的风景。天高地迥，水流云在，闲享浮生半日。

乾元寺一千六百五十岁古银杏

乾元寺的前身是五代时期的寿圣广福禅寺，最初是作为钱元璙墓的祭所，位于山下的九龙坞中。钱元璙是五代时期吴越王钱镠的第六子，钱镠割据东南十三州，亲自坐镇杭州，任命钱元璙做苏州刺史，后晋升为中吴

"土墩石室"碑

西南诸峰 别样苏州

军节度使乃至广陵郡王。钱元璙去世后由次子钱文奉继任中吴军节度使。钱元璙父子主政苏州六十余年，作风简朴，趣味高雅，治理有方，百姓安居乐业，深孚民望，因此还享祀沧浪亭五百名贤祠，是"吴王"张士诚所没有的待遇。

现在的乾元寺里基本看不到古迹，连民国李根源所题的一块"乾元寺"条石都被当作"三宝"之一。这根条石和宁邦寺的"山辉川媚"条石一样都是被砸断后拼合修复的，也被放在了寺庙大门口的西侧。另一宝是放置在大门口东侧的民国功德碑，记录捐资修庙者的姓名和捐助金额，没有任何文学和艺术价值。最后一宝是大雄宝殿前的一棵古银杏，牌子上明确写着"树龄1650年"，很让人惊讶。此树既不粗也不高，完全是普通银杏树的尺码，却有这么老的年纪，时间都去哪了？

比这棵银杏树更古老的是寺门外不远处的"土墩石室"。这处遗址前面立有一块市级文物保护单位碑"土墩石室建筑遗址"，却没有任何介绍说明。走进一片杂草丛生的山林里，除了一个浅浅的岩穴什么也没有，根本见不到什么建筑遗址，让人看得一头雾水。其实这个岩穴就是所谓的"土墩石室"建筑遗址，在七子山及周边山头出现得较多，结构也比较类似，所以可确定它们不是天然洞穴，而是人工建造的。至于它们的用途，众说纷纭，有认为是军事哨所，有认为是祭坛，还有认为是墓葬，目前尚无定论。

吴中博物馆专门对于土墩石室做了详细介绍，将它们认定为商周时期吴地先民的墓葬，并配有实物模型和文字说明介绍它们的构造。建造时首先在山顶平地上就地取材，用条形石块垒出两道平行的石壁，石壁逐步往上收敛，最上端再用大条石横架封顶，形成长方形石室，石室内壁平整。石室开口一般朝向山体较高处，以块石封门，石室四周最后再用泥石混合土料封填，形成馒头状的土丘。并认为这种墓葬形式是吴越地区所独有的。

如此在平地垒造的"墓屋"确实要比直接挖坑覆土的墓穴费劲得多，其他地区的人想不到此法也不足为奇。不过西汉贵族墓葬特有的隔墙"黄肠题凑"中所用的柏木条，和"土墩石室"的石条倒是有点不谋而合。只是目前并没有从石室内发现人骨遗骸，更不要说什么像样的陪葬品了。土墩石室的用途研究成了比建筑本身更有趣的东西。

七子山的东边连着一座吴山，在吴山脚下的罗家浜还有一座苏州现存的最大古墓园，墓主是苏州状元、万历首辅申时行。

这座墓葬虽然在"文革"期间遭到破坏，但整体格局基本保存完整。一些断头的石羊、石马、石虎、石翁仲又再度各就各位。这里虽已经修

申时行墓园碑

复，门外也有一大片停车场，但是常常园门紧闭，难得一开。好在入口处的仪门上装的是木栅栏而不是大铁门，可以隔着栅栏看到里面保存完整的一座大碑。此碑高六七米，上书"明太师申文定公神道"，碑面两侧还环刻八条四爪蟒，极像游龙，下有驮碑的赑屃，是苏州罕见的高规格大碑。墓园内以花岗石块铺地而非青砖，也可以看出规格之高。据说墓园内还有月池、墓冢和一座五开间的享堂，享堂内有八块祭碑。透过仪门木栅，还可以看到后面的吴山余脉，典型的后有靠山的风水宝地。

苏州的明清状元太多，数量全国第一，简直成了苏州特产。很多状元其实只是平庸的优秀人才，除了有状元的头衔，并没有什么可以名垂青史的功绩。司马迁说"古者富贵而名摩灭，不可胜记，唯倜傥非常之人称焉"，很多状元既不倜傥也不非常，完全不值得称道。申时行似乎也是如此，他虽然独占鳌头，位极人臣，但是担任内阁首辅时完全没有张居正那样大刀阔斧的改革魄力和手腕。申时行做事稳重，处处小心，全不得罪，太极推手炉火纯青，被称为"太平宰相"，这种绰号既是恭维也不无讽刺。

本来这么没有个性的体制官僚是毫无"八卦"价值的，但是谁能想到江湖文人照样能拿他作为原型，意淫出一部《玉蜻蜓》的评弹好戏。《玉蜻蜓》的主人公是苏州巨富申贵升出轨与法华庵小尼姑智贞所生的孩子，经历了被遗弃、领养、转卖等一系列遭遇后，幸运地被知府徐上珍所收养，取名徐元宰，作为唯一的子嗣悉心培育。徐元宰考取了解元，后经过一系列机缘巧合又被申家所相认，得以认祖归宗，改名申元宰，最后一人兼祧两门香火。

该剧本情节牵强、格调低俗，有传闻说是申时行的政敌太仓王锡爵授意门客所为。不过此剧十分迎合市井口味，因此在江南地区广为流传，名气很大。主人公申元宰影射申时行，遭到申家后人的抗议。这部评弹也多次被官府判为淫剧而禁演，奈何老百姓就是喜欢听这种富商出轨、尼姑纵欲、苦儿翻身、豪门争子，最后又皆大欢喜的狗血故事，所以屡禁不止。处处谨小慎微的申时行，大概做梦也没有想到自己竟会以这样孟浪浮夸的虚构身世流传于后世。

申时行再度引发社会关注大概是因为历史类畅销书《万历十五年》。这部写法奇异的历史名著，从晚明历史中挑出六个人物标本，娓娓道出僵化的集权体制如何不可挽回地走向全面溃败。其中的万历皇帝、张居正、海瑞、戚继光和李贽都称得上是"倜傥非常之人"，唯独申时行是再正常不过的体制人。此书全面而中肯地分析了申时行的才能与智慧，一改传统印象中平庸无能的形象。申时行小心驶得万年船，却在立储问题上马失前蹄，将中庸之道演变成了毫无原则的两面派丑闻。黄仁宇之所以选申时行作为典型案例，不是为了简单地批判，或者简单地翻案，而是为了说明仅仅依靠调和来解决中国社会矛盾，这种努力也是行不通的。哪怕像申时行这样太极推手炉火纯青的官场高手，也早晚要遭遇滑铁卢，诱发更大的社会危机。

申时行引咎辞职后退隐苏州长达二十三年，在这里买下了许多宅第园林、村野别墅。他手中有很多可供选用的风水宝地，最后安息在了吴山，大概这里是他最为满意的一处山水。如今这片荒凉的墓园常有慕名而来的拜访者，他们想看到什么呢？除了看山看水看碑，大概更想在此闲扯几段《玉蜻蜓》的风流韵事，聊

西南诸峰 别样苏州

一聊《万历十五年》的吊诡与黑色幽默。

旺山景区的南部有一座尧峰，另一位历史人物弘储法师也选择安息于此。如今还能在尧峰山里找到弘储法师灵塔的残件。旁边一块石碑刻有"吴灵岩退翁和尚骨藏"，落款"弟子俟斋徐枋敬书"。退翁是弘储的号，俟斋是徐枋的号，徐枋是弘储的俗家弟子，也是上沙村的著名隐士。

弘储法师是灵岩寺的住持，也是明清易代之际江南遗民的灵魂人物。一些奋起抵抗而又走投无路的抗清志士，不肯接受剃一半留一半的"阴阳头"，索性削发为僧，遁入空门。所以弘储法师门下的弟子有不少前朝的名士，如花山支公院的檗庵和尚熊开元，尧峰宝云禅院的南潜和尚董说。董说年轻时写过一部《西游补》，是想象力最为丰富的《西游记》续集，甚至被认为是一部超前的现代派小说。香港诗人廖伟棠说电影《大话西游》明显受了《西游补》的影响，精髓都是描绘"情缘之执和情欲之迷"。

而隐居花山的诗人徐波，也与弘储法师私交甚好。弘储法师不仅在徐波揭不开锅的时候给他送粮，还捐助他刻印诗集。徐波在花山修建的居所叫"落木庵"，大概取"无边落木萧萧下"之意。徐波感激弘储法师的帮助，临终前把落木庵捐赠给了灵岩寺。

弘储法师不只有徐波、徐枋这些穷朋友，也有家境较好的遗民朋友，譬如姜垛。山东莱阳人姜垛大隐隐于市，买下了文震孟的旧园"药圃"，更名为"艺圃"，添置了如今园内最为精彩的建筑小品"浴鸥"。他和两个儿子在园内悉心读书作画，拒不出仕，常与弘储法师往来。如今这座小小的艺圃依然宁静得像一处隐居之处，却是苏州的九座世界文化遗产园林之一。

弘储法师作为灵岩寺的住持，为何不直接埋骨灵岩山，反而舍近求远地安葬于尧峰呢？原来他十分喜欢尧峰的林壑，认为这里最适合自己终老，老年时曾一度从灵岩寺搬到了尧峰的宝云禅院。当他在灵岩寺圆寂后，遵其遗嘱在尧峰建灵塔埋骨。

当年，尚未出家的董说怀念故人，写下"熏炉火冷拨灰坐，话到英雄暂避寒"的诗句。而这群抱团取暖的英雄，闪烁着不屈的高贵光芒，也让这片山林像火光一样沉郁又高扬。

与弘储法师及其朋友圈不同，尧峰山里还住过一位顺应时势的高人汪琬。顺治十一年（1654年）汪琬参加乡试，夺得解元，次年又高中进士。虽然出仕清政府，但宦海沉浮，并不得志。康熙十九年（1680年）辞职返乡，在尧峰山脚下的胡巷村购旧宅建尧峰山庄，隐居尧峰十年之久，最终也葬在尧峰山脚；人称"尧峰先生"或"汪尧峰"。汪琬以古文名世，被誉为清代"国初三家"之一。他的文章水平离不开扎实的功底，而给他奠定文字功底的人是他的舅父徐汧。

徐汧是明末复社的重要人物。顺治二年（1645年），清军大举攻占江南，王铎、钱谦益等文官被迫开城投降，南京沦陷。徐汧得知消息后万念俱灰，在虎丘新塘桥投水殉国。同去的儿子号啕大哭，也要和他一起殉国。徐汧阻止说：我不可不死，但你可以当个农夫来避世。从此以后，上沙村就有了一位终生不入城市的真隐士，这人正是徐枋。所以徐枋与汪琬不仅是表兄弟，而且关系紧密，都得到了徐汧的培养而才华盖世，也都隐居在苏州西部的山林。不过一个拒不合作，一个顺势而为，两人最终形同陌

西南诗峰别样苏州

路，大概老死不相往来。

对于汪琬这样愿意与清政府合作的清初汉人，物质条件一定更好，但精神压力一定更大。然而，就像徐汧所说，他不得不死，但儿子可以苟活。比徐枋更年轻的汪琬选择出仕并非不可原谅。一代人有一代人的使命，再往后汉族士子普遍开始了与清政府的合作。等到了清朝中后期若再有人大喊"反清复明"，要么是糊涂愚蠢，要么是别有用心。历史的车轮从来不会倒转，过去了也就永别了，没有哪个朝代可以重来。

明清易代之际那些在苏州山野中出家或隐居的高人，之所以能够抱团活下来，很大程度上依赖于弘储法师的关照与救济，所以他是这个遗民天团的实际领袖。但弘储法师的钱财又从哪里来的？当然来自他寺庙里香客的布施。那些施主会不会主要是汪琬这样主动应变、衣食无忧的青壮年，以及钱谦益、王铎那样被迫委身清政府的老年"二臣"？他们以布施佛门来洗刷自己的罪孽，客观上又辗转资助了那些世外高人不至于饿毙山野。遗民的生态系统一定比寥寥几句的虚夸来得错综复杂。

到了康乾时期，与清政府合作基本上不再是汉族士子的思想包袱了。他们既可以自如地高居庙堂，也可以轻松地远处江湖，隐居在七子山脚下的徐大椿就是这样的一位进退自如的高人。七子山脚下的名医徐大椿与其子徐爔，以及来访的名士袁枚、钱大昕、潘亦隽、果亲王等人为旺山景区留下了一笔文化遗产——洞溪摩崖石刻。

徐大椿号洄溪道人，生于康熙三十二年（1693年），卒于乾隆三十六年（1771年），享年七十八岁。徐大椿对天文、地理、音律、技击无不通晓，最擅长医术，写有《难经经释》《伤寒论类方》等多部医学著作。曾两次奉诏入京，与乾隆皇帝对谈，深得乾隆皇帝的赏识，拟留京任职，但他不肯接受，归隐七子山下的画眉泉旁，自建"半松书屋"百间。

洄溪石刻和寒山石刻、花山石刻、小王山石刻等石刻散落在山林各处不同，这里的石刻非常集中。目前可见石刻二十余方，均集中在一处不足五十米长的逶迤崖壁上。

洄溪摩崖石刻

这处石刻群还有不少与众不同之处，首先，有不少字迹是突出于石壁的阳刻。例如"古画眉泉""不信在人间""面壁忘机""环翠""迹留千古""悬崖滴乳"等。

其次，题刻的内容之间多有呼应，比如在"古画眉泉"旁有"可以濯我心""我爱其清"；在"不信在人间"旁有袁枚的"仙境"；在"波撼云泉"旁边有钱大昕的"云壑"；在"悬崖滴乳"旁边有"人静泉清""满饮上池"；在"面壁忘机"旁边有潘亦隽的"涤烦"。

最独特之处在于题刻者里出现了一些清朝贵族："满饮上池"是果亲王胤礼所题，"人静泉清"是四川总督阿桂所题。这也是苏州山林中极其罕见的现象，除了康熙和乾隆，苏州山林里看不到其他满洲人的留刻。可能是这些清朝权贵来找神医看病，为表达感谢而顺手题写的赞语。这也说明清朝入主中原两三代之后，已逐渐与汉人融合。

很多铭心刻骨的创伤其实都会随着时间的流逝而自愈。木心说："中国人既温暾又酷烈，有不可思议的耐性，能与任何祸福作无尽之周旋。"其实这恐怕也是至今尚存的古老民族的共性，没有不可思议的耐性，他们何以能延续那么久？

今日山村亦繁华

画眉泉所在的张桥村现在被打造成了一处时尚餐饮民宿旅游区。一些兼办餐饮和民宿的农家乐，庭院深深，风雅别致。其中一家的大门口放了一个石鼓墩，但在另一边放了一块大小相仿的太湖石。太湖石酷似一只看门犬，用传统元素调出了现代艺术气息。而这里的农村气息也非常明显，譬如会在庭院里辟一块地养猪羊、骡马、鸡鸭鹅，这是和天平山、穹窿山等收费景点不一样的地方。

画眉泉的景区大门是一座硕大的钢铁框架门，屋檐上看似铺满了茅草，就像农家的茅棚，实则是一缕缕枯黄色的薄铁皮片，拟态得惟妙惟肖。为了配合"茅草"棚顶，在两扇大门上布满了竹竿，就像两片竹林，是其他地方所没有的新设计。在门楣上悬有一个大字招牌"画眉泉"，门框里是犹如眉黛的远山。

旺山的农村特色还体现在到处可见的茶树等经济作物。七子山的山脚下有一片茶园，打理得井井有条，仿佛是园艺修剪出来的景观灌木。而在山上的电塔下有一片少人管理的茶树，尽是野蛮生长，不仅开满了茶花，还结出了茶籽。茶花是白花黄蕊，没山茶花大，却比山茶花香，看到了茶花会突然明

画眉泉景区大门

白"山茶花"的得名。而茶籽则是成对地包裹在种皮里，打开后像两颗袖珍的栗子，比松子略大，但极其坚硬。《鲁冰花》里唱"家乡的茶园开满花"，实际上茶花和茶籽都没什么用，只会消耗茶树的营养，所以茶农一般不等花开就摘除全部花蕾，以保障来年的春茶收成。只有在这少人管理的山顶茶园里才能看到大片的茶花以及茶籽。

旺山景区的礤碴岭里茶园面积更大，多达三百余亩，被改造成了茶博园。在茶田里还配设了一些采茶女的雕塑，也是农业兼容了旅游业，春天可以来这里亲自采茶、炒茶。绿茶是最能锁住春天气息的植物，品饮春茶一定要及时，莫待无香空吃苦。景区中的水潭还被驳岸成梅花、葫芦等形状，然后附会一些神仙传说，这就有了梅花井和葫芦池等景点。其实"礤碴岭"这么文绉绉的生僻名字是由粗俗的"鸭踏岭"用方言谐音转化而得，这里处处都是农村的痕迹。

旺山民宿"看门狗"

从硙碮岭可以登尧峰。尧峰山上的石头虽然都是无孔无洞的黄石，但是组合的造型比较奇特。苏州山林中裸露的石块大都是形状死板的黄石，虽然其中也不乏造型奇特的单块大石头，但都不像尧峰这样会有许多突兀斜出的层叠造型。这里的山石有点像虞山剑门的地貌，仿佛是集中堆叠的假山。因此在苏州园林中叠山所用的黄石，也叫尧峰石。在《长物志》中评价说："尧峰石……山中甚多，但不玲珑。然正以不玲珑，故佳。"黄石相比于太湖石更显古朴，也可以堆叠出假山精品，譬如耦园中的那一座。不过耦园黄石大假山的主峰留云岫禁止入内参观，只能看看作为配角的桃屿和隧谷。看不了耦园大假山，只能来尧峰看大真山过把瘾了。

作为农村的旺山景区当然处处离不开灌溉的水塘。除了硙碮岭中那些造型特别的水潭，在七子山下还有一处水库一般的大池塘——九龙潭。九龙潭地处九龙坞的山谷之中，顺着山势被分隔出三个高低错落的连续水潭，呈喇叭口张开。中间一层与最高一层的水潭隔离带上还添置了一排石龙头，共计九尊，以呼应"九龙潭"的命名。九龙潭两侧的茶园梯田交汇于七子山跟前，呈现一道优美的弧线，和远处的七子山，以及山上的浮云一起倒影于九龙潭之中。山形交汇处建有一座重檐的亭子，叫"揖山亭"，是向七子山作揖的意思。传说山中埋葬有反抗官府横征暴敛而被处决的七个渔夫兄弟，故名"七子山"。但七子并不像五人墓中的五人那样有据可考，只是民间传说，介绍牌上甚至连哪个朝代发生的事都说不清楚。散养的山羊见到人来，就咩咩地叫着往陡峭的山坡上逃，石阶上时不时可以看到羊粪球，把如画的风景又拉回了农家的味道。

九龙潭不远处是钱家坞，这里和张桥村一样开发了很多洁净美观的现代民宿。有的民宿还专设了阅读空间，有大扇的落地玻璃窗，窗明几净，舒适惬意。民宿的门外有很多池塘花木，池边长了很多铜钱草和小野花，花圃里除了有大朵的月季花，还有芋头的盾状叶片，以及甘蔗的像芦苇一样的细长叶子。城居者只知道芋头的块茎和甘蔗的紫皮甜秆，却很少知道它们无用的叶片也是如此好看。而民宿里的餐饮环境虽然整齐干净，但是开放的厨房却仍是浓浓的乡村味道，还保留了大灶台和一圈小煤炉。小煤炉上架着一盆盆砂锅，烹煮着老鸡、老鸭、甲鱼的汤煲，哪怕是一锅炖豆腐或者炖笋干，都要比一般饭店里的香上几分。

街上还有村民摆摊叫卖的松花饼，里面是糯米团子，外面裹

九龙坞

上一层黄色的松花粉，感觉像是另一个版本的"驴打滚"。在苏州博物馆西馆里偶见一幅范允临的书法条幅：本是山中人，爱说山中话。六月卖松风，人间恐无价。如果打出这句广告词，松花饼的销路会不会更好？松风无价，松饼留香。

中国的城市化进程导致了乡村的很多地方除了留守的老人和儿童，平日里已基本见不到青壮年。而旺山地区的村庄并不是宏村、西递那样的著名古村，却因天时地利，仍是一片欣欣向荣。男女老少在此种茶养殖，生活得原汁原味；还兼营游客的食宿，忙得不亦乐乎。归去来兮，田园依旧。这里不仅是古代圣贤归隐安息的理想田园，也是现代人乐享放松的山居民宿。

鸟瞰太湖佳绝处：
渔洋山上的湖光大片

无锡鼋头渚是家喻户晓的太湖风景区，几乎成了太湖名胜的代名词。郭沫若也说"太湖佳绝处，毕竟在鼋头"。不过就风景而言，哪里算是"佳绝"往往因人而异，并不那么绝对，苏州也自有太湖佳绝处。

清代大诗人王士禛只在玄墓山里远眺了渔洋山一眼，便觉得"浩渺叹观止"，不禁心生向往，取号"渔洋山人"。所以在王士禛眼里，太湖佳绝处，毕竟在渔洋。而民国李根源在渔洋山实地考察后说："法华寺西、南、北三面陡入湖中，风景绝佳。是时东南风飚起，湖涛汹涌，高数丈，迎面扑人而来，海宁观潮亦不是过。余谓光福诸山当以此为最胜，石壁次之，余则逊此远矣。"这是《吴郡西山访古记》中不多见的风景细节和抒情描写。法华寺所在的山头也被称为法华山，与渔洋山连成一体。所以在李根源眼里，渔洋佳绝处，毕竟在法华。只是他将太湖拍岸类比成钱江大潮，不知道是今不如昔，还是言过其实，或者他那

223

天恰好遇上了强台风登陆。

左右高低观太湖

　　如今的渔洋山公园正是向西伸入太湖之中的三面临水格局，严格来说这里属于地方志上所说的法华山，当然也属于广义上的渔洋山。李根源赏湖的法华寺仍然有迹可循，位于渔洋山公园的半山腰，是20世纪90年代当地农民集资重建的。只是目前仍未批准经营，所以非常简陋，只有一间念佛堂，和法螺寺、乾元寺不可同日而语。里面也没有僧人，只有几个老太太坐在方桌旁边快速地大声诵读《妙法莲花经》（即《法华经》），全然不顾来人，倒也十分虔诚。

　　虽然法华寺一无可观，但与这座小庙一路之隔的空地上却铺设了几块阶梯状的草坪，还用石块垒造了几道矮墙、横隔和石阶。乍一看，还以为是

法华寺观湖台

桃花溪观湖草坪

西南诸峰 别样苏州

224

法华寺的遗址，但实际上这完全是新造的太湖观景台。草坪面朝太湖，正对太湖大桥的第一个"跳板"长沙岛，能看到第一段长桥卧波的太湖大桥。不知道景区是否因为李根源的记载，所以特别重视法华寺望湖处而修造了观景台。这片阶梯状的观景台有点古罗马斗兽场的感觉，而竞技舞台就是山下的湖面。如果真能看到李根源所述的"湖涛汹涌，高数丈，迎面扑人而来"，那绝对比看3D电影还要刺激。不过现在大多数人看到的是风浪俱静、水天共色的祥和景象。不知道在台风来袭的夏季，能否看到那样壮丽的风景。

从渔洋山的山脚沿着步道行至山顶，从下到上，从左到右，几乎处处都可以望见太湖，这正是在渔洋山的神奇之处。理论上说，在西山岛的缥缈峰里看太湖可以三百六十度无死角，但实际上西山岛面积很大，岛中央的缥缈峰还不如渔洋山靠湖更近，所以依然有很多角度会被其他山头遮挡，也无法像渔洋山那样在较低处就能看到太湖。而且缥缈峰里杨梅、枇杷等经济树木又太多，在密林中跋涉很久也看不到什么湖景。而渔洋山的步道又宽又直，特别是法华寺旁的这一段，直上直下，仿佛一直纵贯太湖大桥，又有几分太平洋边苏花公路的壮阔之感，渔洋山的观湖效果远胜缥缈峰。

渔洋山观湖的另一个显著优势是铺设了许多大块的山地草坪。包括法华寺旁边的几块阶梯草坪在内，渔洋山中总共铺设了六块草坪，共计一万平方米，这是苏州其他山地所没有的。最大的一块草坪在桃花潭旁边，从景区大门进山后走不多远就能到达此处。在山脚就能将太湖尽收眼底，是其他山林中所难得的视野。这片草地平整而开阔，可以同时容纳几十顶帐篷。夏夜在此露营，虫声嘤鸣，湖风习习，上有星河灿烂，下有湖涛拍岸，最得湖山真意。

渔洋山顶部区域也建有不少观湖平台。上行索道的终点处有一片钢构玻璃顶棚的风雨连廊，造型简约，采光极好。内铺塑木地板，还设置一些实木的桌椅板凳。在此吃点自备的零食简餐，一扭头便可以看到浩渺的太湖，顿觉胃口大开。长廊外有一处灌木丛，里面昆虫特别多，就算在冬季也有很多蝗虫在跳跃。在此玻璃幕墙和长椅的夹缝之中还有一个"蝶冢"，许多蝴蝶和蛾子不知何故集中安息于此，像座天然的标本馆。

渔洋山中有了这么多上佳的观湖平台，山顶的渔洋阁反而没有太多的惊喜。不过身凌绝顶，可以多角度切换地俯瞰太湖的不同区域，是山脚和山腰所没有的优势。渔洋阁是新建景点，高二十七米，为这座仅有一百七十一米的渔洋山增高了不少。此阁共有四层，上圆下方。阁内陈列展示有关渔洋山人文底蕴的工艺品，譬如一些主题刺绣，所用图稿都是吴门四家绘制的渔洋山图。

在渔洋阁外的一处平台上，刻有吴门四家之一沈周的诗作：

长虹引南北，横截太湖流。
步月金鳌背，啸歌天地秋。

渔洋山号称是一只金鳌，山下也有太湖和长桥，这首诗仿佛就是为渔洋山而作。不过这么解释完全是时空穿越，太湖大桥是1994年才落成的，之前西山岛周边从来没有"长虹"截流太湖。这首诗出自沈周所绘的《两江名胜图》第七幅的题诗，实际上所描绘的对象是吴江的太湖古桥——垂虹桥，也就是姜夔吹箫、小红低唱的地方。不过借用于此，描绘眼前的所见所感，简直是天作之合。

渔洋山之所以要和鳌鱼挂钩，并不是因为形态有多像，而是因为曾有一位连中三元的苏州状元在此苦读，因此要附会"独占鳌头"之义。连中三元的概率非常低，不过清代钱棨这位"超级学霸"，除了

渔洋阁

给苏州增加了一个"三元坊"的地名，并没有留下什么功绩。只有渔洋山里新修的一座大型砖雕屏风，简述了他"不凡"而无趣的一生。

渔洋阁的台基下有一层"地宫"，地宫门口有一副砖雕烫金对联，作者署名俞涌，写得颇具气势：

远帆浮天际　点染江山　妖娆应如是
大浪奔眼前　品评气象　浩瀚果其然

除了李根源所描绘的"大浪"难得一见，其他要素都很应景。不过套用稼轩词来解读潜台词：我见湖山多"妖娆"，料湖

山见我应如是，"我"的"伪娘"度又进一步加剧。

渔洋阁一楼的门楣上悬有一块横匾"江南第一阁"，这个"江南第一"到底怎么认定的？似乎没法深究。但只要保留得足够长久，那就是既成事实。柱子上悬挂一副对联，取自文徵明《太湖》中的诗句：

> 谁能胸贮三万顷
> 我欲身游七十峰

太湖号称有三万六千顷，湖中列有七十二座山岛。渔洋阁对联的美中不足是缺斤少两，把约定俗成的太湖面积和山峰数都给抹了零。倒不如改写成"谁能胸贮三万六，我欲身游七十二"，让读者自己去猜测数字的含义，把信息补充完整。

渔洋阁两边分别是一座茶馆和一家面店，也有不俗的对联。茶馆门口写着：

> 山水精华　一口碧茶难得品
> 乾坤雅趣　半壶甘露当能求

横批"吃茶"。吴方言中把"喝茶""喝汤"等动作统称为"吃"。

茶叶确实是中国山水对中国人的恩赐。木心说："茶、烟、酒的消耗量与日俱增……唯有那里的'自然'清明而殷勤，亘古如斯地眷顾着那里的'人'。"烟酒容易让人上瘾而变得有害，唯独茶叶是既可解忧又不至于上瘾的天然消遣品。只听说过烟

西南
诗峰｜别样苏州

鬼、酒鬼，却从没有茶鬼。而茶叶的饮用又比咖啡简单得多，无须研磨，不用配料；尤其是绿茶，只需半壶开水冲泡即可，真是大道至简的雅趣。

面店门口的横批不是"吃面"而是"敬来"，写得更加超凡脱俗：

> 淡如秋水闲中味
> 和似春风静后功

这副对联脱胎于明代理学家吴与弼的诗句，只是把原作中的"贫中味"改成了"闲中味"。闲来无事一家老小慢吞吞地爬到这渔洋山顶，吃碗热汤面后继续下午的好山好水游览，确实是一种闲趣。而心无挂碍的平和，是这个焦虑的世界里最需要修炼的内功。

能在左右高低不同的位置和角度，近距离悠闲地欣赏太湖，绝对超过当年王渔洋和李根源的享受。所以想要多方位感受太湖美景的精华，一定要来渔洋山公园走走。

崎岖蹊径有奇趣

登顶渔洋山，除了走平整的柏油步道，还有多条林间的崎岖小道可选。一条是从景区大门进入，这里首先会碰到一片大石坪。石坪底部架设有一座九曲板桥，夏季会有大水漫灌，在此处积水成潭。而在枯水期，这就成了一座旱桥。不过在石坪的角落里依然会有一些不干涸的小潭，游弋着不少小鱼蝌蚪。再往上行就是桃花溪和桃花潭，溪边种有桃树和山楂树。桃花潭附近建了中式的游廊、扇面亭，还点缀了一些太湖石块，种植了大片的牡丹花，旁边就是那片最大的绿草地。瑶草一何碧，春入武陵溪，穿花寻路，直入吴越古道，通过那条陡直的山路很快就能登顶。

渔洋山面积很大，法华山以外的大多数山地都没有被纳入景

桃花溪大石坪

区。从舟山路也可以上渔洋山，在这里还可以看到山坡上的麦田和菜地，鸡犬相闻，完全是一幅农村景象。这里裸露的土地呈现出红色，是苏州比较少见的。而在这片野地里还可以看到各种有趣的野生植物。刚入村口时在一棵大树上缠满了藤蔓，结了很多无花果一般的果子。这种藤蔓叫薜荔，是中国古代常见的藤本植物，柳宗元有诗云"密雨斜侵薜荔墙"，只是没想到这纤细的藤蔓可以结那么硕大的果子。可惜这种果子并不像无花果那么好吃，所以熟透了掉了一地，也无人问津。

野生的覆盆子却有酸甜可口的浆果，这种灌木也是本土植物，从春到秋都有成熟的果子。它的欧洲近亲是那里的主流水果

西南诸峰 别样苏州

之一，长相类似，个头更大，进口中国后被称为"树莓"，售价高昂，当然在欧洲卖得也不便宜。本土的覆盆子在中国一直没有商业化，几乎看不到售卖。鲁迅在《从百草园到三味书屋》中对此形容得最为精准："如果不怕刺，还可以采到覆盆子，像小珊瑚珠攒成的小球，又酸又甜，色味都比桑葚要好得远。"对照实物，细细品味这段必背课文，其中的描写没有一句空话：首先植株上面有刺；其次果实表面有颗粒凸起，像小珊瑚珠攒

覆盆子

长"多肉"的"橘子树"

成了一团；最后酸甜可口，和类似的浆果桑葚相比，品质高了一个档次。在苏州的很多山林中其实都可以发现覆盆子的踪影，但在渔洋山的这条山路上似乎是特别多，大片大片地野蛮生长。覆

盆子植株上的刺，会给采摘带来一点小麻烦。居然看到有人掏出一副筷子，麻利地把它们夹到袋子里，应是有备而来，让人不服不行。

在这条山路之中，还能看到一种奇特的树木，树形和叶子都像是普通的橘树，树梢却结出了许多像多肉植物"快刀乱麻"一样的东西，不知道是花还是果。各种植物识别软件都给出一些似是而非的答案。希望能被苏州植物园的"植物猎人"发现，移植几棵到"珍稀植物园"里做大众科普。就算它不是濒危的珍稀植物，能看到树梢长出"多肉"的"橘子树"也是非常好玩的。

这里虽是野路，但也有一些开发建设，在一个三岔口居然还碰到一座仿古四面厅。大概曾经打算作为一个景点，后来放弃了。无人打理，破败不堪，荒废得像处古迹。

在光明顶附近，还开辟了一条孙武道，是一条架设在陡坡峭壁上的木栈道。这条木栈道不长，是连接起两条盘山公路的捷径。另一条更长的串联山道叫"西施道"，苏州的山林都要尽量附会春秋历史名人，可惜孙武和西施并没有绯闻。传说孙武当年就在渔洋山下演习练兵，还假戏真做，斩了吴王阖闾两位不听指挥的宠妃。西施一定对他心有余悸，生怕被他拉去军训。这里除了附会孙武，更大事宣扬伍子胥。传说这座山是伍子胥赠送给一位老渔翁的，以报答他的救命之恩。在光明顶附近还立了一尊伍子胥和老渔翁的雕像，不过主角还是报恩者伍子胥，而不是恩人老渔翁，那个驾船的无名渔翁仿佛是伍子胥的仆从。

按照地图指示两条盘山公路分别通向两座古庙：山中的四面观音院和山下的昙花庵。但实地探访会发现这简直是个"骗

西南诸峰 别样苏州

局"。四面观音院常年大门紧闭，据说只在观音菩萨生日等少数几天才会开放。昙花庵则在景区之外，被铁栅门所隔离，根本走不过去。这两座寺庙也和大多数苏州古刹的命运一样，曾经毁于"文革"。庙宇建筑都是改革开放后重建的，由永乐师太筹款所建，所以目前都是尼姑庵。参考郁永龙先生的公众号"笔名苏龙"中的文字和照片，可知这里还是有几处值得一看的古迹。在昙花庵里有一株五百年的银杏树，还有一块提篮观音的画像碑，碑是清代康熙年间的遗物。而在四面观音院里有一座高约一米的方形石柱，四面都有观音像的深浮雕。据说更是南朝萧梁的文物，可惜已有三面被凿毁。

在昙花庵附近还有董其昌的墓葬，当然也在景区之外。这处墓葬是由李根源考证确认的。当年李根源从资料中得知董其昌墓位于渔洋山，于是来此实地探访。但当地就连董姓的村民都不知道董其昌的墓在哪里，把他带到一处规模庞大但无墓碑的古墓前，说这是范家的祖坟。李根源认定这就是董其昌墓，只是因为时代久远、信息遗失而被人搞错了。他在董姓人家的桑园旁发现一块字迹模糊的石碑，是康熙年间董其昌的曾孙所写。碑中记载了董其昌的墓地被另一个不肖的曾孙卖与了沈家，状告官府后，不肖子孙被治罪，官府公告要永久保护董其昌的墓地。李根源据此进一步认定附近的那座大墓就是董其昌的墓葬。不过这终究只是间接证据，证据链不够完整，所以也没有定论。

如今连那座疑冢也荡然无存了，所谓的董其昌墓只是一个黄土坟头，周边完全没有申时行墓那样的翁仲和神道。坟头前有一块墓碑，上刻"明董文敏公墓"，左右两边的落款分别是"后学吴荫培拜书""己未冬吴中保墓会立"。这是和李根源一起组织吴中保墓会的前清探花吴荫培所手书。而这件民国的旧物，也是2014年重修董墓时从附近的山林里找出来的，所以这座墓只能算座衣冠冢。附近的山里还散落一些残缺的石马和石翁仲，或许他们就是当年董墓的见证者，可惜他们都不说话。董其昌墓大概就在渔洋山里，但具体在何处，还需要更加严谨的考古研究。

除了山野小路，渔洋山里还修了一条两千多米的自行车公路赛道，经常会有高级别的山地自行车赛在此举行。另外还有观光索道和下山滑道，简直是条条道路通渔洋，男女老少皆适宜。

但谁能想到，这样美丽惬意的休闲之地，在民国时代竟是湖匪横行、田地荒芜的蛮荒之野。《吴郡西山访古记》中写道："土人云：渔洋多湖匪，掳人勒赎不可轻往。舆夫有戒心，不敢行。余大言壮其胆，强之行。"当李根源兴致勃勃地考证董其昌墓葬的时候，轿夫凑近他的耳边说怕有湖匪来袭，请求速速离去。而当他看到巨浪滔天的美景时，也不敢多作流连，唯感"至为怅惘"。

当年李根源探访渔洋山可以说是冒着生命危险，但他毕竟是军人出身，艺高人胆大，而且只去一趟而已，所以敢于冒险。但当地居民就吃不消这样的风险了。所以当年光福、东渚一带为湖匪所困，民生凋敝，他看到"近乡中富绅悉迁城中，乡居农民绝无自卫力，唯以一穷字与匪相拼"。富人四逃，穷人搏命，实在是凄凉之地。不过那些湖匪大概也会在实践中摸索总结出自己的"血酬定律"，不敢轻易涸泽而渔。

同处于民国时代，无锡太湖边的治安状况相比来说就要好得多，完全无此乱象。这大概和民国时期无锡商会的强大自治能力

西南
诸峰
别样
苏州

有关。梅园、蠡园、鼋头渚等太湖边的私家别墅区，不仅多有达官贵人慕名来访，而且本地居民甚至全国的游客也都络绎不绝地前来游玩。郁达夫以一个普通游客的身份游览梅园，赞赏梅园"与太湖的接而又离，离而又接的妙处"，是他那篇"病态"散文《感伤的行旅》之中为数不多的亮色。无锡太湖颇负历史盛名，而苏州太湖却长期默默无闻，除了自然条件的些许差异，民国时期治安环境的天壤之别恐怕是更主要的原因。这也是国泰民安数十年之后，一般人意想不到的历史原因。

到如今，鸟瞰太湖佳绝处，安能错失渔洋山？一定要在仲夏之夜，支一顶帐篷，露营在桃花溪边的芳草地上饱览太湖：看日落，看月起，看繁星满天，看湖涛拍岸，看烟消云散……

太湖仙岛山缥缈：
宛若桃源的洞庭二山

　　如果把苏州太湖作为一个远观的对象，那么最佳的观赏点就是渔洋山上。但如果把苏州太湖作为一个近游的场地，那最佳之处非西山和东山莫属。这两座山岛的全称是西洞庭山和东洞庭山，光听名字简直搞不清是在洞庭湖里还是太湖里。由王鏊的《太湖七十二山记》可知，最初"洞庭山"专指西山，因为山中有林屋洞，洞内有金庭，取洞中之庭的意思，故而得名。而位于"洞庭山"之东的大山岛，就被命名成"东洞庭山"。大概"洞庭山"容易让人搞不清楚是两山的统称还是一山的专指，于是反过来又把"洞庭山"命名为"西洞庭山"。西洞庭山又被称为洞庭西山，简称"西山"，所在行政单位叫"西山镇"。改革开放后以经济建设为中心，镇里觉得"日薄西山"有点晦气，不容易吸引投资和消费，于是以点代面，更名为"金庭镇"，也算是有据可考的拜"金"主义。

　　现在两座山岛最常见的称呼仍是西山和东山。这样的名称和

西南诸峰 别样苏州

西湖一样，毫无个性而且容易重名。不过，独特的自然风光和深厚的人文底蕴会赋予其中一些以盛名。所以中国有很多出名的东山，比如绍兴的"东山再起"，广州的"东山少爷"。也有不少出名的西山，比如北京的"西山八大处"，昆明的"西山龙门"。但东山与西山都出名的，恐怕就只有苏州太湖了。

这两座山岛之所以出名，不是因为它们的最高峰。西山缥缈峰的名字听起来很酷，位列"太湖七十二峰"之冠，高度仅次于穹窿山和大阳山。"缥缈峰"之名还被金庸嫁接到了天山之巅，并安插了一位"天山童姥"，让武侠迷心中多少有些期待。但实地一看，仙气全无，土气十足，真是相见不如怀念。进入景区走上几公里都是一副破旧农村的模样。上山之后爬到很高的地方，依然还是杂乱无章的果园和菜地，完全没有树山、旺山等现代化山村那样的景观设计。山顶又离太湖太远，多处还会被次峰遮挡视野，少有渔洋山那样一览无余的好风光。

东山莫釐峰，别称"雨花胜境"，名字十分动听，但莫说是上方山那样的花海，就连一朵像样的花都很少见。"雨花胜境"容易让人联想起南京的"雨花台"，那里也没什么花，只有烈士陵园，之所以得名据说是那里曾有一位高僧讲经说法，说得天空都下起了花瓣雨。而莫釐峰也是隋代莫釐将军的墓地，山里还有很多古今墓葬，如今还集结了不少周边荒废古墓神道里的石马、石羊和石虎，并且别出心裁地把其中的石虎命名为"年"。至于说"雨花胜境"的雅号，也有"天花乱坠"的感觉，还是"莫理"为妙。

这两座山岛的真正魅力在于千姿百态的太湖石，无数生机盎然的古木，众多保存完好的古宅，以及古宅、古寺之中的各种精美雕刻。

湖山钟毓太湖石

太湖石是苏州园林的必备要素，它们多孔多皱，千姿百态，因此也被称为"花石"，简单几块就能模拟奇峰秀岭的姿态。太湖石既可以单块矗立作为孤峰，如留园的冠云峰，也可以多块组合叠成山岭，如环秀山庄的大假山。在狭小的庭园空间，想要产生芥子纳须弥的效果，太湖石是最佳道具。苏州园林之所以出色，一半的功劳在于这些就地取材的太湖石。若没了这种石料，堆叠的假山很容易像一堆煤渣，比如鼓浪屿菽庄花园里的大假山；哪怕是颐和园，也有好几处假山惨不忍睹。所以艺术修养极高的宋徽宗偏要从苏州采掘太湖石，不惜劳民伤财也要千里迢迢地运送"花石纲"到汴京，搭建他的超级玩具"艮岳"，真不愧是骨灰级玩家。

艺圃博雅堂前的对联写道"七十二峰剪片山"，道出了造园的真谛。只是真要在太湖七十二峰里截取好看的石头并不容易。那些不修边幅、浑身都是艺术细胞的太湖石就算在苏州的湖山之中也难得一见。苏州西部山林中的石头大多数是玄武岩或花岗岩，并无孔洞或造型，只适合被切割得整整齐齐的去架桥铺路垒墙壁，不适合用来造园。不过反过来看那些"漏洞百出"的太湖石更加无用，它们最大的实用价值大概就是煅烧成灰，加工成石灰或者水泥。艺圃中的太湖石"垂云峰"就被拉去烧成了石灰，实在是煮鹤焚琴的悲剧。

在苏州，只有太湖西山等少数太湖山岛才有岩溶地貌，盛产太湖石，真是造化钟神秀，老天偏心眼。这种青白色的石灰岩也

西南诸峰　别样苏州

因此得名太湖石。北宋"花石纲"所采挖的苏州太湖石大都来源于此。太湖石又以湖下的"水石"为佳，因为经过水流的长期冲刷侵蚀，更加多孔多皱。但要从水下采石运输，尤其在古代，其难度可想而知。

太湖东山的主岛也不产太湖石，但隶属于东山的三山岛却是当年"花石纲"的主要采石基地之一。2016年，这里新增了一个景点"皇家采石场"。在残留的灰白色峭壁上，刻上了这五个烫金大字，落款居然是"眉州苏轼"，不知道是从哪里移花接木而来。什么东西沾上了"皇家"就显得高级，仿佛和"皇家机场"同一档次，实际上这里不过是一处原材料生产工地，是出卖苦力的地方。

三山岛上的石头也并不都是太湖石，山里有一块叫"四世同堂"的石头，里面清晰可见四种石质：四亿年前的石英砂岩，两亿年前的石灰岩，八千万年前的火山岩和四千万年前的方解石。可能这里没有大规模的火山喷发，所以没有被玄武岩和花岗岩这些火山熔岩所覆盖，仍以太湖石这种古老的石灰岩为主。当然这些沧桑变幻都远远超出了人类的记忆。

在"皇家采石场"周边还可以看到不少未被采挖的天然太湖石。一块伏波于水的长条形石头，略似水牛，被称为"牛背石"。而一堆位于山脚湖中的大石头被称为"十二生肖石"。围绕它们特地修建了一道半环形的长堤，可以让人们在更远处观看这些象形石。但具体哪块石头像哪个生肖动物并未注明，全凭自己的眼力和想象力。问村民如何识别，他们也笑笑说搞不清楚。这堆奇形怪状的石头，彼此独立，有的还部分腾空翘起，形成许多天然的石穴罅，仿佛苏轼笔下的石钟山。

三山岛一线天　　　　　　　　　　"狮身人面像"

　　山上也有几处有名有姓的太湖石。一处叫"狮身人面像"。从山下的滴水观音像附近望去，一块硕大的太湖石赫然突出于密林浓荫之外，颇像埃及狮身人面像的造型。最上面那块像脑袋的巨石上甚至还长着五官，即便不够清楚也没有关系，反正狮身人面像也没了鼻子。石头旁边有"一线天"，石壁上题刻有"云梯"二字。修造的石阶故意设成了五十三级，附会"五十三参，参参见佛"的佛家典故。在崖壁上还装了几个铁环把手，烘托惊险的气氛。石阶陡峭，回头望去，仿佛是踩着后面人的脑袋；可惜这里只有一面崖壁高耸，没有天平山龙门一线天那样的两面压迫感。

　　从一线天登顶之后，还可以看到一片光秃秃的采石宕口遗址。如今在这块山岭之上开凿了一条狭窄的石道，添加了铁栏杆扶手。在一座山头上建了一个石亭，是望湖佳处。又在两处挖断的残山之间架设了一座小小的石桥。桥栏板上题刻有"人山桥"三字。这里并没有人山人海，大概是人在山边的意思，可以成"仙"。虽是残山剩岭，但景观改造得却很不错。

另一块著名的天然太湖石叫板壁峰。这片兀立的奇峰平平整整，宽而不厚，像一堵板壁，因此得名。顶部略有参差，上面还有一些攀附的藤萝，底部有个洞穴，仿佛是一处天然的大盆景。这块山石在绿野和湖色的衬托下显得小巧玲珑，不过对于一般的园林来说仍是庞然大物，比米万钟的"败家石"——"青芝岫"还要大得多。如果要整体采掘，实在难以实施；如果是部分截取，则平淡无奇。所以终究弃置山野，留存至今。

总体来说，这些未被挖走而留作景观的太湖石，只有一点整体象形的奇趣，并不能体现太湖石"透、漏、瘦、皱"的标志性特点，所以才被玩家弃之不用。

太湖西山盛产太湖石，大部分属于岩溶地貌。这里不仅有古代"花石纲"的采石遗址，更有现代水泥厂的大规模宕口遗址。而天然太湖石的景观主要集中在石公山和林屋洞。石公山是西山岛最偏远的一个角落，也是苏州最长公交线路69路的终点站。沿着山间公路一直开到尽头，眼前豁然出现水天一色的景观，仿佛到了海角天涯。

石公山很矮，但上面的太湖石最为出色。苏州土生土长的著名作家叶圣陶在《假山》一文中写道："可观的'真假山'，以我的浅见，要算太湖中洞庭西山的石公山了。那里全是湖石，洞穴和皱襞俯拾皆是，可是浑然一气。又有几十丈高的嶂壁，比虎丘'千人石'大得多的石滩，真当得上'雄奇'二字"。

在石公山面朝太湖最开阔的一边有一座拔地而起的垂直嶂

壁。这座二十余米高的山崖通体青白，格外显眼。在山崖顶部还修建了一座来鹤亭，可供登临望湖。虽然建筑风格与苏州园林类似，但这样壮丽的山崖和近在咫尺的浩瀚湖面，是苏州园林的假山池塘所模拟不出的效果。

石公山嶂壁

海灯法师陈列馆

西南诸峰 别样苏州

242

这座垂直山崖下的地面格外平整，也反衬山崖的挺拔。平地上建有一系列的游廊轩榭。其中一间厅堂开辟为海灯法师陈列馆。这位传奇武僧从1956年起做了十年的石公寺住持，1966年被驱逐出山。厅里悬挂有一幅海灯法师二指点地倒立的画像，还有一副楹联写道：

> 涧雪压松多偃仰
> 岩泉滴石久玲珑

虽然史可法的原文并不是为石公山所题，但转用于此十分贴切。陈列馆里有一张海灯法师练习"地屈龙"的照片，是神龙摆尾式的高难度扭转，酷似一棵偃仰生姿的黄山古松。而太湖石的玲珑不正是水滴石穿的日久之功所塑造出来的吗？简直是为太湖石度身定制的广告妙语。

石公山的石矾

在石公山西南的水涯边有一处叫"花冠洞"的地方，实际上是一片玲珑的水生太湖石群。沿着一条几乎垂直的梯道可以一直走到石矶之上。狭小的石矶上有石台、石梁和石洞。经过常年的湖水冲刷，还有很多弹窝和孔洞，玲珑有致。微风鼓浪，声如钟鼓；浪花拍岸，飞沫四溅；还有点惊心动魄的感觉。可惜地盘过于逼仄，几无立锥之地，否则更胜鼋头渚一筹。

另一处山石奇趣是"一线天"。天平山、大石山、三山岛都有一线天，但这处一线天最窄最直。更加难得的是，这道崖壁上的天然裂隙和山下的天然沟堑，以及人造关隘之间彼此呼应。湖滨的山道入口是一处天堑，两边岩体壁立，犹如一座石关。天堑的上方架设了一座精致的石拱桥，取名"移影桥"，出自苏州当代作家李洲芳的诗句"风帆移影桥独横"。再往上行，是用石块垒造出来的一座平台，中间开设了一条不宽的甬道，导向一线天所在的山崖。这处人造的石甬道，让湖滨的天堑和山上的"一线天"保持了紧密的关联，产生一气呵成的特效，真乃神来之笔。

移影桥　　　　　　　　　　石公山一线天

如果从湖滨一路爬上来，从无拘无束到骤然收紧，再到两壁夹身，最后海阔天空，仿佛一场人生之旅的隐喻。

"一线天"顶部差不多就是石公山的最高处，还不足五十米。山的另一边有一座石公寺，里面有海灯法师的灵塔。这座黑色的铁塔，如今贴上了一层金箔，闪闪发光。侧边则是近五十米落差的悬崖，可以看到一片伸入湖中的巨石坪，足有五千多平方米，叫"明月坡"，比虎丘"千人坐"还要大。虽然看起来像采石场的废墟，但实际上却是纯天然的大理石石坪，既滑又亮，略带倾斜地探入湖中。在附近的湖边还可以捡到一些像黄泥块的小石头，竟和太湖石一样多孔。

石公山里还有几处著名的山洞，一处叫归云洞。和上方山的

明月坡

石佛寺一样，古人曾在归云洞内的石壁上凿出一尊观音像，但它也和石佛寺的石观音像一样毁于"文革"。如今这里重立了一尊送子观音像，怀中的石娃娃被摸得油光锃亮。洞口的"归云洞"三字是明代常熟虞山琴派创始人严澂所题。

另一处叫夕光洞，"夕光洞"三字由清代苏州文人王樑所题。洞内有一道正对西方的缺口，夕阳照进来，可将洞内点亮。这和大石山的"夕照岩"是类似的景观，而且也有类似的命名。洞内还有块钟乳石，被称为"倒挂塔"，不知此"塔"是否别名"雷峰"？

除了夕光洞的夕照，这里的月色也很迷人，范仲淹说"秋宵谁与期，月华三万顷"。石公山的秋宵甚至还有日月双照的奇观。在湖畔一座名为"超然物外"的水榭中，挂有一块"日月同辉"的横匾。每年农历九月十三号傍晚，太阳未落，月亮已升，在此形成双照。而到了农历九月三十日清晨，双照奇观会再次出现在大阳山里。一个在湖边，一个在山巅；一个是傍晚，一个是清晨；一个日落月出，一个日升月降；一个在十三日，一个在三十日……连天公都受了此地人文雅趣的熏陶，开始用山水日月巧作对仗。

夕光洞

归云洞和夕光洞都是不足挂齿的小洞，真正算得上洞天福地的大洞是林屋洞。这座大溶洞历史悠久，远近闻名，东汉时期即有人在此布道。唐朝时，来自洛阳的86岁老叟张平阳到此一游，觉得此洞"立石如林，顶平如屋"，因此命名为林屋洞，并在洞口题刻了"林屋古洞"，至今犹存。在北宋的道教典籍《云笈七签》中，将神仙居住的名山胜境总结出十大洞天，太湖洞庭西山的林屋洞位列第九。于是明代苏州籍武英殿大学士王鏊，在洞口又题刻了"天下第九洞天"的字样。而明代画家周时臣仿照此洞，在"洽隐山房"中叠造了一座水洞假山"小林屋"，如今在平江路街区的惠荫园里仍然留有遗迹。苏州没有大山，甚至也不像宜兴那样以溶洞闻名，却能有一座跻身天下第九的道教洞府，实在让人难以置信。20世纪80年代初开发旅游，铲除洞内淤泥五万余立方米，让此洞重见天日。在这

林屋洞

里发掘出了南朝萧梁的石碑，唐代以前的金戒指，唐宋时期的金龙、石像、玉简、青瓷碗等众多珍宝，可见此洞不凡的历史地位。

　　洞身很大，现存的洞穴由彼此相连的两个大洞组成。入口处的洞叫"雨洞"，因为常年有水滴从洞顶渗透下来，犹如下雨一般。而出口处的洞称为"旸谷洞"，"旸谷"是古代传说中的日出之处，因为洞口朝东，正对旭日。合在一起恰巧就是"东边日出西边雨"。金龙的发现之地还被特别命名为金龙洞。这几条纯金的小龙现存于苏州博物馆，看起来像几片剪纸，并不算精美，远不如陕西历史博物馆的赤金走龙那样活灵活现。毕竟江湖洞府不如皇家内府那样财大气粗，金料有限，只能打成金箔，做成纸片一般的走地金龙。记得1995年来此旅游，购买林屋洞的门票还会附赠喷金纪念币，一面刻有两条金龙，想来正是洞中出土过金龙的缘故。洞内沟

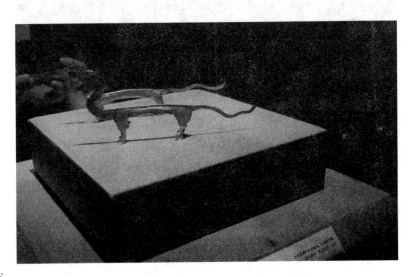

林屋洞出土的金龙

壑纵横，暗河流动，灯光七彩，绚烂夺目。在迷宫一般的洞窟仙府中穿梭游走，是苏州西部山林中绝无仅有的体验。

出了旸谷洞口爬上洞外的山头，也是一片奇石的海洋。这里尚存石刻二十余方，其中不乏唐宋古刻，是苏州西部山林中最为古老的摩崖石刻群。其中唐刻一方，就是上述张平阳所题的"林屋古洞"。宋刻四方，其中范成大为堂兄范至先等人所题的到此一游，内容无聊，但书法精湛，被李根源誉为"书法刚劲，刻工精美，神采奕奕，照耀具区，当为山中摩岩第一"。另有一方三百余字的《道隐园记》，是南宋高士李弥大退隐西山林屋洞山南道隐园时所书。这篇小记对这座山上的奇石景观做了生动的描写："缘山而东，乱石如群犀象牛羊，起伏蹲卧左右前后者，曰齐物观。"虽然对普通游人来说，这座无名山头上的景观只是林屋洞可有可无的附庸，但即使林屋洞已经消失，仅剩下这些奇石

雨洞入口

和石刻，也足以成为风景名胜。

《道隐园记》中提到"中为亭，曰'驾浮'，可以旷望，将凌空而蹑虚也"。如今在山顶中央建了一座三层的楼阁，取名驾浮阁，成了林屋洞的地标。在驾浮阁左后方的山崖边还修了一座观景亭，在两座亭阁之间居然还暗藏了一片可供穿梭的地缝。这片石缝也是岩层中天然形成的，景区只为此处铺设了路面。地缝狭窄如一线天，幽深如林屋洞，最窄处必须侧身通过。越往里走，和地面落差越大，地形也愈加复杂，出现了好几条岔路，最终都会合到那座观景亭之下。可惜景区对于这么神奇的地缝没有任何指引和介绍，又因为暗藏于地面之下，所以人迹罕至。其实《道隐园记》中早有记载："……又其东有大石，中通小径，曲而又曲，曰'曲岩'。"但是一般的游客很难发现这处妙境，他

道隐园记等题刻

西南诸峰 别样苏州

们哪有时间和耐心读完那篇古文的"说明书"，就算读完了也想不到山上竟会"暗通款曲"，仍有暗藏于地表之下的"曲岩"。如果在生活中遇到了无比尴尬愧疚的事，想找个地缝钻进去，那么请到林屋洞的山顶来了却心愿。

三山岛、石公山、林屋洞，岛外有岛，洞里有洞，天隙地缝，日

地缝"曲岩"

月双照，这些都是浩瀚太湖所孕育出的精华。

古木参天植幽谷

在石公山招鹤亭后背有一棵桧柏，夹杂在树林的青枝翠冠之中毫不起眼，却有近千年的树龄。这棵树看起来既细又小，树顶干枯不生绿叶。殊不知这正是千年古柏所共有的特征——树冠的大部分树枝干枯，只有少许枝叶仍然青翠，仿佛人老了容易谢顶。南京高淳区就把一棵古柏形象地称为"倒栽柏树"。

在西山和东山的山谷之中，像这样的古木非常之多，是苏州山林里古木密度最大的地区。游览这两座山岛，看看那些快要成

精的古树，惊掉几次下巴，也是一大乐趣。

在西山东湾村三官殿内也有一棵桧柏，树龄高达一千五百年。这棵树所在土地比石公山顶肥沃得多，所以长势也要好得多。这棵桧柏树形高大，往上分岔为两大支，与院墙外的一棵古香樟深情相拥。

西山最多的古木是香樟，香樟也是苏州的市树。这种树木不仅生长较快，树冠巨大，而且四季常青，初夏开花时，花香十里。更重要的是，树身中含有浓郁的芳香素，可以驱虫防蛀，樟脑丸就是从中提取而来。古代江南地区的嫁妆都需要樟木箱。传说姑苏人家会在女儿出生之时种下两棵香樟，等女儿成年出嫁时刚好打上几口樟木箱。所以苏州人对于香樟树的偏爱也隐含着几分实用主义的考虑。西山古村里的这些古香樟不知是野生的，还是未被用掉的备份？

据不完全统计西山岛里树龄五百年以上的古香樟多达三十余棵，具体分布如下：明月湾一棵、古樟园两棵、罗汉寺两棵，东湾村井场七棵（外号"古樟七怪"）、东湾村场桥门一棵、东湾村三官殿一棵、东村下泾五棵、植里六棵、东河社区一棵、樟坞一棵、石公村四棵、环岛公路一棵，外加阴山岛一棵。古香樟树在此简直俯拾皆是，其中仅千年古樟就有五棵。

古樟园、明月湾和罗汉寺是西山专设的景点，里面的古樟最容易引起关注。而其他的古樟则散落在村头巷尾，甚至是附属小岛，大都养在深闺人未识，需要按图索骥，边问边找，多费一点周折。

相比于桧柏越老越干枯、一副老态龙钟的样子，香樟树却越老越茁壮，枝繁叶茂，生机勃勃。最古老的一棵香樟树位于东湾村场桥门，有一千五百年的树龄。主干的分岔点比较低，形成了两大支干，因此树冠格外庞大，就像阿城《树王》中所描写的那样"枝枝杈杈蔓延开去，遮住一亩大小的地方……树皮一点不老，指甲便划得出嫩绿，手摸上去又温温的似乎一跳一跳，令人疑心这树有脉"。而凸出于地面的老树根像一块块虬结的肌肉，仿佛随时都能拔地而走，和《指环王》里那些能量巨大的树人一样。

明月湾的古樟是唐代遗留的千年古树，遭过一次雷击，枯死了一半，整体略作歪斜，像个伛偻的老头。但仍有一半欣欣向荣，枝繁叶茂，仿佛伏在老头背上顽皮的孩子，因此俗称"爷爷背孙子"。这副半枯半荣的面目也是武侠小说里修炼的一层境界。

罗汉寺的两棵古樟虽只有六百余年树龄，但其中一棵被一枝苍老的紫藤所缠绕，形成了"龙盘玉柱"的奇景，也被称为"藤樟交柯"。若在热带雨林中，这会出现植物绞杀现象，寄生藤蔓的根系会逐渐切断被寄生大树的养分，最后导致它枯萎死亡。但苏州人偏爱紫藤，所以舍不得把把缠绕香樟树的紫藤砍掉。而这古香樟与老紫藤似乎也相安无事，和谐共生，两全其美。

最受重视的古樟当然要数古樟园里的两棵。一棵生于宋，取名"独威"，一棵生于元，叫作"争雄"，是西山之中少数有名有姓的古树。而以古树为主角，专门打造一处收费景点，更是全苏州绝无仅有的。园内以古樟为核心，建有石牌坊、慈航堂、如愿斋、兰香榭、独悟亭等景观建筑。还有"绣幕""天趣""仙隐"等十几处摩崖石刻，石刻和楹联都是由苏州的当代书法家所题写。另外设计开凿了瀑布、池塘等自然景观，就像李洲芳先生的题记碑中所描绘："山池裁云，窈若深渊，有水赏清，晶莹可鉴。青山为障，绿树成屏，云灿霞铺，苍枝掩径……"简直是一座"寒山别业"般的山地园林。

左"争雄"右"独威"

在古樟周围环列几座低矮的仿古建筑，"慈航堂"里供奉观音，"如愿斋"里供奉城隍，因为这里历史上"宋供观音，清祀城隍"。但如今这里并不是严格意义上的佛门寺院或者城隍庙，没有大雄宝殿、玉皇宝殿等其他宗教殿宇。所以外来的菩萨和本地的神仙仿佛都是专为守护这两棵古树而来。特别是"慈航堂"那尊观音像，左手托净水瓶，右手持杨柳枝，笑意盈盈，从容淡定。就算是"泼猴"孙悟空前来把这两棵大树打翻在地，想必观音也能让它们完好如初。

为了丰富景观看点，此园还和南京中山植物园合作，开辟了一座植物园，培育并展览珍奇观赏植物近千种，但这些奇花异草终究只能作为两棵古香樟的配角。

宋樟"独威"虽不是西山岛最老的香樟，但可能是最壮观的古樟。这棵大树主干周长达八米，高约三十米。姿态挺拔，树冠庞大，遒劲有力，雍容典雅，完全是宫崎骏《龙猫》中所绘的神奇大树的模样，仿佛到了夜里也会有龙猫在树巅长啸飞翔。抬头仰望，可以更真切地体会《树王》的文字魅力："大家张了嘴，又抬头望树上。树叶密密层层，风吹来，先是一边晃动，慢慢才动到另一边。叶间闪出一些空隙，天在其中蓝得发黑。又有阳光渗下无数斑点，似万只眼睛在眨。"而"独威"的真实存在，补充了《树王》言说不尽的"细枝末节"。

另一棵晚生两百年的元樟"争雄"也一样生机勃勃，主干的胸围接近五米，在树下仰望，似乎高度与"独威"不相上下。香樟并不是佛寺的主打树种，但有了它俩的对称组合，整个院落显现出寺庙庭院的庄严妙相。只是有了"独威"的对比，这棵"争雄"的年终考核永远得不了优秀。要和多吸收了两百年天地精华的前辈争雄，真是无聊且痛苦的"内卷"。元樟不应去争雄，而要去"捧哏"或者当"面对面"的访谈主持。彼此抬举，各显神通，化身合和二仙，或者换句更时髦的话来说——充分展现teamwork（团队精神）。所以这两棵古樟不如更名为"无独"与"有偶"。元樟无独，有更高大的宋樟就立在跟前，绝对算不上"老子天下第一"。宋樟有偶，有了元樟做伴，此生不必"独孤求败"，顾影自怜。

东山和西山虽然近在咫尺，东山却没有西山那么多的古樟。

但东山的古木同样蔚为大观，而且品种更加多样。

在敦裕堂前的巷子里，有一棵千年紫藤，藤萝满架，花开似海。这棵古藤并没有像苏州博物馆或者苏州一中那样圈养在院墙之内，而是"散养"于寻常巷陌之中，完全开放共享。如果不加刻意标示，谁也觉察不出它的古老和珍贵。因为紫藤很容易长出一副德高望重的模样，不消二三十年，就枝粗藤满，搞不清楚贵庚几何。所以苏博新馆里扦插的"文藤"看上去简直和旧馆里的本尊一样古老。如果觉得苏博的"文藤"种子卖得太贵，不妨来这里捡拾几粒"活文物"，还能多沾五百年的光。只是种子易得，院子难有，一把"仙豆"种到哪里去好？

在东山碧螺峰下的灵源寺里有一棵一千五百年的罗汉松。灵源寺是始建于南朝的古寺，这棵罗汉松是与这座寺庙同龄的见证者。历史上灵源寺规模宏大，曾与杭州灵隐寺齐名。"文革"期间毁于一旦，只剩山门一间。如今重建，又因资金断供而成了"烂尾庙"。这棵古木树形完整，枝繁叶茂，树高二十余米，需三人合抱。树干螺旋扭转，像虬龙缠绕，而正因为有了这样奇怪的扭转，难以加工成木材，它才躲过了乱砍滥伐。木拙于林，蛮人方饶，无用之才，焉知非福。

在东山附属的余山岛上，有一棵一千五百年的榉树。榉木是江南地区打家具的上佳木料，因此也被普遍种植。榉树的叶子在秋冬季节也会变红，虽然没有枫叶那样鲜艳，但也是一种本土的红叶景观树。这棵古榉的树身之中有一个大洞，可以钻入一个小孩，不过整体长势良好。

北望岭的下村村口有一棵两千年的银杏，可能是全苏州最古老的树。不过这棵树并不显得特别高大，因为多次遭到雷击，树

西南
诸峰
别样
苏州

256

身仅剩下四分之一。联想到七子山的乾元寺里也有一棵瘦小的银杏，号称有一千六百五十年的树龄，简直难以置信，大概也只是原树的一部分而已。银杏是雌雄分体的，20世纪50年代给此树嫁接了雌株，从此每年可产白果近百斤。此树先是身残后又变性，可谓命途多舛。不过有了利用价值，也得到了优待，终于可以颐养天年。

果树和奶牛母鸡一样属于农产品生产者，一旦产量不济，就会降格为农产品本身，譬如被砍掉当柴火，所以一般寿命不会太长。启园里的一株杨梅，却有三百年树龄，主干已经枯死，只剩下一株分枝。因为身在景区，所以不必计较产量，还被誉为"启园三宝"之一，为这座缺乏历史的园林增加一点历史感。但北望岭的一株三百年的杨梅，依然枝繁叶茂，果实累累，让果农乐不可支，被誉为"杨梅王"。而在灵源寺北山上，还有一棵三百五十年的"苏州板栗王"，树高二十余米，树围两米多，年产板栗近百斤，也是老当益壮。

茶叶虽然也是经济作物，但和果树的估值方式似乎略有不同。老茶树除了可以用来炒芽，还可以拿来炒作。在武夷山九龙窠景区，有三棵长在崖壁上的茶树，树龄三百六十年，被称为"大红袍母树"。它们作为古树名木，列入武夷山世界自然与文化遗产保护项目。2005年，二十克"母树大红袍"茶叶拍出了二十点八万元的天价。忍不住乱想，若用这天价茶叶煮颗茶叶蛋，才算是至尊奢华。在东山碧螺村金龙生态园里有一棵号称树龄二百五十年的"茶王"，不知道是否也打算借鉴"母树大红袍"的"炒茶"经验？

东山陆巷古村里有一座翻新的古宅——怀古堂，在它不起眼的"粒园"里有一棵年近百岁的枸杞。这棵老枸杞攀附在一块太湖石上，发散的枝叶如迎春花的枝条，主干竟有登山杖那么粗，简直像一棵小树。枸杞很普通，是江南春天里的特色野菜，清香而微苦。植株也很小，一般都是匍匐在地，跟野草一般，长成树状的非常罕见。在苏州甪直古镇的保圣寺里也有百年枸杞，被誉为那里的"古木三绝"之一。再平凡渺小的东西活得久了也能与众不同。

太湖石上的老枸杞

和保圣寺同属"天下罗汉两堂半"的东山紫金庵里有很多古树，其中也可以罗列出"古木三绝"：六百岁的桂花，八百岁的玉兰，一千五百岁的黄杨。

紫金庵环境优雅，古韵犹存，最负盛名的是由南宋雷潮夫妇所塑的十六尊罗汉像。它们大小如真人，表情自然生动，喜怒哀乐各不相同，是全国罕见的泥塑文物精品。在罗汉头上还有一排诸天菩萨，而此厅的中央，前有三世佛，后有观世音，以及其他侍者，济济一堂。这些佛像的衣衫、罗帕、华盖虽由泥塑，但宛若薄布，精雕细琢，令人叹为观止。这些精品泥塑都原样陈列在一间不大的老屋之中，一般供奉释迦牟尼的佛殿都叫"大雄宝殿"，但这里的罗汉太有名了，所以称为"罗汉殿"。在那些著名的泥塑面前，这些神奇的古树也似乎不值一提，仿佛它们就是此地与生俱来的草木，见怪不怪了。

罗汉殿门口的两棵古桂，虽没有听松堂庭院里的千年银杏古老，但千年银杏在苏州并不算罕见，而这里的六百岁金桂却是苏州最古。在净因堂前所谓的八百岁玉兰，实际上只剩下了一个树桩。在树桩上嫁接了一棵白玉兰，十分纤细，虚长了七百多岁的年纪。神奇的是，不仅嫁接的白玉兰活了，原本的紫玉兰也枯木逢春，萌发了一根新枝，于是花开

两棵千年黄杨

双色。

最为珍罕的还要属净因堂前角落里的两棵千年黄杨。俗话说"千年黄杨碗口粗",借以说明黄杨的生长缓慢。一般可见的黄杨都是低矮的灌木,极少有人见过千年黄杨长什么样子。到底有多粗呢?确实比千年香樟细得多,却比碗口粗得多,大概跟炒菜锅的口径差不多。这两棵黄杨笔直挺拔,远远超出了院墙,直插天际。在院墙之上的天空中开枝散叶,树冠遮住了整片小天井。树身上还有寄生蕨草的小叶片,仿佛一层鱼鳞。早春二月,树冠上开满了无数细微的花朵。会有许多酷似蜜蜂的食蚜蝇在树上采蜜,和蜜蜂一样振翅,像一团团飘浮的小雾,却没有嗡嗡作响。

小说《树王》里的主人公肖疙瘩,拼命阻止下乡的知青砍掉那棵树王,他的想法很朴实,就是要留着那棵巨树"证明老天爷干过的事"。多么幸运,能在太湖仙岛里见到那么多"老天爷干过的事"。

洞庭二山还见证了无数人类做过的事。经考古发掘,苏州史前文明的起点就在那座盛产太湖石的三山岛上。而有史以来,这里也一直不乏传奇和胜迹:大禹在角头洲商议治水,夫差和西施在明月湾消夏,商山四皓避居角里等地,宋徽宗在此征调花石纲,民间高手雷潮夫妇在紫金庵精雕泥塑,离职高干李弥大归隐道隐园,探花王鏊留下不够完美的"三元"牌坊,海灯法师在石公寺里苦练梅花桩,民国金融大佬们修造雕花楼、湖畔园林,历代名门望族留下无数精美古宅……勤劳的人们在此耕耘,在此收获,范仲淹说"万顷湖光里,千家橘熟时",可见早在北宋时期这里的山坡上就遍布了千家万户栽种的橘树。这里的橘子、枇杷、杨梅、石榴、柿子、板栗、白果、碧螺春、太湖三白……无不美味可口。

太湖东山在20世纪60年代基本与陆地连为一体，太湖西山则在1994年贯通了太湖大桥。两岛与陆地的连通，仿佛是漂泊海外的游子终于还乡归根。但实际上，对于古代苏州而言，水乡的出行方式是水陆并举，坐船的频次远高于今日。航行在河道里或航行在太湖里，其实没有太大的差异，所以古代洞庭二山和苏州城的关联度远超出我们的想象。于是这里的山水、人文、园宅、市井、果蔬、鱼虾，无不弥漫着老苏州的味道，反过来这里的资源也塑造了老苏州的气质。到如今，天隔变通途，但这里依然没有高楼林立、霓虹闪烁，也没有臆造生凑的古镇古村，一切生活悉如往常，是难得的风物清嘉。它们更像是保留在太湖里的两处古代生活范本，供人追忆书卷里的姑苏曾经的模样。

光天福地山水镇：
光福群岭的古迹奇观

　　光福这座太湖之滨的山水古镇，也是饱览湖光山色的理想之地。这里不像望亭、镇湖等滨湖小镇那样少有山林，景色单调。光福地区的山岭非常多：龟山、虎山、邓尉山、吾家山、铜井山、青芝山、玄墓山、米堆山、蟠螭山、潭山、西碛山、冲山……这么多有名有姓的山头全都集聚在光福这块弹丸之地中。难怪民国的《木渎小志》后面要专门附一篇《光福诸山记》介绍这里的群山。这些山头紧贴太湖，古木交柯，古迹遍野，有看不尽的自然奇观和文化宝藏，可以媲美太湖中的洞庭二山。

西崦湖光映塔山

　　光福古镇并没有像很多著名的苏州古镇那样开发成商铺林立的景区，而是保持了低调的日常生活。一条用花岗岩碎石块铺成的老街，居然还可以让小车通行。车行其上，慢慢吞吞，颠簸摇晃，仿佛古人坐轿，真乃"小轿车"也。老街两旁的房屋自然迭代：优质的古宅修补续用，危旧的平房拆掉重建，并没有刻意修造成某种风格的假古董，更没有统统推倒重来。但宅第大门相互紧邻，保留了传统街巷的格局。

从浒墅关流过来的浒光运河，流到光福最终汇入太湖。浒光运河的尽头不仅连着一片湖面还有几条小河，形成一片"π"字形的河道。在这片水域之上连续架设了几座桥，连接起几条岔道，地形路线比较复杂。浒光运河汇入湖泊的入口处有一座公路桥，车行至此会有一个急转道，于是司机在急转的过程中先会瞥见一片宽阔的湖面，一转眼湖面又被抛在脑后消失不见，只留下一点似真似幻的湖水印象。这片湖泊叫"下淹湖""下崦湖"或者"西崦湖"。"崦湖"大概是"堰塞湖"的意思。原有东、西两片，东崦湖早已淤塞，被开发成了住宅田地。西崦湖和石湖一样，都是太湖的著名内湖，有水道直通太湖，与太湖隔而不断。

河湖接口处的那座公路桥叫"虎山桥"，因位于虎山脚下而得名。这座桥原是一座三孔石拱桥，可惜在民国时期就坍塌了。如今为了方便交通，添加了这座公路平桥，完全没了以前三孔长桥的优雅。但站在这座桥上既可看到西崦湖，又可看到几条大河，还可以看到龟山及其顶部的宝塔，风景依然美不胜收。只要你站在桥上看风景，而没有人在楼上看到你所站的桥，就不会觉得煞风景。有一张晚清或者民国时期的明信片上描绘了此地的风景，上面赫然写着"A beautiful View near Hangchow (China)"（中国杭州附近的美景）。大概是根据照片绘制明信片的老外不知道这究竟是哪里，只觉得和西湖神似，估计不会离得太远，就模棱两可地写了一句"中国杭州附近"。而明代苏州状元吴宽在《泊虎山桥》中也写道："南人相见诧杭州，自料西湖让一筹。天为渔家开下崦，晚宜画舫驻中流……"无论是行舟还是行车至此，猛然看到此桥此景，都会感觉恍如到了杭州西湖。

A beautiful View near Hangchow (China).

老明信片上的虎山桥和方塔
（图片来自公众号"悠哉游哉之走遍苏州"）

　　龟山的得名是因为三座连绵的山头看起来像一只乌龟。山头虽然矮小，但山上的铜观音寺却是光福十分重要的名胜。这座寺庙最初叫"光福寺"，于是山以寺得名，镇又因山得名"光福"。这座山本为顾氏家族所有，顾氏是此地的名门望族。南朝时期的顾野王舍宅为寺，从此就一直成了寺庙。顾野王是著名的文史大家，博学多识，被誉为"江东孔子"，他编撰的《玉篇》

西南诸峰　别样苏州

是一部早期的按部首编排的楷书字典。在寺门右侧有一间顾公祠，在寺庙后门外的公园里还有顾野王纪念馆和顾野王书院。虽然光福以梅花出名，但这里的后山上并没有种梅花，而是种满了樱花，树下还有满坡的二月兰，春天来这里一片花海。

寺庙的正门并不朝向虎山桥和西崦湖，门外的景

铜观音寺

观从湖光山色切换成了水巷人家。这里的水巷是两街夹一河的格局，河叫福溪河，两岸的古街分别叫上街和下街。江南河道两边的街道一般都会以上下命名，譬如"上塘"和"下塘"，这显然不是指河流的上、下游，而是和欧洲河流所谓的"左岸"和"右岸"差不多。对于很容易"找不着北"的自然河道来说，东西南北的绝对坐标都毫无意义，只有以这样的相对坐标命名才更加合理。至于上和下的具体判断，可以设想舟行河中顺流而下，船左为"上"，船右为"下"。

古街上的宅第排列得井井有条，看起来都是十分富丽堂皇的舒适民宅。而这些深宅大院自古就和古寺并立，包围了这座低矮的山头，所谓"市廛环绕之"。

宋代琵琶桥

正对庙门的是一座宋朝遗留下来的古石桥，俗称琵琶桥，因为桥身留有武康石桥栏板，敲之叮咚作响，犹如琵琶弹奏，故而得名。青紫色的武康石是辨别古桥年代的标志物，宋代以后浙江武康的石料逐渐枯竭，因此改用金山石等更加坚硬更难开采的花岗岩，很难再看到这种石质较松、敲击有声的石桥了。不过这座古桥的栏板也有部分是用花岗岩修补的，所以想要"弹起我心爱的土琵琶"，一定要辨清材质，不要敲错了地方。

这座古桥虽然貌似一座拱桥，但主体结构却是直接平跨河道的梁桥。主石梁跨度五点四米，主桥石梁的侧面还雕刻有栩栩如生的双龙戏珠深浮雕。介绍牌上说这雕有"双龙戏珠"的主梁曾经断裂，一度被替换下来搁置不用，直到2010年才又将此断梁修复归位。仔细观察，会发现在雕龙石梁下面确实还有粗大的木梁，只是木头已斑驳发黑，几乎和武康石梁浑然一色。

这座五米跨度的梁桥，两端还各有五米多长的延伸桥体，所以坡度平缓，有长拱桥一般的弧度，走上桥面十分轻松舒适。过桥之后紧接着过下街，有一道和桥身宽度相仿的入寺石阶。这道

西南诸峰　别样苏州

石阶与正对面的那半截古桥仿佛互为镜像，又像是把河对面的另半截古桥复制到了庙门口一般，所以古代就有"隔河照墙反转桥"的说法。这座古桥从声到形，都被发掘出了好多意想不到的看点。

而寺内山顶的方塔也是一件颇有年头的文物。一般来说只有唐代以前的古塔才会采用方塔的造型，宋代以后就逐渐改成了圆塔，苏州的古塔基本都是圆塔。该塔虽然是宋塔，却采用了方塔的造型，十分独特。但无论是方是圆，这座古塔都为这低矮的山丘增色不少。如今古塔的外立面重新涂装，还加了塔檐，简直像一座新塔，完全看不出和寒山寺新建方塔的年代差异。为了表明此塔如假包换的真身，在一层的塔身上还特地开了一块天窗，露出一片原始的砖墙，供游客验明真身。

寺中还有一件著名的宋代文物——铜观音像。这尊观音并不负责"送子"，而是一位"雨神"。从宋朝开始，当遇到持续大旱或者洪涝时，苏州知府常会亲自登门，迎铜观音入城，祈求风调雨顺，而且都十分灵验。久而久之，这座寺庙就更名为铜观音寺。以勤政爱民著称的况钟、林则徐、梁章钜等苏州官员都和这尊菩萨打过交道。为表示答谢，林则徐还拨款修缮了铜观音寺。如今供奉铜观音像的殿堂里还有一副对联，脱胎于林则徐所撰写的长联。林则徐的原联：

大慈悲能布福田　曰雨而雨　曰旸而旸　祝率土丰穰　长使众生蒙乐利

诸善信愿登觉岸　说法非法　说相非相　学普门功德　只凭片念起修行

要雨得雨，要晴得晴，真不知观音菩萨还有这般阴晴调控的法力，比龙王和雷公还要厉害，这大概是本寺铜观音的专利。像林则徐这样的有识之士难道也如此迷信吗？恐怕这只是他所做的角色扮演而已。作为地方官，他要以这种积极解决难题的姿态赢得民众的信任和支持，重拾社会的信心，通过"菩萨保佑"的心理暗示来共同渡过难关。其实久旱必然逢甘霖，风雨之后总有阳光，转机不是不能到来，而是人们有没有耐心和勇气等到那一天。正如下联所言"只凭片念起修行"，不要迷信，也不能迷信理性，若把"片念"执着成"一念"，往往就成了一念之差。如今铜观音殿里所悬挂的对联，上联改动不大，下联却改动很大，以"只凭圣教速修行"结尾，更像是处处求速成的当今功利社会的写照。

这座古刹的"大雄殿"前还有一棵六百年的香樟，遮天蔽日，长势旺盛。在寺庙门口还有两根唐代的经幢，是会昌毁佛之后重建时所立。寺内的碑廊中也有宋代以来的古今碑刻数十方。地方不大，古迹不少，充满了历史沧桑。

唐代一位吴县顾氏后人顾在镕，深为眼前这座"家山"的美景所倾倒，赋诗一首《题光福上方塔》，曾被刻在了寺中的石碑上，开篇两句是"苍岛孤生白浪中，倚天高塔势翻空"。西崦湖的胜景离不开自然山水的奇妙组合，更离不开人造宝塔和石桥的点睛之笔。说到底，优美的风景并不只是大自然的偶然天成，更是人类顺势改造的成果。而点缀其间的特色建筑，正是这些自然景观的指挥，是这一幕幕山水演出的灵魂。

梅花如雪柏苍苍

龚自珍《病梅馆记》开篇说"江宁之龙蟠，苏州之邓尉，杭州之西溪，皆产梅"，可见至少在清代，邓尉山的梅花就已闻名全国。而《光福诸山记》中也最先介绍邓尉山，说这里"梅花开时，一望如雪，行数十里香风不绝，为吴中绝景"。并说此山"迤西南与铜井、青芝、玄墓诸山相连，故四周皆蒙邓尉之名"，所以龚自珍所谓产梅的"苏州之邓尉"大概是泛指邓尉山及其周边山头。

邓尉地区的梅花最早是由宋代文人查莘种植，当地农民纷纷效仿以种梅为业，采收梅子营生，达到了"种梅如种谷"的程度。所以这里的梅花极盛，漫山遍野，清代苏州名士汪琬描写这里的花海是"卷帘渐觉香风入，一路看梅到崦西"。清代的梅花从邓尉山一直种到了西崦湖边虎山脚，虎山脚下是光福梅海的序章。

但当年光福这么大规模的梅林其实都是经济林，观光游览只是顺带。农民只关心梅子的大小和产量，对于梅花的色彩和造型其实并没有要求，导致这里种植的梅花品种非常单一，大都是最寻常的白梅，这样才会产生"香雪海"的视觉效果。若换作是"范村"里的观赏梅，有十二个品种的各色梅花，范成大再怎么风雅，也不可能采用"香雪海"的借喻。但哪怕是最朴素的单瓣白梅，积聚到无边无际的程度，也照样可以产生震撼人心的美。

梅子很酸，并不能直接吃，主要用于腌渍蜜饯。在光福的窑上村还有一家破旧的蜜饯厂。在一片操场一样大的水泥地上整齐得排列着几口扣着巨型斗笠的大缸，腌渍各种口味的梅子和桂花酱。厂门上写着"吴县光福窑上花果蜜饯厂",还是二十世纪八十年代留下来的老招牌。现在的人们普遍认为腌渍品不卫生不健康,因此话梅等蜜饯很不受待见。梅子没了销路,无论是单价还是销量都远远比不上枇杷、杨梅、翠冠梨等新鲜水果,于是梅树被纷纷砍掉改种其他经济林木。农民伯伯从来都不是梅妻鹤子的林和靖,也不会理解哭花葬花的林妹妹,他们更关心怎么养家糊口,吃不饱饭才值得痛哭一场,挣不到钱才会讨不到老婆养不起娃。如今在邓尉、玄墓、青芝、铜井等普通山村里实际上已经看不到满山遍野的梅花了,大片梅花林主要集中在"香雪海"景区里。所谓的"香雪海"位于一座低矮的山头——马驾山中。马驾山也叫"吾家山",大概是吴方言的谐音讹传,并不是谁的家山。只因为这里有康熙年间苏州巡抚宋荦所题刻的"香雪海"三个大字,于是在此重植梅林,打造出一座收费的主题公园。里面的梅树没有太多的老梅,树冠大都较小。而补栽的梅花也不再品种单一,除了白梅,也有红梅、粉梅、绿梅……开始变得五彩缤纷。颜色丰富固然更加好看,但会导致名不副实,若干年后,人

香雪海

梅泉

西南诸峰别样苏州

们一定会奇怪怎么能把五色梅林看成一片白雪呢？难道宋荦是色盲吗？前来游玩的康熙爷不定他一个"欺君之罪"吗？

乾隆也多次慕名而来，现在景区里还保留有乾隆的一块诗碑。除此之外，在一座黄石驳岸的小池塘上还题刻两个楷体的怪字"槑渌"。"槑"字是"梅"的异体字，"渌"字的右下部分确切说是个"小"而不是"水"，不知是"泉"的异体字，还是个错别字。像孔乙己一样写出了"茴"字的第四种罕见写法，两字正好凑成"双呆"一对。

整个"香雪海"景区的规模也不算小，但仍然像是一片农村果林，并没有太多的景观设计，远不如无锡梅园精致，也没有南京梅花山绚烂，让人觉得盛名之下其实难副。梅林里还夹杂一些菜地，开着油菜花，不禁让人联想起刘禹锡笔下开着菜花的玄都观：香雪海里花千树，尽是老树去后栽。虽然乏善可陈，但每年早春慕名而来的游客却会把这里堵得水泄不通。可能光听听"香雪海"的名字，就觉得十分陶醉，于是都来此踏青探梅。而且随着旅游业的兴起，如今的光福，除了"香雪海"公园之外，也开始普遍补栽梅花，逐步恢复了"一路看梅到崦西"的历史盛况。

"香雪海"对面是司徒庙，所谓的"司徒"是指东汉开国大将邓禹，邓禹曾被册封为司徒。司徒位列三公，而太尉也是三公之一，所以百姓也把邓禹称为太尉，邓禹太尉简称邓尉，此山于是得名邓尉山。司徒庙里也有梅园，但最大的看点是古柏"清奇古怪"。"清奇"和"古怪"本来是两个形容词，例如骨骼清奇，行为古怪。但这里却拆分成了四个形容词，分别形容一棵古柏。

"清"是一棵大树，它有古桧柏的显著特征——"谢顶"，但总体来说枝繁叶茂，是四棵古木中长势最旺的一棵。

"奇"是一棵歪树，皮开肉绽，枝叶所剩无几，惨状堪比东南大学里的古柏"六朝松"。

　　"古"是一棵螺旋树，树龄并不一定最老，但是和灵源寺里的古罗汉松一样主干盘旋，好像一根被拧出来的麻花，平添了更多的"皱纹"，更加显得古老。

　　"怪"是一棵残树，最为神奇，被雷劈成两半，像两棵树那样分别扑倒在"清"和"古"的脚下。它们的一端简直是一段枯木，但另一端却绽放着葱茏的绿叶，充满了生命力。"怪"柏就像《热爱生命》里那位顽强的淘金者，哪怕命悬一线，也决不放弃挣扎，在地面上拼命地爬着，还向远方海边的捕鱼船挥手，令人肃然起敬。

清奇古怪

　　四棵古树纠缠在一起，仿佛一片森林。高低错落，俯仰生姿，又像一座老桩盆景。清代苏州名士吴云为这四棵古木题写的对联十分精彩：

清奇古怪画难状

风火雷霆劫不磨

形容不出的沧桑苦难，历劫不磨的生命热爱。

而在玄墓山的圣恩寺里还有三棵古柏。圣恩寺是一座知名的古刹，始建于唐天宝年间。清初有房屋一千余间，僧众一千余人，是临济宗三峰派的道场，当时全国五大名刹之一。清初有"禅宗莫盛于临济，临济之禅莫盛于三峰，三峰之禅莫盛于圣恩"之说。三峰派的创始人法藏法师做过该寺的住持，他也是灵岩寺弘储法师的恩师。法藏的门下大都是弘储那样有骨气的遗民。

现在寺庙无法从正山门进入，只能从寺庙东侧的大铁门出入。从东门进入大钟亭所在的庭园，然后斜插到寺庙中轴线上，就直接到了大雄宝殿的门口。

走进大雄宝殿门口的庭园，一眼就可看到一棵高大无比的桧柏赫然矗立。这棵桧柏已有一千八百岁的高龄，无论是树龄还是高度都远远超过了司徒庙里的古柏，是全苏州所罕见。这棵古木并不像东南大学的"六朝松"那样惨不忍睹，而是枝繁叶茂，生机盎然。树身略有倾斜，所以还用水泥柱支撑。但支撑件也不像"六朝松"的支架那样丑陋。东大的"六朝松"被套装了一个大铁箍再加了两根铁拐，仿佛是遭遇严重车祸后的伤员。这里却巧妙地使用了一段仿真水泥树干，野生的络石藤又不请自来地缠在上面，增强了拟态效果。而这棵古木本身的树干却像一段硅化木的化石，真是假作真时真亦假。在树顶还有一个巨大的马蜂窝，佛门有好生之德，马蜂窝在这里也可以成为安乐窝。

一千七百岁古柏　　　　　　　　一千五百岁古柏

　　在这个庭院西侧的对称位置还有一棵一千五百年的桧柏，不如这棵粗大，也用拟态的水泥柱加以支撑。两棵古柏就像古樟园中的"独威"和"争雄"两棵古樟一样，一大一小，皆属古稀。此外，在庭院下方的石阶旁边，还有一棵古桧柏，虽然体型更小，树龄也近千年。更有趣的是柏树子掉落在树下萌发出许多新苗，生生不息，百世同堂。桧柏幼苗的叶子是针状的，而长大后的叶子却是羽片状的，简直判若两树。那棵石阶旁边的古柏也是由掉落土中的种子长出来的吗？不得而知。或许就像赵州禅师"庭前柏树子"的公案那样，莫名其妙方为绝妙。

玄墓山的梅花在历史上也有盛名，就连《红楼梦》中都有所提及。第四十一回"贾宝玉品茶栊翠庵"中写妙玉款待宝钗、黛玉、宝玉三位小伙伴喝顶级"私房茶"。妙玉说烹茶之水"是五年前我在玄墓蟠香寺住着，收的梅花上的雪。共得了那一鬼脸青的花瓮一瓮，总舍不得吃，埋在地下，今年夏天才开了"。

那晶莹的雪水大概还留有梅花的暗香，是真正的"香雪"。这不禁让人联想起《浮生六记》里陈芸的发明：她将茶叶装兜放入荷花的花心，而荷花的花瓣昼开夜闭，一夜熏香之后，茶叶沾染荷香。那是小家碧玉的实用创新，对一般人来说也不难模仿。而要在梅花花心中采集积雪则是大家闺秀才可能想出来的主意，是一般人吃不消的考究。可惜这煞费苦心的五年"陈酿"梅花雪水，就连品味不凡的黛玉都尝不出差别，以为也是"隔年存的雨水"。难怪妙玉气不打一处来，忍不住恶语相向："你这么个人，竟也是大俗人，连水也尝不出来。"一场欢乐的雅集就此不欢而散，高人雅士之间的伤害就像细品鲥鱼时骤然卡到的一根刺，咽不下去，又吐不出来。

有不少"红迷"断言"蟠香寺"的原型就是这座圣恩寺，可惜如今在圣恩寺内外，梅花都难得一见了，大概连一酒盅的梅花香雪都集不到了。而且曹雪芹虚构的"玄墓蟠香寺"未必是专指光福的哪一座大庙，若非要去考证坐实就会变得无聊。光福有"玄墓山""蟠螭山""香雪海"，还有诸多古寺，因此"玄墓蟠香寺"这个虚实结合的地理名词不仅水到渠成，而且内涵丰富，一词抵千言。博学多识的曹雪芹只是把光福的诸多特有元素巧妙地糅合在了一起，虚构出一个让人觉得应该存在的地理概念，这种魔幻现实的创造能力正是他过人的才华。

在大雄宝殿里的三世佛跟前还立有一根木雕，上面刻有一个小小的"飘海观音"浮雕像和一些天女、侍童等配角。整个原木的造型未经明显改变，木色蜡黄，只涂清漆，还用专门的玻璃罩保护。如此郑重其事地把观音放到如来跟前，很不合寺庙的常规布局。经询问，有人说这是一根古柏木，也有人说这是一根千年黄杨木，总之是十分珍贵的木料，所以连树根都尽可能地保留。

虽然玄墓山的岩石和苏州西部的普通山林无异，但圣恩寺里的山石却比较特别，还有一些石灰岩。这里有几块暴露在外的石灰岩，造型光怪陆离，和西山的天然太湖石一样与大山连成了一体，但又像是苏州园林中特地摆放的假山，所以被称为"真假山"。"真假山"在明代时期就有了知名度，王士禛在《邓尉竹枝词》中说"居人却厌真山好，玄墓南头看假山"，意思是当地人对于太湖之滨的真山熟视无睹，却对这里的"假山"起劲得不得了，让这位山东大汉觉得不可思议。这块山石虽然偏僻难找，却底蕴不薄，除了引发大诗人王士禛的关注，石头上面还有康有为题刻的"寿洞"等字样，以及一些难以辨

真假山外观

真假山内部

西南诸峰 别样苏州

识的风化文字。这座"真假山"的造型有点像个熊脑袋。经过天然的侵蚀，有一个洞穴和一些洞眼。可从它的"嘴"里钻入，从它的"眼"里看到外面的天空和树木，再从它的"朝天鼻"里钻出来。

在这里不仅能近赏太湖石，更能远眺太湖水，此地正是王士禛当年远眺渔洋山的位置。只是因为在这里多看了一眼，从此开始自号"渔洋山人"。王士禛在他的《邓尉竹枝词》里之所以要对"真假山"不屑一顾，是为了衬托对这里湖山美景的喜爱，在这里能看到"绿黛遥浮玉镜间，峰峦千叠水弯环"。

在玄墓山不仅能远眺"绿黛遥浮"的渔洋山和法华山，还能看到近在咫尺的米堆山。米堆山上新开通了一条起伏的柏油公路，可以一览湖山。米堆山的山脚下还有很多爱琴海情调的白色茶餐厅，都是最近网红的观湖打卡点，也是对这片自然山水的现代开发和享用。

玄墓山和邓尉山其实是一山的南北两坡，邓尉在北而玄墓在南。玄墓山上可以看太湖，其实景色更佳，但名气却不及邓尉山。真正的邓尉山既不能望湖，也不见得梅花更多，却能一统湖山，大概是因为邓禹的地位高、名气大。颇为滑稽的是，邓太尉根本没有来过这里，与此山毫无瓜葛。

石壁石矶立水涯

在光福群山之中不仅能望湖，更可以玩水，因为很多山头的崖壁都是直接伸入湖水之中。湖石最佳处，大概要数西碛山西麓的黄茅石壁。这一大片黄石构成的峭壁石滩，自然地貌酷似无锡的鼋头渚。这里的风景正如"西碛"的谐音一样，堪称"稀奇"。

　　沿着新修的环太湖大道向西南方向行进，过了"熨斗柄大桥"，就可以看到一座观景亭。在观景亭旁边还修造了一条观景栈道，可以凭栏远眺浩瀚的湖面。湖面上波光粼粼，星星点点的是成群游弋的野鸭。不远处还有冲山岛，岛山上的亭台楼阁历历可辨。这条悬崖栈道建在一片人工垒筑的石基之上，与下面的湖滩足有十米的垂直落差。遗憾的是，这里并没有铺设走到湖边的阶梯，只有沿着游人踩踏出来的陡峭土路，才能下探到湖滩。

　　人造石基前的这片湖岸主要由碎石滩和芦苇荡构成，景色并不见佳，不过有趣的是湖滩上有几处地方积聚了大量的白色螺壳。太湖里到处都有螺蛳，但是极少能看到累累的白螺壳积聚的湖滩。无锡鼋头渚"霞绮亭"前的湖滩上有，没想到这片湖滩上也有，真是相似到了极点。

　　附近的大桥之所以命名为"熨斗柄大桥"，是因为这片湖渚之中曾有一座突入湖里的小石矶，石矶顶端有一块高高矗立的天然石柱，整体像个熨斗，所以叫"熨斗柄"。唐伯虎为这里画了一幅《黄茅小景图卷》，"熨斗柄"居于画面正中最显赫的位置。唐伯虎有诗写道："黄茅石壁一百丈，熨斗湖水三十湾。"画面中，熨斗柄旁还有几叶扁舟和一名趺坐的高士。湖水经过"熨帖"，显得风平浪静，不禁让人想起"夜阑风静縠纹平，小舟从此逝，江海寄余生"的悲喜交加。可惜这样一处湖山胜景被炸掉了。观景亭下的湖滩上多有碎石，不知是否正是"熨斗柄"的残片？

　　站在这片碎石滩上，向右望去，是熨斗柄大桥下的河道，完全无路可走。向左望去，湖滩尽头被一处探入湖中的巉岩所阻隔，似乎也是走投无路。但只要走到尽头的巉岩处，侧身贴着崖壁绕过那块岩角，就会发现后面别有一番天地。这里有最为壮丽的石壁和石滩，是黄茅石壁的精华所在。石壁上还留有李根源题刻的"西碛"二字，没有描红，毫不显眼。其中的"西"字被写成了古体字"卤"，乍一看容易误读成"卤渍"，若能在此吃点苏州特产的卤渍豆腐干，才是精神物质双丰收。还有一方"黄茅石壁"的题刻，为这处冷门的景点亮出了身份证。这片石滩绵延数十米，在雨水较多的季节，石壁缝里还会冒出一股山泉，被称为"夹石泉"。夹石泉水质优良，来此担水的村民络绎不绝。此处的石壁石滩错落有致，层次丰富，崖壁上杂树丛生，大小不一，犹如天然的山水盆景。在近岸的水中还长着许多杨柳，每一棵杨柳的根系都牢牢地圈住一小片土地，树身从底部起就有许多分岔，独木成林，姿态婀娜，像一座座仙人列岛，又像是一颗颗孤独星球。不过这些"柳岛"只有在枯水期才能显现，若在水位较高的夏季，这些柳岛连同部分石滩都会没入水中。

这片湖滩的尽头又有一处探入湖水的

"柳岛"

崖壁，与湖面有一人多高的落差。崖壁顶端有一方石片伸出于崖壁之外，仿佛一片悬挑的雨棚，站在上面有腾空凌波的感觉。如果手脚敏捷，可以翻越这一人多高的崖壁，直接跳到下一处石滩，完成通关游戏。如果不想"铤而走险"，可以绕行到公路之上，再从农民自留地的田埂中走下去。这片湖滩的石壁整体不如前一片精彩，但水中的"柳岛"更多，地面上还有一块纹理好看的大黄石。再往前行就是农民的果园梯田，好戏收场，精彩落幕，不过湖光山色仿佛永不休止。

黄茅石壁鲜有人知，在地图上都不做标示。光福知名度更高的"石壁"位于蟠螭山，山中还有一座古寺——石壁永慧禅寺，简称石壁寺。

蟠螭山很矮，海拔仅四十余米。但它和渔洋山一样凸入太湖之中，三面临水。且被渔洋山、东山、西山、漫山、冲山、潭山等山岛环列包围，形成"三面青山三面水"的独特风景。而此山蜿蜒入水的姿态也颇似蛟龙出水，所以得名"蟠螭"。

蟠螭山里还有一个山窝，崖壁兀立，湖浪

黄茅石壁

拍岸，像被湖水掏空一般，因此这里也叫石壁。从湖滩登山，山行一段，忽然又可以瞥见湖面近在眼前，感觉就像"盗梦空间"一样嵌套循环。在山路拐角的位置建有一座观湖亭，里面放了一块天然灵璧石。石形纤细苗条，略带S形的弧度，最上头仿佛还有峨冠。虽然没有专门的文字说明，但看起来就像是一尊观音像。在亭柱上刻有一副对联：

观湖亭里观自在
闻佛谛中闻玄音

观音菩萨也叫观自在菩萨，所以这副对联等于含蓄地说明：这块灵璧石就是一尊天然观音像。这块奇石被慧眼识珠的高人觅得，安置于此，适得其所，假以时日，一定能成为山中的一处胜迹。对联一语双关，"观湖亭"里不仅有"观自在"菩萨，还可以观赏鸥鸟翔集、湖鱼跳跃的自由自在。

石壁寺相传是明

石壁灵璧石"观音"

代高僧憨山大师所创建。寺庙不大，但是题刻非常多。在大殿背后的墙壁里嵌入了一块清代翁方纲题刻的"石壁"。在寺庙东侧的一块峭壁上更有晚清民国题刻近三十方。包括虚云的"应无所住"，顾文彬携子同游的题刻，李根源题刻的"憨山胜迹""蟠螭"等。

这处崖壁上最罕见的奇观是一棵八百年的古石楠，藏匿在庭院的最里端。乍一看并不觉得稀奇，不过是山巅一棵不大不小的树木，完全看不出有八百岁的年纪。但定睛一看，它的主干并不只有山巅的那一段，而是从地面拔地而起，贴着这片峭壁，像九曲黄河一般，经过连续两个"几"字形曲折，最后再经一个直角弯折才直冲霄汉。所以这棵古木旁边题刻有"苍龙卧壁"四个大字，真是神龙见首不见尾，令人啧啧称奇。石楠是苏州常见的乔

西南诸峰 别样苏州

八百岁石楠

木，很容易栽培，小的可以做隔离带，大的可以做行道树。开花时树梢上一丛一丛的白色花球，仿佛一棵棵花菜，花谢后会有一团团红果，可惜开花时的气味有点怪异，因此不像香樟那样受欢迎。但是从来没想到这种乔木居然可以像紫藤一样弯折，而主干也像老藤一般粗细，是这石壁之中才有的独特奇观。

这片崖壁的东南侧有一座连着爬山游廊的四面厅，是这座小庙里最为风雅的建筑。记得去那里游览时，看见里面有一位斯文的僧人正在对着笔记本电脑做直播，语调舒缓，气度不凡。新的时代对高僧大德提出了新的要求，新的工具虽不能替代人的修为，但也绝不可简单排斥。应无所住，方得本心。

在四面厅的南部还有一座亭台，透过台外翠绿的树冠，可以看到淡蓝色的湖面，以及远方深蓝色的山岛，湖鸥呢喃，天光云影，景色宜人。

在寺庙外还有一片塔林，里面埋葬有永慧禅寺的历代高僧。还有一个"虚谷上人墓"，是1983年重立的纪念墓，墓碑用篆书题刻。虚谷上人是晚清的一位传奇人物，他本是清军的参将，在与太平军的残酷搏杀中感到了强烈的精神煎熬，遂弃世出家。他潜心钻研书法绘画，以花鸟画出名，被称为"海上四大家"之一。他很喜欢光福的山水风景，晚年曾在永慧禅寺养老，光绪年间在上海圆寂后归葬蟠螭山。

离这片高僧塔林不远，还有一座江寒汀墓。碑文"画家江寒汀墓"是由苏州画家吴湖帆题刻。江寒汀是海派花鸟画名家，对虚谷推崇备至，也深受其影响，有"江虚谷"之称。最终这位超级粉丝葬在了偶像虚谷的坟冢周边。

而在永慧禅寺的另一边有一处叫"憨山台"的地方，集聚了李根源等民国名人的题刻十余方。当年李根源在光福搜寻吴梅村墓葬时，被这里的风景所吸引，买下五亩山林打算作为母亲的墓地。后来，阙太夫人落葬于面积更大的小王山，李根源仍没有忘记这片山林，常邀请云南师友孙光庭、尹明德、李学诗等人，以及吴湖帆、邵元冲等各界名流来此雅集题刻，打造了"憨山台"这处文化景观。"憨山台"三字由李根源题写，左下角有两列小字说明"明憨山大师结茅处，丙寅三月李根源题"。他的老师孙光庭题刻的"蟠螭精英"，不知道是指憨山大师，还是指他们自己，或者兼而有之。在一方小池上还有篆书的"印泉"二字，印泉也是李根源的字，李根源曾加入过苏州的南社，而这两个字是由南社同志朱樑任所题。朱樑任这位南社干将，曾在狮子山里放空枪招国魂。本以为他是一位非常新潮的现代公子，没想到也会参与传统文人的游戏。虽然憨山大师在蟠螭山里只是飞鸿踏雪泥，却被定格成这样一处文化景观。秀丽的山川就这样以自己的魅力，直接或间接地吸引豪杰名流集聚，形成人杰地灵的奇观。

离蟠螭山不远的潭山里有一处"万峰台"。潭山是光福最高的山，登临万峰台，太湖风光尽收眼底。万峰和尚是元代高僧，做过玄墓山圣恩寺的住持，传说这里是万峰和尚的打坐处，明代赵宦光在一块天然巨石上题刻了"古万峰台"。附近的山石上还有其他明、清苏州文人"到此一游"的题刻。李根源处处效仿赵宦光，在蟠螭山里用题刻打造"憨山台"，大概也是受了潭山"万峰台"的启发。

万峰台附近有一座石嵝庵，是一座有据可考的古庙，目前也被批准经营，但比石壁寺还要寒酸。这里只有一个庭院，三四

西南诸峰别样苏州

间房屋，像座普通农舍。比较奇特的是在它的后院里有一道石墙，里面嵌入了很多精美的石刻浮雕：仙人、仙鹤、梅花鹿、螭龙……栩栩如生。而这些图像都与佛教主题无关，大概是从附近荒废的古墓中找来重新利用。光福曾有许多古代大墓，李根源还为此成立了吴中保墓会。每当他看到华丽的古墓被村民破坏时，就痛心疾首。只是弃我去者，昨日之日不可留，就算李根源留得住，后世也不一定保住。无可奈何花落去，只等相识燕归来，譬如以这种别致的石墙重新加以展示。

石嵝庵石墙上的古代石雕嵌饰

潭山的山麓有伸入湖中的一座小山丘——查山，查山的得名是因为宋代高士查莘。查莘最先在此地种梅，开此地种梅风气之先，所以小小的查山可以算作"香雪海"的"祖庭"。

而苏州太湖边大多是滩涂和芦苇荡，不像鼋头渚那样有成片兀立的崖壁和伸入湖里的巉岩，使浩渺无边的太湖有了风景的聚焦。但黄茅石壁等光福湖岸是个例外，自然地貌酷似鼋头渚。只可惜这里没有鼋渚灯塔、霞绮亭、万浪桥那样的点睛之笔和整体的景观设计。而且这里的取名也多粗鄙不堪，先前的"熨斗柄"大概也像一根长长的猪鼻子，所以在地图上有一个"猪头咀"。设想倘若"鼋头渚"取名"龟头渚"，比喻虽然类似，雅俗之别却如天壤，一定难以名震神州。更有甚者，在如今的熨斗柄大桥西边的崖壁上有一道天然沟壑，本来也是秀色可餐，却被当地称为"窑上大屁股"，大煞风景。苏州太湖没有一处景区可以齐名无锡鼋头渚，有的是输在自然地貌，有的是输在人文雕琢。

不过光福山水得天独厚，西崦湖有西湖的秀丽，黄茅石壁有鼋渚的雄奇。古柏梅海，古刹石刻，都是百看不厌的好风景，真可谓光天福地。光福的优势也在于没有过度开发，仍有自然的田园风光。但劣势是没有高水平的开发，仍像一片农村田舍。

虎山公路大桥已在西崦湖口横亘多年，更大的环湖公路大桥"熨斗柄大桥"又在黄茅石壁附近飞架。或许作为交通要道，它们功勋卓著，但若能像太湖大桥那样更优雅一些，方才不负老天的厚爱。其实鼋头渚也不全是偶然天成，而是凝聚了人工改造的匠心。它的前身是民国别墅横云山庄，山庄主人杨翰西在《横云山庄记》中坦言这里凝聚了自己二十年经营的心血，最后说："忽获此神明之境，夫岂偶然也哉？"

对于山水美景，不露痕迹的人工雕琢才是它们的灵魂。光福不缺秀丽的山水肉身，但缺少指挥山水的建筑灵魂。不过留得山水在，何愁无景开，光福山水终将会遇到杨翰西那样的灵魂知音而大放异彩。

日涉成趣山谷城：
我在智慧谷转山的时候

　　我工作的地方位于东渚，离光福不远，现在属于新设立的科技城。因为周边都是山，而且入驻的单位以科研院所和高新企业为主，所以这里叫智慧谷。经过全面规划改造，这里既保留了大片的青山绿地，又有现代化的城市设施，不再是典型的江南水乡，而成了新型城市。

　　我到单位一般很早，在尚未开灯的昏暗过道尽头有一扇明亮的窗户。窗外的那座山仿佛会变戏法：当我刚出电梯离窗较远的时候，它填满了整个窗户，好像是一座大山，但当我走近窗口的时候，它就原形毕露，现出低矮的原貌。很多所谓的"高山"并不是三山五岳，而是障目一叶。

　　但当我对这座低矮的山丘不屑一顾时，又发现了自己的孤陋。读书偶得，原来它叫锦峰山，因山石红紫、绚烂如锦而得名。山中曾有昭明寺，传说是昭明太子读书处，清代苏州诗人李果写过《游锦峰山昭明寺记》。明代高僧姚广孝也写过《登锦

西南
诸峰
别样
苏州

峰》一诗。在寒山美术馆的特展中还看到一幅元代画家朱德润的
《秀野轩图卷》的高仿品，介绍上说画中的茅屋"秀野轩"就在
锦峰山之南，玉屏山之北。据此推测，大概就在如今智慧谷的金
融小镇位置。我对锦峰山的认识，真如《心经》所言：无无明，
亦无无明尽。

当然，古人所见的锦峰山绝不是我所见到的锦峰山。2014 年，单位刚刚搬到智慧谷的时候，这座山丘上居然还有一家矿厂，厂房像座碉堡。这座锦峰山居然可以供养一家矿

锦峰山.

厂，可见它原来的规模。只是日削月割以趋于亡，比挖残的金山
余留得还少。开山挖矿终于被苏州政府全面禁止，而存储的矿石
也已枯竭，于是矿厂搬迁，厂房拆除，只留下这片挖剩的残丘，
低矮丑陋。山脚下被重新植树铺路，每年秋冬时节，红色步道旁
的香橼树上都会硕果累累，掉落一地金黄而芳香的大果。果子像
柚子却不能吃，所以少人问津。每年冬天我都会带儿子来捡拾几
颗，放入书柜，芳香满架。

当知道了此山的深厚底蕴之后，我忍不住独自深入山林一探
究竟。山里只有一条荒废的断头路，杂树丛生，遍地荒草，一无
可观。从荒野下山，只见到两座私立的坟头。我的右眼还不慎被

《秀野轩图卷》

密集的树枝弹击了一下，看路灯都成了空心圆，幸好第二天就恢复如初了。这大概就是历史和现实的差距，除了冷门的书籍和电子地图，几乎无人知道这座山丘的大名，如今的锦峰山远不如山旁的锦峰路来得重要。

锦峰山的北端连着小茅山，那是我经常中午长跑的地方。小茅山很小，一圈一公里，一次长跑要"转山"好几圈。小茅山很矮，和锦峰山差不多。但小茅山开发得很好，不像锦峰山那样荒凉无趣。在山的南坡本来重建了一座小茅山道院。2014年，单位刚搬到智慧谷的时候，它也刚刚重建落成。江南地区有信奉三茅真君的习俗，穹窿山里就有三茅真君的主场——上真观。东渚的小茅山道院也是有据可考的古观，据说比上真观建造得还要早。只是经过各种天灾人祸，早已荡然无存。如今伴随着智慧谷的大规模重建，这座道观得以昨日重现。虽然占地仅五亩，但黄墙黑

西南诸峰 别样苏州

瓦十分醒目。

可惜好景不长，由于小茅山和锦峰山一样，都是废弃的采矿场，所以回填土石并不牢靠，导致屋舍刚建完就出现了严重的裂痕，成了危房。万般无奈，这座刚建不久的小茅山道院又被统统拆除，改建到东渚和镇湖交界的平地上，而这里成了一片空荡荡的山坡草坪，仿佛从来没有出现过这座道观。

记得当年，在这座道观贴出搬迁告示但尚未拆除之际，仍有许多信众聚集在庭院里，对着搬出来的神像磕头求拜，念念有词。我不禁好笑，神仙们都自身难保了，还要给他们添麻烦。等道观被拆成废墟的时候，我和妻子进去逛了一圈。她看到一些被烧焦的逼真神像时，惊恐不已，仿佛进入了一座被战争蹂躏过的村庄。那些神像为什么没有被带走，又被何人所烧？既不重要，也无从知晓，只有亲眼见过的人才会有所印象。

而小茅山公园的景观设计既古色古香又现代实用。里面的亭台楼阁、水榭长廊都是典型的苏州园林风格。平时人流稀少，是可以分时共享的公家园林，甚至偶尔可以满足你做一时园林主人的奢望。

山的西南坡有一座叫"一壶春"的茶馆，院落设计得疏密得当。主馆是一座L形的仿古房屋，隔出包厢三两间。屋内窗明几净，桌台凳椅都是传统的中式风格，但设施配备却很现代，有液晶大屏和话筒扩音器等，可供单位开会联欢，有别于传统的茶馆。庭院的另半圈是通往山地的游廊，高低错落，给小小的庭院增加了景观的丰富度。"一壶春"看似是简单直白的茶馆名，其实也暗合了"壶中大地"的成语典故，指在有限的天地里营造出无限的空间，和佛教的"芥子纳须弥"的意境相仿，这也是园林的拿手好戏。

在山的东北角有一座小园林，大门朝东，所以门额上题刻"迎晖"二字。里面有一座小小的黄石假山，大概是就地取材，所以没有像多数苏州园林那样安置太湖石。有一座大大的水榭，榭外的水塘边还有一条游廊。游廊连着一座亭子，亭前曲水上还架设了一座白石桥，和网师园的引静桥差不多大小，玲珑可爱。

小茅山最精彩的景观设计还要数"迎晖"园西边的人造瀑布。在一片残留的峭壁里暗设一座水泵，每天中午定时开启，如白练一般的澎湃水流从这十几米高的断崖之上直泻而下，发出阵阵轰鸣，我称之为"茅山千尺雪"。这是现代科技造就的传统诗意。

一条红色的步行道把这山南山北的小园串联起来，没有车来车往，是跑步的上佳场地。这也是拙政园等传统古园里所没有的景观，中国古代的文人雅士大概是不需要跑步锻炼的。而一个健康坚韧的民族不仅要有思想的活力，也要有身体的活力，这是西方文明和现代文明对中国传统文化的重要补充。

西南诸峰 别样苏州

茅山千尺雪　　　　　　　　　彩石湖

如果需要跑更长的路线，我会从小茅山公园的北端出去左拐，奔向西边不远处的彩石湖。所谓的彩石湖并不是天然湖泊，而是由采石的宕口改造而成的大池塘，取"采石"的谐音"彩石"。"彩石湖"对仗"锦峰山"，简直是天然妙对。被采掉的山叫小青山，属于五龙山余脉，只剩下一点点山丘。而作为宕口遗留的彩石湖被改造得相当出色，这里不是寿桃湖那样不容靠近的深潭，而是顺着山势而下，铺在苍山翠谷之中的一池浅水。在湖水的中段，用大块的片石筑起两道大坝，将长长的湖面截成三叠。水落石出时，可在石坝上穿行；坝上还有人工喷泉，池涨水满时，可以踩水嬉戏。

除了两座厚重的石坝，还有几道轻盈的长桥。单墩钢架长桥像舞动的龙灯一般在水面上穿来复去。在上面跑步、散步，都十分惬意。在不远处五龙山的陪衬下，这片水面显得格外宁静悠远。加之湖水清澈，树木环绕，因此有了"苏州小九寨"的美誉。

彩石湖的南端连着五龙山。五龙山这座百米出头的小山，虽然不高，但附近没有崇山峻岭，只有小茅山等低矮山头，所以独领风骚。远处的大阳山、天池山、天平山、玉屏山、凤凰山……群山环拱，层峦叠嶂。向西北望去，可远眺太湖一角。平视山前，新区行政大楼SND等林立高楼尽收眼底。向东遥望，园区的"东方之门"依稀可见。

山顶还新建了一座"智慧阁"，成了智慧谷里最显眼的地标。山行到了尽头，虽然地势并不陡峭，但为了彰显威仪，特地筑起一座基台，需要左右分行。在基台正面中央刻有"层峦叠翠，云海观复"八个大字。山中的原生树木以榧树、松树、冬青树居多，经冬不凋，四季常青，所以"叠翠"。而所谓的"云海"也不是吹嘘，这里当然见不到黄山那样翻滚奔腾的云海，但在梅雨季节，也常会有淡淡的云雾缭绕在山头，好似一幅米芾笔下的云山图。"观复"与马未都无关，古董商观看的是历史的反复，太过沉重，还是观云海反复轻松自在。

智慧阁是一座三层的中式楼阁，虽是钢筋水泥框架，但可见的外立面配以长窗木栏，并覆以铜瓦铜檐，檐下铃铎叮咚，台基的四角上狮豸狰狞，气派而不失古韵。里面曾开办过茶馆，但生意一向冷淡，经营时间很短。

山脚下的大片绿草坪上常有白鹭翔集，数量甚多，有时就像下饺子一般。跑步，跑步，惊起一坪白鹭。少时读《渔歌子》"西塞山前白鹭飞，桃花流水鳜鱼肥"，对西塞山向往至极。没想到五龙山前也常有白鹭飞翔，桃花不少，流水遍地，"松鼠鳜鱼"更是苏帮菜馆的拿手好菜。只是裹面油炸又涂满番茄酱的烹饪方法，完全吃不出鳜鱼的肥美，远不如黄山臭鳜鱼更能体现鱼肉本身的高级质感。

五龙山从山脚到山顶遍植红枫、梅花、桂花、玉兰、石楠、夹竹桃等观赏树木，春夏有百花，秋冬有红叶，还有大片苍翠的苔藓，美不胜收。山中原生的树木除了大片的榧树，在半山腰处还有一片松林，空山不闻人语响，半岭松风万壑传。在这些参天大树之中新建了一座石亭，搭配在一起，仿佛身处黄山风景区。最有趣的是在这里的土坡上还有好几棵小松，是由松子萌生的。这些松苗并不是大松树的微缩盆景，少有枝丫，也无偃仰的姿态，长长的松针长在一根直直的主干上，像一把长毛刷子。只有

五龙山智慧阁

亲眼见到了小松，才会觉得杜荀鹤《小松》的精彩，这首唐诗并没有"绿树叶，新枝芽，金色的阳光照耀着你"之类套在哪种树苗上都适用的空话，而是紧扣小松独有的特色：

自小刺头深草里，而今渐觉出蓬蒿。

时人不识凌云木，直待凌云始道高。

　　松树小的时候就正是这般"刺头"的模样，"头发"根根竖起，丑陋得像把马桶刷。埋没于飞蓬蒿草之中，丝毫不能引起注

半山亭边的小松

目，甚至比蓬蒿还要低矮。不过再高的蓬蒿也长不到凌云木的高度。所以不要悲叹伯乐不常有，也莫去理会冷眼与嘲笑，像只丑小鸭一样顽强地生长吧，凌云参天会有时，我辈岂是蓬蒿人。

我经常在智慧谷里跑步，和大多数中老年男人一样，并没有特别功利的目标，也谈不上有特别强烈的快感，那只是一场"中老年男人的广场舞"，或者一段周而复始的"西绪福斯神话"。但只有不断地亲历肉身的煎熬，才会与村上春树的长跑痴情产生共鸣，才能进一步读懂加缪荒诞哲学的深刻内涵。智慧谷里的群山平淡无奇，只因为我天天涉足而觉得有趣。这种趣味对我而言，有点接近于宗教的修炼，因此我的围山跑步也可算是一种"转山"，那不仅是肉身的锤炼，也兼做灵魂的修行。

尾声：
"山盟"常在，"锦书"可托

古人云：仁者乐山，智者乐水。总觉得这是互文见义的修辞，而不是仁者与智者在口味上的差异。山，我所欲也；水，亦我所欲也；两者可以得兼。经历了三年封控，我们尤其感觉到自然山水的珍贵，其实我们须臾都离不开山水的滋养和抚慰，从肉体到精神。

古城苏州主要是以繁华都市而非山水名胜著称，但古城只是看得见的冰山一角，山野才是看不见的城市腹地。仅靠园林别墅、平江豪宅、山塘集市撑不起一座天堂城市；包括虎丘在内的山林才是古今苏州人汲取能量、泼洒才情的"交换空间"。无数高人雅士到此踏访归隐，留下了数不清的古今传奇。相比之下，南京紫金山则要"寂寞"得多。那里虽然有更壮观出名的明孝陵、中山陵、明代开国功臣墓、民国高官别墅，但鲜有民间高人的生活轨迹。龙脉禁地不得撒野，当然也就没了草根"乱涂乱刻""私搭乱建"的余地。同为江南文化的代表，深究起来，苏州的气质略异于南京，这里没有承载过多的帝王将相、王府衙门，所以布衣百姓的生存空间更大，自由程度更高，经济文化也更加繁荣。金陵有王气，姑苏有福气。

定居苏州十年，游走于西部山林，我每每惊讶于山中高密度的名人宿迹，由衷地感叹苏州的深厚底蕴，人杰地灵的老家无锡也难望其项背。边读边行的过程中除了连连赞叹还常会豁然开朗。西南诸峰自春秋开始就一直人文荟萃，但最精彩的篇章不是吴越春秋、秦汉唐宋或者康乾盛世，而是明末清初和晚清民国。这两个时代距今不算太远，留存的古迹和资料更加丰富。更重要的是，这两个时代都是政局疲软的非常时期，远在江湖当然自由更多。

礼失求诸野，状元郎文震孟被廷杖八十大棍后黯然返乡。百无聊赖的他，除了从事民间公益造福桑梓之外，还游走山林、吟诗作赋。经常与弟弟文震亨，堂兄弟文从简，同学外甥姚希孟，隐士赵宦光，离职干部范允临，高僧明河、读彻师兄弟等民间高手切磋才艺。反正这群人也没有太多正经的工作要忙，有大把的时间可以挥霍。于是在天平山、寒山岭、支硎山、天池山、穹窿山……到处可见这帮晚明文人的踪迹。

而这群高人的儿孙注定要为吃霸王餐的"肉食者"买单：豪强并起，清兵入关，生灵涂炭，哀鸿遍野。"保天下者，匹夫之贱，与有责焉耳矣"，刚烈的遗民纷纷避居山林，为那个不堪回首的大明守节送终，更为中华文化延续传统。以灵岩山弘储法师为核心的遗民天团在此抱团取暖——檗庵、南潜、徐枋、徐波等才高八斗的僧俗奇人纷纷在灵岩山、天平山、花山、尧峰等地结庐避世，躲藏在这片世外桃源里集会畅谈，写诗题刻，苦中作乐。

历史反复循环，剧变却千载罕见。推翻了已经融入中华文化的满清政府，又要被外来的现代文明所吞噬。民国大"海归"李根源归隐穹窿，呼朋唤友，一起乐此不疲地踏遍每一座山头，写写刻刻，仿佛要为中华的旧文化招魂高歌。

海誓山盟敌不过海枯石烂，不断的人为破坏，让每一座苏州西部山林都伤痕累累。好在还有很多古贤的印记，深刻在山间，轻淌在心间。如今又有许多苏州当代文化名人默默地重拾传统，在西南诸峰之中摩崖刻字，题写楹联。华人德、潘振元、柯继承、李洲芳、钦瑞兴等人的题刻，精彩之处，不逊古人。

而古人那些描摹苏州山水的素材，也会在不经意间点缀现代人的生活。三十年前，二舅送给母亲一幅亲自书写、装裱、封框的书法作品"梅花竹里无人见，一夜吹香过石桥"，取自宋人姜白石的诗句。母亲一直将它悬挂在家中最显眼的位置，我看过无数遍，却从未深究过。后来读到《苏州山水》，才知道这居然是描写除夕之夜的石湖雪景。二舅还给了母亲一盆把玩多年的芦管石山水盆景，母亲随手把家中多余的小桥摆件放了上去。偶然看到唐伯虎所绘的《行春桥》，惊讶地发现画面里上方山的布局和角度竟与这座山水盆景不谋而合，尤其是那座多孔桥的位置。母亲一向很懂生活美学，喜欢摆弄花草盆景，这也影响了我。但她容易怀念过去，常常叹息现在什么都不感兴趣了。其实"过去"很短，不过定格于几帧瞬间，而"现在"很长，每时每刻都是一个现在，标签岂可轻贴？至于未来，谁也不知道明天与意外哪一个先来。多才多艺的二舅在这个多灾多难的暮冬告别了我们。噩耗传来，刚刚"阳康"的全家老小正在天池山里散心透气，母亲

西南诸峰　别样苏州

忍不住掩面哭泣。夕阳西下，把眼前的古刹黄墙照耀得一片金黄。而这座山寺的名字就叫"寂鉴寺"，寂灭鉴戒的意思，仿佛是温情的苏州山林超然的宽慰。

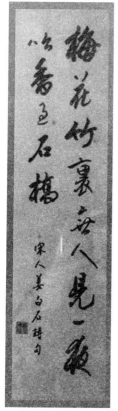

二舅的书法、盆景与唐伯虎笔底的石湖山水

仰观宇宙之大，俯察品类之盛，能打动人心的永远是零零碎碎可以触碰的细节，而不是眼花缭乱的抽象概念。山色就在那里，但色不异空，又在时时刻刻地发生改变。周必大《吴郡诸山录》里描写的西南诸峰不同于李根源《吴郡西山访古记》，李根源的观察也不同于杜国玲的《吴山点点幽》，杜国玲的观察又不同于我之所见，而我的见闻也一定会与邂逅此书的读者有所区别。山林的记录必然因时而异、因人而异，世界瞬息万变，谁也按不下暂停键。所以即使有了《苏州山水》《吴中小志丛刊》那样完备严谨的史料汇编，也不能一劳永逸。我们需要有新的观察和记录，更需要像《家住六朝烟水间》那样，用个性化的学识眼光不断地审视思考，用心灵与山林对话交流。

"锦书"虽薄，"山盟"可托。推石上山，功不唐捐。

2023年2月27日

西南诸峰 别样苏州